거미입니다만, 문제라도? 5

저자 **바바 오키나**
일러스트 **키류 츠카사**

contents

1 거미와 흡혈귀

전혀 특별하지 않은 평범한 교실을 떠올린다. 특징이 없는 것이 특징인 고등학교 교실.

그곳에 있던 학생 한 명 한 명의 얼굴을 찬찬히 떠올렸다.

네기시 쇼코, 네기시 쇼코…….

으음, 끙.

안 떠오르네.

아니, 반 애들 얼굴은 전부 기억나거든…….

그런데 얼굴이랑 이름이 일치되지 않는달까, 이름 외우려는 시도를 애시당초 안 했달까.

나는 타인한테 별 흥미가 없었어.

반 애들의 얼굴과 이름이 거의 따로따로 놀고 있었다.

그야 평소부터 딱히 대화를 나눈 적도 없었고…….

일방적으로 뭐라고 말을 건네오는 경우는 있었는데, 깜짝 놀라서 얼어붙은 사이에 혼자서 얼굴 새빨갛게 붉히고 화내며 떠나가버리는 게 대부분이었다.

외톨이한테 예고 없이 말을 건네면 안 된답니다.

대답할 말이 안 떠올라서 꽁꽁 얼어붙거든요.

예고를 해도 얼어붙지만 말이야!

아, 그래도 나한테 툭하면 시비를 걸던 그 애의 이름은 정확하게 기억이 나는구나.

네기시 쇼코라는 이름은 통 모르겠지만…….

얼굴을 보면 기억이 날 텐데 지금은 얼굴도 싹 바뀌어버렸잖아.

현재 내 눈앞에서는 갓난애를 품에 안은 귀부인이 서성거리고 있었다.

또 주변에서는 호위들이 마른침을 삼키면서 지켜보고 있고.

어쩌다가 이렇게 됐더라?

그래, 마왕. 어떻게 이기라는 거야, 멍청아! 절로 푸념이 나오는 괴물한테 한창 도망치던 중 도적한테 습격받고 있는 마차를 발견했더랬지.

잠깐 고민했지만 보고도 못 본 척을 하기는 좀 찝찝하니까 한 손 빌려드리리다, 휙 끼어들어서 도적을 섬멸.

에잇, 기분이다. 도적한테 당한 호위 한 명도 치료 마법으로 회복시켜줬다.

그랬더니 귀부인이 마차에서 뛰쳐나왔고—.

귀부인의 품에 안겨 있는 갓난아기를 감정했더니 이상한 결과가 나왔다는 것이 지금의 상황.

으음. 다시 한 번 갓난아기의 감정 결과를 살펴볼까.

〈인족, 흡혈귀 LV 1, 이름: 소피아(네기시 쇼코) 케렌

스테이터스

HP: 11/11(녹) (상세)　MP: 35/35(청) (상세)

SP: 12/12(황) (상세)　: 12/12(적) (상세)

평균 공격 능력: 9 (상세)　평균 방어 능력: 8 (상세)

평균 마법 능력: 32 (상세)　　　평균 저항 능력: 33 (상세)
평균 속도 능력: 8 (상세)

스킬

「흡혈귀 LV 1」　「불사체 LV 1」　「HP 자동 회복 LV 1」
「마력 감지 LV 3」　「마력 조작 LV 3」　「밤눈 LV 1」
「오감 강화 LV 1」　「n%I=W」

스킬 포인트: 75000

칭호

「흡혈귀」　「진조」 〉

으음. 몇 번을 봐도 이름이 두 개나 표시되잖아!

눈에 불을 켜고 들여다봐도 요 녀석은 틀림없이 일본인 이름인데!

이름은 기억나지 않지만 분명 이 갓난아기는 예전의 같은 반 학생으로 짐작된다.

n%I=W 스킬도 갖고 있으니 아마도 틀림없겠지.

자칭 사신 D가 전에 들려줬던 이야기에 따르면 내가 원래 앉아 있었던 교실의 학생 모두가 이쪽 세계로 전생했다고 설명했으니까.

이 세계에서 거미 마물로 다시 태어난 이후 꽤 시간이 흘렀지만 처음으로 다른 전생자와 조우한 셈이었다.

뭐, 그건 백번 양보해서 반갑다고 치고…….

사실은 별로 안 반갑지만, 뭐냐, 해외여행 도중 우연히 일본인과 마주친 그런 느낌이랄까.

실제로 예전에는 같은 반 학생이었다 해도 막상 기억이 안 나는 데다가 딱히 사이좋았던 녀석도 없었으니까 별 감동도 안 솟아나고 그저 그런 느낌.

외톨이라서 어쩔 수 없도다.

그런고로 동향의 전생자라는 사실은 일단 제쳐 놓고…….

그걸 빼도 말이야, 이 아이는 따지고 싶은 부분이 너무 많지 않아?

제일 먼저 종족이 이상하거든?

뭐냐고, 인족이면서 흡혈귀라니?

요컨대 원래는 인족이었지만 피를 빨려서 흡혈귀로 바뀌었다는 뜻인가?

이 세계의 흡혈귀가 지구의 전승과 마찬가지로 피를 빨리면 흡혈귀로 바뀌는지는 잘 모르겠지만, 일단 감정으로 흡혈귀의 상세 정보를 조사해볼까.

『흡혈귀: 타인의 피를 빨아 살아가는 밤의 지배자. 높은 능력을 지니는 반면에 약점도 많은 종족. 본래는 다른 종족인 경우가 많고 소체가 된 종족의 특성을 계승한다. 또한 애초부터 흡혈귀로 태어나는 순수종은 진조라고 불린다』

아, 응.

대체로 지구의 전승에 있는 흡혈귀와 같다고 인식하면 되겠네.

그런데 잠깐 기다려 달라.

순수한 흡혈종은 진조라고?

칭호에 당당하게 「진조」라고 쓰여 있는데요~?

그럼 뭐야?

이 애는 날 때부터 흡혈귀로 태어났다는 뜻?

그렇다면 부모가 흡혈귀라든가?

하지만 갓난아기를 안고 있는 귀부인의 감정 결과에서는 종족이 인족.

귀부인의 이름은 세라스 케렌.

성씨가 흡혈 양이랑 똑같이 케렌.

그렇다면 정황으로 짐작해봐도 이 귀부인은 흡혈 양의 어머니가 맞겠지.

어머니는 인족.

그럼 혹시 아버지가 흡혈귀인가?

하프라서 인족과 흡혈귀 양쪽의 종족이 모두 발현된 걸까?

뭐, 이 자리에는 아버지로 보이는 인물이 없으니까 확인할 방법이 없지만 말이야.

감정한 결과로는 전원 빠짐없이 인족이고…….

종족의 수수께끼가 완전히 풀리지는 않았지만 더 이상은 추리할 길이 없으니 제쳐 놓자.

그리고 따지고 싶은 부분 제2탄. 왜 저렇게 스킬이 많은 거야?

갓난아기라서 아직 제대로 움직이지도 못할 텐데, 왜 저렇게 스킬이 잔뜩이야?

근처의 졸병 몬스터보다 많잖아!

세상에 내가 처음 갖고 있었던 스킬이라고는 독니랑 거미줄이랑 독 내성이랑 밤눈이랑 위타천이랑 n%I=W가 전부였다고!

……나도 의외로 태어났을 때부터 스킬을 꽤 많이 갖고 있었네.

아니, 그렇지만 내 초기 스킬이 여섯 개였는 데 반해서 흡혈 양은 여덟 개다.

그 차이는 둘.

자그마치 둘!

스킬 두 개의 차이는 크다!

불공평하다!

앗. 근데 잠깐, 잠깐만?

이 중에 스킬 네 개는 혹시 칭호로 입수한 스킬이 아니려나?

칭호 하나에 스킬이 둘 들어오니까.

칭호 감정!

『흡혈귀: 습득 스킬「HP 자동 회복 LV 1」「밤눈 LV 1」. 습득 조건: 스킬「흡혈귀」를 획득. 효과: 종족에 흡혈귀가 추가된다. 설명: 흡혈귀로 전락한 자에게 수여하는 칭호』

『진조: 습득 스킬「불사체」「오감 강화 LV 1」. 습득 조건: 순수한 흡혈귀로 태어날 것. 효과: 흡혈귀의 마이너스 효과를 무효화한다. 설명: 흡혈귀의 시조에게 수여하는 칭호』

역시 예상대로 네 개는 칭호로 득템한 스킬이었구나.

그렇지만 흡혈귀도 진조도 둘 다 태어난 순간에 바로 습득한 칭호로 같으니까 결국은 별다를 거 없겠네.

그나저나 양쪽 다 굉장한 칭호다.

흡혈귀 칭호에는 초편리 스킬 HP 자동 회복이 딸려 있었다.

나도 이 스킬에 엄청나게 도움을 받았는데, 그런 스킬을 태어나자마자 갖고 있는 애가 너무 부러워서 얄미울 정도인걸!

그렇지만 훨씬 더 대단한 것이 진조 칭호.

흡혈귀의 마이너스 효과를 무효화한다면 진짜 반칙 아니야?

흡혈귀는 동서고금을 막론하고 약점이 많다는 피치 못할 사정 때문에 인간님들을 못 당했을 뿐인데, 약점이 없어진다면 그야말로 무적의 괴물이잖아?

뭐, 이쪽 세계에는 스테이터스라는 절대적인 무력 향상 수단이 있으니까 이야기처럼 약점이 사라져도 무쌍을 하지는 못하겠지만…….

그렇다 해도 약점 없는 흡혈귀가 엄청나다는 감상은 변함없다.

흡혈귀니까 피를 안 마시면 약해질 것 같다는 생각도 들었는데 분명 이 칭호 덕분에 피를 마시지 않아도 괜찮나 보다.

어쩌면 모유가 혈액 대신으로 판정되는지도 모르겠네.

모유는 혈액을 재료로 만들어진다잖아.

뭐, 피를 안 마셔도 된다는 것은 큰 장점이겠지만 그 이상으로 햇빛을 쐐도 괜찮다는 데서 최강의 냄새가 풍긴다.

현재 진행형으로 눈부시게 내리쬐는 태양 빛에 쏘이면서도 흡혈양은 멀쩡하기만 한걸.

약점 무효 대단하십니다.

칭호의 효과만으로도 파격적인데 거기에 딸려 들어오는 스킬도 굉장했다.

『불사체: 불, 빛, 부식을 제외한 모든 속성의 내성이 상승한다. 또한 하루에 단 한 번, 어떤 공격에 격중당해도 HP 1로 살아남는다』

거의 모든 내성치를 올려주는 데다가 어떤 공격을 받아도 HP 1로 살아남을 수 있는 하루에 한 번 제한의 생존 보증.

뭐지, 이 스킬. 완전 갖고 싶어라.

그렇지만 획득 가능한 스킬의 일람을 봐도 실려 있지 않았다.

짐작이지만 이 스킬은 일부 종족이 아니면 입수 불가능한 특수 스킬이 아니려나.

아니면 이렇게 쓸모 있는 스킬을 지금까지 내가 못 보고 지나쳤던 이유가 안 떠오르는걸.

또 하나인 오감 강화도 은근히 도움 되는 스킬이고, 진조 칭호 진짜 장난 아니네요~.

흐, 흥이다!

나는 말이야, 불사 스킬을 갖고 있거든!

하루에 딱 한 번이라고 쪼잔한 소리 안 하고 어떤 공격을 몇 번을 얻어맞아도 안 죽거든!

그러니까 하나도 안 부럽다고!

후유. 하마터면 나도 모르게 질투의 파동에 눈뜰 뻔했구려.

으음. 그렇다 해도 새삼 훑어보니까 스킬 대부분은 흡혈귀 관련이라는 건데.

칭호도 흡혈귀라서 갖고 있다는 느낌이고…….

순수한 흡혈귀는 굉장하구나~.

어라? 잠깐, 잠깐만?

얘는 전생 특전 스킬이 뭐지?

내가 전생 특전으로 위타천을 갖고 있었으니까 흡혈 양도 뭔가 받았을 텐데?

여덟 개 스킬 중 넷은 칭호로 얻어 받은 스킬이니까 제외.

n%I=W 스킬도 전생자라면 반드시 갖고 있는 스킬이니까 특전하

고는 별개.

나머지는 흡혈귀랑 마력 감지랑 마력 조작인데 마력 감지나 마력 조작이 전생 특전이라면 김빠지잖아.

물론 둘 다 중요한 스킬은 맞지만 후천적으로 비교적 간단하게 습득 가능한 스킬이기도 하고 내가 가지고 있었던 위타천과 비교하면 아무래도 격이 떨어지니까.

D가 하필 그런 스킬을 특전으로 골랐다는 생각은 들지 않는다.

그렇다면 소거법으로 흡혈귀 스킬이 전생 특전인가?

응? 응응?

아니, 그럼 말이야. 혹시 얘가 흡혈귀로 태어난 게 전생 특전 스킬 때문인가?

흡혈귀 칭호에도 흡혈귀 스킬을 입수하면 종족이 흡혈귀로 바뀐다고 적혀 있었고…….

어? 그러면 혹시?

얘 아버지도 실은 평범한 인족이라는 가능성이 아주 없지는 않겠네?

만약 그렇다면 무지막지하게 골치 아픈 상황이 벌어지지 않을까?

누가 봐도 높으신 분의 사모님입니다, 소리가 나올 옷으로 차려입고 마차를 타고 다니는 귀부인.

그런데 딸이 흡혈귀.

으아~ 트러블의 예감이 풀풀 솟네요~.

성질 고약한 D는 다 알고도 희희낙락거리면서 지뢰를 묻었을 것 같다.

응, 뭐. 아주 확신은 못 하겠지만 혹시 그렇더라도 알 바 아니랍니다~.

나랑은 상관없는걸~.

그보다 나는 따지고 싶은 부분 제3탄, 스킬 포인트가 더 신경 쓰이거든!

아니, 75000은 대체 뭐냐고?

내가 태어난 직후에는 고작 100이었는데.

차이가 칠백오십 배! 칠백오십 배!

스킬은 그래도 납득이 된다.

HP 자동 회복도 불사체도 굉장한 스킬이라서 많이 부럽지만, 그쪽으로 따지면 나 역시 거미줄이나 위타천 스킬을 갖고 태어난 덕분에 왕창 신세를 졌으니까.

그렇지만 스킬 포인트, 네놈은 안 된다.

스킬 포인트를 75000이나 갖고 있었다면 이런 스킬, 저런 스킬 마음껏 습득했을 텐데!

태어난 직후에 스킬 포인트를 그렇게 잔뜩 갖고 있었다면 훨씬 편하게 살았을 텐데!

이리도 불공평하다니.

이리도 불합리하다니.

이 세상에 신은 없었다!

앗, 있구나. 무지무지 성격 나쁜 자칭 사신이라든가.

요놈, D! 이것도 네 녀석의 함정이더냐!

이 불공평한 처우는 나중에 반드시 꼭 항의해주마!

한쪽은 세계 최대의 미궁이라는 위험 지대에서 거미 마물로 태어난 나.

한쪽은 어딘가 좋은 귀족 집안의 영애로 태어난 흡혈 양.

주변 환경만 봐도 이보다 더할 수가 없는 격차.

흐, 흥이다!

그래도 나는 마물로 태어난 덕에 이만큼 강해졌는걸!

사치스러운 생활이 뭐 그리 대단하다고!

하나도 안 부러워라!

그렇게 나는 세상의 불합리함을 곱씹으면서 한탄을 거듭했지만 옆에서 보자면 갓난아기를 물끄러미 응시하는 거미 마물.

이보다 더 수상할 수 없다.

사고 가속을 쓰고 있으니까 이렇게 이것저것 생각을 해도 실제로 걸린 시간은 불과 몇 초밖에 안 되지만 말이야.

그래도 몇 초.

몇 초 동안 물끄러미 갓난아기를 응시하는 나와 마주 바라보고 있는 갓난애.

세라스 부인은 그런 나에게 뭔가 필사적으로 말을 건네려고 했지만 공교롭게도 나는 이 세계의 언어를 전혀 모르거든요.

나랑 대화를 나누고 싶다면 일본어를 마스터하고 다시 와주시게나.

뭐, 나는 말을 못하니까 열심히 듣기만 하겠지!

아니, 애초에 말문이 트여도 나는 커뮤니케이션 능력이 낮으니까 대화가 성립된다는 보장은 못하지만!

외톨이를 얕보지 마시라.

그리고 외톨이는 주목받는 것도 싫어하는 생물이랍니다.

갓난아기와 귀부인과 호위들의 시선을 한 몸에 받고 있는 지금 상황이 어지간히도 거북하거든요.

갓난아기와 마주 바라보고 있는 거미, 거미한테 열심히 열렬하게 말을 건네는 귀부인, 주위에서 마른침을 삼키며 지켜보는 호위 여러분.

이 상황은 대체 뭘까?

영문을 모르겠는걸.

너무 기상천외하다.

이제 슬슬 가만히 머물러 있기도 어색하니까 줄행랑을 칠까? 응, 그러자.

응, 그런고로 도망치듯 그 자리를 뒤로했다.

세라스 부인이 뭐라고 외쳤지만 무시다, 무시.

동향의 인연으로 흡혈 양이 평온무사하게 살아가기를 잠시 기원해줬다.

D의 악의가 본색을 드러내지 않기를…….

괜찮아, 괜찮아.

거미로 전생하는 것보다는 편할 거야.

내가 태어났을 때는 형제끼리 동족 포식을 벌이는 전쟁터가 시작 지점이었거든?

열심히 목숨을 부지했더니 진짜배기 마왕님이 매일매일 내 목숨을 노리고 덤벼들거든?

하핫~! 내 거미생은 날 때부터 오늘까지도 크레이지로다!

……응. 나보다는 훨씬 편안할 거야.

S1 결전 이틀 전

엘프의 마을에 도착하고 셋째 날.

첫날은 여행의 피로 때문에 배정받은 방에서 일찌감치 잠에 빠졌다.

그리고 둘째 날은 엘프의 마을에 머무르고 있었던 전생자들과 재회의 기쁨을 나눴다.

셋째날, 오늘은 무엇을 할지 망설이는 중이었다.

어제와 마찬가지로 전생자 친구들과 옛정을 되새기고 싶은 마음도 있었지만, 유고가 제국군을 이끌고 들이닥치는 지금 상황에서 한가롭게 시간을 보내는 것은 좀 아니라고 여겨졌다.

정보 수집 삼아서 굳이 만난다 해도 전생자들은 엘프의 통제하에 바깥세상과 격리된 생활을 강요받았으니까 지금 상황을 타개하는데 도움 될 만큼 많이 알지는 못할 것이다.

선생님의 속내며 엘프에 관해 묻고 싶은 말은 이래저래 많았지만…….

우선 침략을 개시한 제국군부터 물리치고 나중에 물어보면 된다.

지금은 눈앞의 전투에 집중해야 했다.

선생님과 엘프를 완전하게 믿지 못하는 상황에서 전투에 임해야 하기에 불안하지 않느냐고 묻는다면, 괜찮다고 가슴을 펴고 대답하지 못하는 것도 분명 사실이었다.

그렇지만 엘프도 뒤에서 칼을 찌르는 헛짓은 하지 않겠지.

설마 그러지는 않겠지.

그럼에도 포티머스나 우리의 수행인으로 배정된 엘프들의 태도며 언동을 떠올려보면, 단호하게 부정할 수는 없었기에 적잖이 불안한 구석이 있다만.

우리의 수행인이라는 엘프는 일행 한 사람당 두 명씩 언제나 따라다녔다.

수행원이라는 명목으로 따라다니는 주제에 딱히 도움 주는 일은 하지 않는다.

명목상 수행원일 뿐 그들이 감시자라는 사실은 명확했다.

태도에서 우리와 친하게 지낼 의도가 일절 없음을 피력하고 있었다.

초대면 때 이름을 물었더니 돌아온 대답은「알 필요 없소」였다.

이름을 가르쳐줄 생각이 없고 또한 상대편도 우리의 이름을 알려는 생각은 없는 듯했다.

거기에서 우리에 대한 철저한 무관심이 엿보였다.

그럼에도 어떻게든 관계를 개선하고자 말을 건네봤지만 정말로 용무가 있을 때 말고는 무시당하는 것이 현재 상황이었다.

잡담을 꺼내도 무시당할 뿐, 끝내는「별다른 용무가 없다면 말을 걸지 마시오」라는 소리까지 들어야 하는 형편.

엘프에게는 우리와 협력할 의도가 없다는 걸까?

그나마 대화가 성립되었던 포티머스가 우리에게 우호적인 인물일 수도 있겠다는 생각이 들었다.

정작 포티머스도 전쟁 준비를 해야 한다면서 첫날 말고는 얼굴을 마주하지 못했다.

선생님도 오늘부터 그쪽으로 합류해야 하기에 우리와는 따로 행동하게 됐다.

그렇게 반쯤 방치된 상황이기도 한 탓에 나는 오늘의 예정을 아직 결정하지 못했다.

"슌. 우리도 전투를 대비하려면 결계의 상태를 한 번 확인해야 하지 않겠나? 전투가 벌어지면 결계의 외곽 지역이 전장이 될 테니까 말이다."

고민하는 나에게 하이린스 씨가 그런 제안을 꺼냈다.

딱히 결정된 일정이 없었던 만큼 나로서는 반가운 제안이었다.

하이린스 씨는 우리 가운데 가장 전투 경험이 많았다.

스테이터스는 나보다 뒤처진다 해도 경험으로 뒷받침되는 실력은 숫자로 측정할 수 없는 법.

나는 전투가 벌어질 장소에 미리 가서 조사한다는 발상을 하지 못했다.

이런 면에서 나는 아직도 많이 미숙하다는 사실을 통감하게 된다.

그런 까닭에 우리는 다 같이 결계가 있는 엘프 마을의 외곽 지역으로 향했다.

그때 뜻밖의 인물과 마주쳤다.

"여어."

"안녕."

배정받은 집에서 나왔을 때 거기에는 어제 재회했던 전생자 중 두 사람, 타가와와 쿠시타니가 있었다.

"우리는 몇 안 되는 싸울 줄 아는 전생자잖아. 앞으로는 너희들과 함께 행동하라더라고."

타가와는 뒤에서 감시자처럼 진을 치고 서 있는 엘프들을 가리키면서 말했다.

마치 죄수를 이송하는 분위기로군.

내가 느낀 바를 타가와와 쿠시타니도 느낀 듯 왠지 모르게 기분이 안 좋아 보였다.

"만나서 반갑군. 이야기는 슌에게서 전해 들었다. 나는 하이린스. 잘 부탁하네."

껄끄러운 분위기를 풀어내면서 하이린스 씨가 자기소개를 하고 손을 내밀었다.

"처음 뵙겠습니다. 타가와 쿠니히코라고 합니다. 이름 높은 용사의 동료였던 하이린스 씨를 만나 뵙게 되어 감격스럽군요."

타가와가 하이린스 씨의 손을 맞잡고 악수를 나눈다.

"쿠니히코? 혹시 모험가 사이에서 이름이 알려져 있는 그 쿠니히코가 맞나?"

"저 말고 쿠니히코라는 이름을 쓰는 녀석은 아마 없을 테니까 그 쿠니히코가 맞을 겁니다."

깜짝 놀라는 하이린스 씨에게 뿌듯한 표정으로 대답하는 타가와.

아마도 내가 몰랐을 뿐 타가와는 유명인이었나 보다.

"그렇다면 이쪽이 아사카인가?"

"맞아요. 만나서 반갑습니다."

쿠시타니가 고개를 꾸벅 숙였다.

그야 타가와가 유명하다면 파트너로 함께 활동했던 쿠시타니도 마찬가지겠지.

타가와와 쿠시타니는 이곳 엘프의 마을로 오기 전에는 모험가로서 각지를 여행하면서 돌아다녔다고 했다.

어제는 자세히 들을 시간이 없었지만, 아마도 내가 상상했던 것 이상으로 두 사람은 뛰어난 활약을 펼친 모양이었다.

"S랭크 달성은 문제없다고 평가받는 두 사람이 동료라니 든든한 심정이로군."

하이린스 씨의 말에는 겉치레가 아닌 분명한 신뢰가 동반돼 있었다.

타가와와 쿠시타니는 더 넓은 세상에서 활약을 벌이며 제대로 평가받고 있는 듯했다.

왠지 뒤처지는 기분이 들어 마음이 편치 않았다.

다른 사람도 아닌 하이린스 씨에게 인정받는다는 사실이 조금 부러웠다.

나는 주위로부터 평가받을 만한 공적을 아무것도 쌓지 못했으니까.

"일단 걸어가면서 얘기할까요?"

카티아의 말대로 선도하는 엘프들을 따라 이동을 개시했다.

엘프들은 우리 한 사람당 둘씩, 즉 열네 명이나 됐다.

그 녀석들이 일절 잡담조차 않고 묵묵히 이동하는 모습은 섬뜩한 느낌이었다.

"타가와와 쿠시타니는 어떤 활약을 한 거야?"

이대로 말없이 줄줄 이동하다가는 기분이 울적해질 것 같아서 타가와에게 적당히 얘깃거리를 꺼냈다.

"후후. 나랑 아사카의 무용담을 듣고 싶냐?"

저 한마디만 듣고도 괜히 질문했다고 일찌감치 후회했다.

지금의 거북한 분위기를 떨쳐 내고 싶다는 마음은 타가와도 마찬가지였는지 일부러 더 과장스럽게 행동하려 한 까닭도 있었겠지만, 그 이상으로 순수하게 자기 자랑을 늘어놓고 싶어 하는 마음이 강하게 전해졌다.

"아니야, 됐어."

"에이, 섭섭한 소리 말고. 일단 이걸 좀 봐라. 어때?"

타가와가 보여준 물건은 한 자루의 칼.

"일본도잖아!"

"모조품이지만, 그래도 형태만큼은 비슷하게 만들어봤어."

히죽거리면서 자랑스럽게 말하는 타가와.

이 세계에는 일본도가 없었다.

따라서 형태뿐이라지만 비슷한 모양을 지니도록 제작한 타가와의 칼은 이 세계의 유일한 일본도라고 말할 수 있겠다.

그것만으로도 가치가 높은데 타가와가 소지한 일본도는 놀랍게도 마검(魔劍)이었다.

강력한 마물의 소재를 써서 제작한 무구에는 때때로 특수한 효과가 부여되곤 한다.

그럼으로써 특수한 효과를 발휘하는 무구를 가리켜 마검이라고 부른다.

"일본도인데 게다가 마검이라니. 대단하네. 진짜 대단하네."

대단하다고 감탄을 연발할 수밖에 없었다.

역시 강력한 무기는 남자를 설레게 한다.

"그렇지? 이놈은 나랑 아사카가 토벌했던 뇌룡(雷龍)의 발톱을 연

마해서 만든 칼이야. 벼락의 마력이 깃들어 있지. 그리고 또 아사카가 갖고 다니는 지팡이는 다른 임무 때 쓰러뜨린 풍룡(風龍)의 뼈를 깎아서 만들었지. 저건 바람 마법을 강화하는 힘이 있어."

그렇군 용(龍)을 토벌한 덕분에 이렇게 훌륭한 장비를 갖춘 거야.

게다가 잘 살펴보면 두 사람의 장비는 무기뿐 아니라 방어구도 용의 소재를 써서 만든 물품인 듯 보였다.

"말해 두겠는데 우리 단둘이 쓰러뜨린 건 아니거든? 다수의 모험가로 토벌대를 편성해서 나랑 쿠니히코는 그냥 거기에 참가했던 거야."

의기양양해서 자랑하는 타가와와 솔직하게 감탄하고 있었던 나의 흥분된 분위기에 찬물을 끼얹으면서 쿠시타니가 새침한 목소리로 보충 설명을 했다.

쿠시타니는 전세 때부터 쿨하고 성실한 인상을 받았었는데, 그런 성품은 지금 삶에서도 바뀌지 않은 듯했다.

성격이 비슷하기 때문인지 반장을 맡은 쿠도와 사이가 좋았고 반대로 페이하고는 잘 어울리지 못했다.

지금도 왠지 모르게 거리를 두려고 하는 태도를 보면 페이에게 성실한 사람은 역시 취약인가 보다.

"겸손한 말씀이시네요. 그렇지만 이만한 소재를 확보했다는 사실 자체가 그에 걸맞은 활약을 보였다는 증거겠지요? 용을 쓰러뜨렸다는 뛰어난 실력을 아무쪼록 기대하겠어요."

카티아가 우아하게 미소 지으면서 타가와의 어깨를 토닥였다.

그러자 타가와는 묘하게 수상쩍은 태도를 보였다.

"있잖아. 좀 무례한 질문일 수도 있는데, 진짜 오오시마 맞아? 왠지 몸동작이며 말투까지 전혀 다른 사람 같거든.”

내가 타가와의 거동 수상자 낌새를 의아하게 여기고 있던 때 쿠시타니가 그렇게 물음을 입에 담았다.

당연한 의문이었다. 나와 페이는 이미 많이 들어서 익숙했지만, 카티아의 아가씨 말투는 본래 남자였던 전세의 시절을 알고 있는 사람이라면 상당히 강한 위화감을 느낄 테니까.

그 때문에 타가와는 거동 수상자처럼 굴고 있고, 쿠시타니도 기어이 캐물을 수밖에 없었나 보다.

그래도 다른 사람 같다는 말은 표현이 좀 지나치잖아.

카티아는 지금도 옛날에도 바뀌지 않았는데.

“아, 그야 그렇겠죠. 안 그래도 전생하면서 남자가 여자로 바뀌었는데, 저는 이래 봬도 좋은 집안의 아가씨랍니다. 그런 환경에서 자라면 여러모로 바뀌지 않겠어요?”

하지만 바뀌지 않았다는 나의 인식은 본인에 의해 부정당하고 말았다.

놀라서 뒤돌아본 나는 카티아와 시선을 마주쳤다.

카티아는 의미심장하게 미소 지었고, 옆에서 보던 타가와와 쿠시타니는 서로와 얼굴을 마주하면서 뭐라 말할 수 없다는 표정을 만들었다.

“이게 결계인가.”

엘프들의 안내를 받아 도착한 장소에는 얇고 투명한 막 비슷한 것이 있었다.

결계는 좌우로 끝없이 펼쳐지고 있었고 위쪽으로도 뻗어 나갔다.

하늘 높은 곳을 보면 완만한 곡선을 그리면서 돔 형태로 머리 위를 뒤덮고 있음이 눈에 들어온다.

거의 투명에 가까웠기에 못 알아차렸을 뿐, 위를 올려다보면 어디든 결계로 감싸여 있었구나.

"이거, 지하는 어떻게 돼 있어?"

"지하도 상공과 마찬가지로 결계에 둘러싸여 있네."

타가와의 질문에 엘프 한 명이 대답했다.

그렇다면 지면을 파서 침입하는 방법도 불가능하다는 뜻이군.

"만져봐도 괜찮습니까?"

"그래."

만지면 전기가 발생하는 등 충격을 일으키는 타입의 결계는 아니라기에 흠칫흠칫하면서 만져봤다.

신비로운 감촉이었다.

온도가 없는 유리를 만지는 느낌이랄까.

얇아 보이는 겉모양과 달리 몹시도 견고한 감촉이 느껴졌다.

"얼마나 튼튼한지 살짝 확인하고 싶은데 괜찮을까?"

타가와가 엘프에게 그렇게 제안하자 엘프는 그것을 승낙했다.

무엇을 하려고 저러나 궁금해하면서 지켜보려니까 타가와는 일본도를 뽑아 들더니 도신에 자전(紫電)을 일으켰다.

치직치직 공기가 터져 나가는 소리가 울려 퍼지면서 타가와의 손에 들린 일본도에 차츰 강력한 벼락의 힘이 응축되었다.

위험하다고 판단한 나는 모두에게 타가와로부터 떨어지도록 경고

했다.

우리가 충분히 거리를 벌렸을 때 타가와가 마침내 검을 휘둘렀다.

도신에 응축되었던 벼락이 쏟아지면서 결계를 강타한다.

눈을 불사르는 듯한 섬광이 주위로 발산되더니 굉음과 함께 가열된 공기가 폭풍이 되어 뒤쪽으로 흘러나왔다.

과연 용의 소재로 제작한 마검이었고, 또한 용을 처치한 타가와의 일격다웠다.

떨어져서 보기만 해도 얼마나 무시무시한 위력인지 통감할 수 있었다.

그럼에도 불구하고—.

"대단하네."

타가와의 입에서 감탄성이 흘러나왔다.

타가와가 날린 혼신의 일격이 적중됐는데도 결계는 흠집 하나 없이 자리를 지키고 있었다.

"이래서는 부수는 건 무리 아니야? 아예 꿈쩍도 안 하는데?"

타가와가 일본도를 검집에 꽂아 넣으면서 말했다.

실제로 공격해본 타가와의 감촉으로는 부술 가망이 안 보인다는 뜻인가.

"페이도 한번 해볼래?"

"아냐, 괜히 힘만 뺄 테니까 안 할래. 저걸로도 무리면 나도 무리일걸?"

우리 중 최대의 공격력을 자랑하는 페이가 시도도 안 하고 무리라고 단언했다.

새삼 결계의 대단함을 확인하게 되는군.

"나츠메가 이걸 부술 수 있을까?"

"꼭 부술 필요는 없을 텐데요?"

타가와가 중얼거린 그때 카티아가 의외의 말을 꺼냈다.

"무슨 뜻이야?"

"간단한 이치랍니다. 안에서 결계를 해제하든가, 그게 아니더라도 저희가 결계 내부로 들어왔을 때처럼 같은 방법을 쓰면 되겠지요?"

카티아가 천연덕스럽게 꺼내 놓은 대답을 듣고 나는 가슴이 철렁했다.

그 방법이라면 분명 결계를 부술 필요는 없을 것이다.

하지만 내부에서 결계를 해제하든 전이진을 통해 안으로 침입하든 내부의 사정을 알려줄 내통자가 필요했다.

안에서 결계를 해제하려면 당연히 결계 안에서 손을 써야 하니까.

우리가 이곳 엘프의 마을로 들어왔을 때처럼 전이진을 쓴다고 해도 비밀 장소를 알아야 했다.

전이진이 설치된 장소는 선생님이 우리에게 「절대로 누설하지 말라」라고 다짐을 놓을 만큼 은닉된 곳이다.

정확한 장소를 알고 있는 자는 물론 엘프뿐.

"우리 가운데 내통자가 있다는 말인가?"

가시 돋친 목소리로 카티아에게 따지는 엘프 중 한 명.

다른 엘프들에게도 달갑지 않은 말이었던 듯 대놓고 얼굴을 찡그렸다.

"가능성의 이야기예요. 아시는 바대로 유고는 세뇌의 힘을 구사합니다. 당신들 중 누구 한 명도 세뇌를 받지 않았다는 보장은 없을 텐데요?"

"헛소리. 우리는 그따위 수법에 굴복하지 않는다."

퉁명스럽게 내뱉으면서 단언했다.

하지만 내 경험으로 말하자면 유고의 힘을 지나치게 경시하는 발언이었다.

유고가 구사하는 세뇌의 힘은 스테이터스가 대단하다고 해서 저항 가능한 범주가 아니었다.

카티아는 세뇌당했던 경험이 있기에 더욱더 그 힘이 얼마나 두려운지 잘 알고 있었다.

절절한 충고인데도 비웃는 엘프를 보면서 나는 조바심을 느낄 수밖에 없었다.

"그런가요. 하지만 만에 하나의 사태를 대비해서 전이진의 일시 가동 정지를 제안하는 바입니다. 누군가가 세뇌당하지 않았더라도 전이진의 장소가 새어 나갔을 가능성은 충분히 있지 않겠어요?"

카티아의 말대로 엘프들이 아무리 은밀하게 숨겼다 해도 전이진의 장소가 새어 나갔을 가능성이 없다고 단언하지는 못한다.

거대한 힘을 자랑하는 제국이나 인족 사이에서 널리 신앙하고 있는 신언교, 그들이 부리고 있는 정보 부대가 우수하다는 사실은 틀림없었으니까.

이를테면 외부에서 활동하는 엘프를 철저 감시하던 중에 전이진의 위치를 발견했다는 사태도 일어날 법하지 않겠는가.

"필요 없다."

그렇지만 돌아온 대답은 우리를 아연실색하게 만들었다.

"어떤 수작을 부리고 덤비든 간에 인족 따위의 잔꾀로 우리를 넘볼 수는 없을지니."

너무나도 오만한 발언이었다.

그리고 인족 따위라는 표현에서는 제국군뿐 아니라 우리마저도 멸시하고 있음이 엿보였다.

명백하게 우리를 혐오하는 태도였기에 주위의 분위기가 단번에 악화됐다.

그중에서도 페이가 가장 위험했다.

팔짱을 끼고 도끼눈을 뜬 채 엘프들을 노려보는 눈빛에서는 전세에서 와카바를 대할 때처럼 격렬한 노여움의 감정이 묻어났다.

자칫하면 엘프에게 덤벼들어 주먹을 휘두를 기세였다.

근처에 있던 하이린스 씨가 낌새를 알아차리고 페이의 어깨를 두드리면서 말없이 고개를 흔들었다.

그러자 페이는 간신히 인내심을 발휘한 듯싶었다.

후유, 한숨을 돌린다. 역시 하이린스 씨는 어른이었다.

또 신경 쓰이는 부분은 처음부터 끝까지 말없이 고개 숙이고 있었던 안나의 존재.

하프 엘프이고 옛날에는 엘프에게 박해받았던 안나에게는 이 자리의 분위기가 괴로울 수도 있겠다.

"어찌 되었든 결계가 쉽사리 부서질 만한 장치가 아니라는 사실은 확인했다. 돌아가서 제국군이 어떻게 나올지 다시 대책을 강구하도록 하자."

하이린스 씨가 모두에게 건네는 말이 내 사고를 가로막았다.

거기에 모두가 찬성하면서 우리는 왔던 길을 되돌아갔다.

"얘네, 지켜줄 가치가 있는 거야?"

돌아가던 중 페이가 불쑥 중얼거렸던 그 말을 나는 못 들은 척 넘기기로 했다.

지금까지 봤던 선생님의 태도와 지금 엘프들의 태도.

하나하나 떠올리자면 페이의 방금 전 말에 동의해버릴 것 같았으니까.

막간 하프 엘프의 반생

"안나. 보다 살기 좋은 왕국을 만들기 위해 그대의 힘을 짐에게 빌려주지 않겠는가?"

제게 내밀어준 손과 그분의 얼굴을 저는 지금도 기억하고 있습니다.

슈레인 님은 과도하게 걱정해주고 계십니다만, 사실 저는 엘프의 마을에 괴로운 기억을 많이 갖고 있지는 않습니다.

글쎄요, 아예 기억나지도 않네요.

여기 엘프의 마을에서 지냈던 시절의 기억은 벌레 먹은 양 애매할 따름입니다.

분명 마음이 괴로운 기억을 떠올리고 싶지 않아 외면하는 탓이겠지요.

이런 상태로도 엘프라는 종족의 사상을 잊지 않았다는 것이 신기합니다.

엘프라는 종족은 비뚤어진 사상을 갖고 있습니다.

그들에게 다른 종족은 저속한 하등 생물.

엘프 지상주의라고도 표현할 만한 신앙과도 비슷한 사고방식을 어린 시절부터 주입받으면서 자라납니다.

저는 아마도 열등감의 발로라고 해석하고 있습니다.

엘프는 족장 포티머스 님을 정점으로 모시는 절대 왕정.

엘프는 본인의 모든 삶을 죽는 그날까지 포티머스 님에게 헌신하고 활동하도록 태어난 순간에 이미 규정됩니다.

표현은 좋지 않습니다만 포티머스 님의 노예나 마찬가지입니다.

바로 그 때문에 다른 종족을 멸시함으로써 자신들의 지위를 상대적으로 끌어올리려는 심산이겠지요.

그 사실을 깨달은 때는 엘프의 마을에서 나온 다음이었습니다.

엘프의 마을에 있는 동안은 엘프야말로 지고의 종족이었고, 포티머스 님을 모셔야 함은 법칙이었고, 하프 엘프로 태어난 제가 박해받는 것은 섭리였습니다.

거기에 의문을 품은 적은 없었습니다.

당연한 상식이었으니까요.

물건은 아래로 떨어진다. 그와 비슷할 만큼 지당한 사실이었습니다.

엘프에게 다른 종족은 멸시해야 마땅한 존재, 하물며 하등 종족과 만나 아이를 낳는 것은 얼토당토않은 짓.

그렇게 태어난 아이는 출생의 배경만으로도 혐오의 대상이었습니다.

상스러운 욕설을 퍼붓기도 했고 폭력을 휘두르는 경우도 있었습니다.

죽이지 않았던 까닭은 엘프와 관련된 존재는 설령 하프 엘프라 해도 포티머스 님의 소유물이라는 인식이 있었기 때문이겠지요.

주인의 의향을 무시한 채 소유물을 제멋대로 처분할 수는 없는 노릇입니다.

그래서 저는 박해 속에서나마 삶을 허락받았습니다.

이상이 흐릿흐릿한 기억을 이어 붙여서 떠올린 제가 엘프의 마을에서 보낸 생활입니다.

그곳에 부모는 없었습니다.

어떤 경위나 사정으로 인하여 저 같은 하프 엘프가 태어났는지 부모와 만난 적도 없는 저로서는 알아낼 도리가 없었습니다.

그렇게 저는 어느새인가 엘프의 마을에서 쫓겨나고 말았습니다.

아마도 포티머스 님이 그렇게 결정을 내리셨겠지요.

엘프라는 종족은 모두 포티머스 님의 소유물이고 개개인의 삶 또한 포티머스 님의 의향에 따라 결정될 뿐.

그렇게 저는 버림받았고 각지를 정처 없이 떠돌아다니게 되었습니다.

그때까지 저는 인형이나 다름없었습니다.

포티머스 님이라는 절대자의 노예에 불과한 엘프, 그러한 엘프보다 더욱더 낮은 신분으로 취급받는 살아 있는 샌드백.

그것이 나.

그랬던 제가 엘프의 마을에서 추방당했을 때 어째서 죽음을 선택하지 않고 삶을 선택했는지는 제 자신의 결정이었는데도 아직껏 잘 모르겠습니다.

행복을 느낀 적도 없었고 괴로울 때 괴롭다고 인식하지도 못했던 감정 없는 인형이 어째서 살아가려고 했던 걸까요.

그대로 아무것도 하지 않고 굶어 죽는 편이 자연스러운 흐름이 아니었을까요.

그렇지만 저는 지금도 이렇게 살아 있습니다.

살아 있다는 실감을 받습니다.

그러한 실감을 처음으로 제게 준 분은 이제는 돌아가시고 안 계신 전전 대 애너레이트 국왕님이었습니다.

그분은 각지를 방랑하던 저의 마법 실력을 전해 들은 뒤 저를 등용하고 싶다고 말씀해주셨습니다.

타인이 저를 필요로 한다는 감각을 저는 그때 처음으로 체험했습니다.

그때 제 마음은 비로소 첫울음을 터뜨렸는지도 모르겠습니다.

그렇게 저는 애너레이트 왕국으로 출사하였고 지금까지 성심성의껏 제 역할을 다했습니다.

저를 등용해주신 전전 대 국왕님은 유감스럽게도 젊은 나이에 세상을 떴습니다만, 병상에서 아들을 잘 부탁한다고 제게 마지막 뜻을 전해주셨습니다.

외부에서 거둬들인 제게 그토록 진한 신뢰를 전해주신 전전 대 국왕님에 대한 감사의 뜻, 동시에 그토록 신뢰받을 만큼 올바르게 잘 활동했다는 뿌듯함이 제 가슴에 들어찼습니다.

아아, 이제껏 이분을 잘 모신 내 자신이 자랑스럽다.

그리고 앞으로도 왕국에 충성을 맹세하겠노라고 마음 깊숙이 다짐했습니다.

그렇게 결심하는 동시에 저는 엘프라는 종족에게 연민을 느꼈습니다.

그들은 태어난 순간부터 충성을 바칠 상대가 규정돼 있습니다.

스스로 선택하기는 불가능할뿐더러 의문을 가질 줄도 모릅니다.

그렇습니다, 엘프의 마을에 있던 당시의 저처럼요.

저는 제 의지로 모시고 수행할 분과 해후했습니다.

그래서 자랑스럽습니다.

그렇지만 그 자부심을 저는 짓밟혔습니다.

제국의 유고 왕자에게 조종당함으로써…….

슈레인 님은 제게 책임은 없다고 말해주십니다.

그렇지만 배려의 말에 의지해서는 도피밖에 되지 않습니다.

폐를 끼친 만큼 슈레인 님의 힘이 되어드려야 합니다.

그런데도 저는 자꾸 걸림돌이 될 뿐.

마법의 행사에는 자신이 있었던 제 실력도 성장하신 슈레인 님과 동료 여러분들이 보기에는 뒤떨어지는 수준밖에 되지 못합니다.

폐를 끼친 만큼 활약하기는커녕 더더욱 폐를 끼치고 있는 처지.

이대로는 안 되겠다고 조바심을 내면서도 제 힘으로는 딱히 수행할 역할도 없는 상황이 이어졌습니다.

전투력으로는 도움이 되지 않고 평소의 생활에서도 배려를 받기만 하는 처지.

제가 하프 엘프인 탓에 엘프의 마을에서 박해받았다는 사실을 알고 계시는 슈레인 님은, 엘프의 마을에 도착한 이후 이제껏 이상으로 제 신변에 주의를 기울여주고 계십니다.

제 안위 따위를 신경 쓸 여유는 없을 텐데도 불구하고…….

슈레인 님에게 부담만 지우고 있습니다.

그 사실이 무겁게 어깨를 짓누릅니다.

왕국에 남아 있는 편이 더 좋지 않았을까요?

그렇게 몇 번이고 후회했지만 그럼에도 이곳까지 와버렸습니다.

이 이상 슈레인 님의 발목을 잡을 수는 없는 노릇입니다.
다음 전투에서는 기필코 도움이 되어 보이겠습니다.

2 도시

슬쩍 회수해 두었던 도적의 시체를 뜯어 먹는다.

아니, 나는 딱히 회수할 생각은 없었거든. 그런데 병렬 의사가 나도 모르게 챙겼더라니까.

공간 마법의 공간 수납에다가 시체를 욱여넣어서…….

회수했다고 불만이 있는 건 아니지만, 내게는 전혀 그럴 의도가 없었는데도 병렬 의사가 멋대로 저지른 짓이라서 살짝 놀랐다.

병렬 의사는 본래 내 의식을 복제하여 늘림으로써 다중 인격 비슷한 현상을 의도적으로 구현하는 스킬이다.

복제된 의사는 나와 완전히 똑같은 사고방식을 지니게 되므로 달리 말하자면 또 한 명의 나.

모든 병렬 의사가 나 자신이며 물론 서로 간에 위아래도 없다.

분열되어 있다고 해도 어쨌든 전부가 나 자신이며 나의 의사이니까.

그래야 하는데도 마더와 전투를 치르면서 오랫동안 개별 행동을 취한 까닭인지 병렬 의사의 행동에 놀랄 때가 있었다.

이번에 도적의 시체를 쓱싹 챙겼던 것도 그중 하나.

나는 그대로 시체를 방치하고 갈 의도였는데 병렬 의사들이 당연하다는 듯 챙겨 뒀다.

그 일 때문에 「왜 챙긴 거야?」라고 물었더니 〔왜 안 챙긴다는 발상을 하는 거야?〕라는 대답이 돌아오는 판국.

다른 병렬 의사도 같은 의견인 듯했고 이단자는 나 하나뿐이었다.

분명 같은 나여야 하는데 병렬 의사와 의견이 엇갈리고 있다.

그런 사태는 지금껏 일어나지 않았고 일어날 수도 없었다.

그렇잖아, 내가 나 자신을 부정하는 사태가 어떻게 일어난다는 거야.

그렇지만 실제로 사태는 일어나버렸다.

마더를 쓰러뜨리고 병렬 의사가 돌아왔으니 당연히 기뻐해야 하는데도 이런 변화 때문에 은근한 불안감에 휩싸인다.

그런 일도 있어서 나는 돌아온 병렬 의사들에게 몸의 주도권을 넘겨주지 않았다.

본래 나는 정보 담당으로서 감정 등등으로 상대의 정보를 분석하고 사고하는 역할을 수행했다.

몸을 움직이는 역할은 몸 담당에게 맡기고 마법은 마법 담당에게 일임하는 모양새로 저마다 역할을 분담했었다.

그렇지만 지금은 내가 몸을 움직이고 있다.

본래 하나의 의사로 모든 역할을 수행했으니까 못할 이유는 없었다.

다만 병렬 의사끼리 역할을 분담하는 편이 효율적일 뿐.

굳이 효율을 포기하고 나는 병렬 의사가 모두 나가 있던 때와 마찬가지로 모든 역할을 홀로 수행하고 있다.

마법만큼은 병렬 의사들이 알아서 거들어주지만 그 밖의 행동은 원칙적으로 나 혼자만 수행할 수 있도록 했다.

그에 대해서 병렬 의사들은 불만을 표시하지 않았다.

어렴풋이 내 의중을 이해하는 듯 보였다.

본인들도 자신의 변화를 느끼고 있는 까닭인지 모르겠다.

다만 아직 병렬 의사와 나의 괴리가 아주 심각한 지경은 아니었다.

이번에 도적을 회수한 것 역시 펄쩍 뛸 일은 아니었다.

애초에 나는 밥을 남기지 않는 주의인 데다가 해치운 사냥감은 전부 먹어 치우자는 것이 신조니까.

일부 예외가 있고 상황을 감안해서 포기하는 경우도 있지만…….

그런고로 이번에는 상황을 보고 포기하는 패턴이었다.

물론 처음에는 나도 도적의 시체를 회수할 의욕이 가득했으나, 전생자랑 조우하는 뜻밖의 사태와 직면한 탓에 예정보다 훨씬 더한 주목을 끌어버렸다.

당초에는 지나가던 마물이 우연히 도적을 죽이더니 시체까지 들고 내뺀다는 느낌으로 해치울 작정이었다.

하지만 도적에게 살해당한 줄로 보고 넘겼던 사람이 간신히 살아 있길래 겸사겸사 치료해줬단 말이지.

이 시점에서 지나가던 마물이 우연히, 라는 느낌은 싹 사라져버렸고—.

도적을 쓰러뜨린 것도 모자라 중상을 입은 인간을 치료한 단계에서 확고한 의사를 지니고 호위들을 구해줬다는 사실은 들켰을 거야.

그것만으로도 화제가 일어나기에 충분한데 마차 밖으로 나온 갓난아기와 서로를 물끄러미 쳐다보는 별난 짓까지 해버렸다.

주목을 모으기에는 충분한 행동이었다.

또한 그렇게 눈에 띄는 행동을 하면 할수록 사람들의 입에 오르내리게 된다.

여기저기 소문이 퍼져 나가면 언젠가 마왕의 귀에도 들어갈 테지.

그 때문에 더 이상은 눈에 띄는 행동을 하지 말아야겠다는 판단을 내린 뒤, 도적의 시체를 회수는 포기하고 줄행랑을 쳤다는 거지.

뭐, 그런데 그래 봤자 이미 늦었단 말이야.

충분하고도 남을 만큼 주목을 끌어버렸으니까 여기에 또 도적의 시체가 쏙 사라졌다는 괴현상이 추가돼도 별로 큰 영향은 없을 거야.

그러니까 병렬 의사들이 한 짓은 딱히 마이너스가 아니었다.

다만 지금 먹고 있는 도적의 시체가 구리고 맛없으니까 기분이 가라앉을 뿐.

그게 전부다.

구리다, 지저분하다, 맛없다. 이렇게 삼박자를 모두 갖춘 도적의 시체를 베어 먹으면서 바라보는 광경은 커다란 도시.

뭐, 마차도 지나다니는 널찍한 길을 나아가다 보면 언젠가 도시에 도착한다고 예상은 했거든.

단지 예상 이상으로 커다란 도시여서 깜짝 놀랐지만…….

게다가 방금 마차를 구해줬던 장소에서 상당히 가까운 거리였기에 또 한 번 깜짝.

도적들아, 너희들 이렇게 도시 가까운 데서 행패를 부렸던 거냐.

얼마 못 가서 치안 부대한테 퇴치당했을 텐데.

좀 도시에서 떨어진 곳을 노려 범행을 저지르라며 따지고 싶었다.

뭐, 벌써 나한테 죽어서 우물우물 먹히고 있으니까 어느 쪽이든 상관없나.

도시의 사방에 튼튼한 벽을 둘러쳤다.

마물처럼 위험한 생물이 설치고 돌아다니는 이 세계에서는 든든한 방어벽을 세워 두지 않으면 안심하고 생활하지 못할 것 같다.

그 증거로 벽의 바깥에는 건축물이 일절 없었다.

보통 이만한 도시라면 도시의 발전에 따라 벽이 있다고 해도 바깥쪽으로 건물이 늘어나야 하는데, 실제로는 벽의 내부에 빼곡하게 들어차 있었다.

벽의 바깥이면 뭘 건설하려고 해도 금세 마물이 덮쳐드나 보다.

뭐, 마물 말고도 지금 우물우물 먹고 있는 요런 놈들을 도시 안으로 들이지 않기 위한 목적이겠지.

벽의 사방으로 감시탑을 세워 놓았고, 성벽 위에도 병사가 주변을 경계하면서 순회하고 있었다.

밤늦은 캄캄한 시간에 고생 참 많으시네요!

있잖아, 나는 밤눈 스킬이 최고 레벨이니까 어둡든 까맣든 전부 다 훤히 보이거든. 그렇지만 야행성도 뭣도 아닌 일반 인간 병사 아저씨가, 불빛도 거의 없는 이런 한밤중에 감시처럼 신경 곤두서는 임무를 수행하려면 엄청 고생스럽다고요, 암요.

그렇죠. 현재 시각은 밤, 게다가 심야랍니다.

착한 아이는 쿨쿨 잠들어야 하는 시간.

가로등 같은 편리한 장치가 없는 이 세계에서 도시의 밤은 대단히 어두웠다.

사람들은 하나같이 일찌감치 잠드는 것이 기본이고, 해가 지면 일찍 불을 끄고 잠들어버린다.

뭐, 스위치 하나로 불빛을 켤 수 있는 현대 일본과 달리 불을 밝히려면 꼭 불을 피워야 하는 곳인 데다가 비용도 발생하니까.
절약을 위해서라도 깨어 있는 시간을 줄이고 불을 끄는 게 효율적이다.
그런 이유도 있어서 사람이 살고 있는 도시인데도 밤이 되면 굉장히 어둡고 고요해졌다.
일본하고 다른 점을 또렷하게 확인했다는 느낌인걸.
일본은 밤에도 휘황찬란하니까.
한밤중에 위성 사진을 찍으면 일본 열도가 또렷하고도 선명하게 보인다던가.
거기에 익숙해져서인지 밤이 사실은 이렇게 어두웠구나~ 하는 생각이 저절로 솟구쳤다.
뭐, 미궁 안이 훨씬 더 어두웠지만!
거기는 달빛도 별빛도 안 들어왔고…….
아, 참고로 이 세계에는 달이 다수 있음이 판명.
처음 그 광경을 봤을 때는 역시 이세계였다고 살짝 감동했다.
밀물이랑 썰물은 어떻게 되는 걸까?
여기서 잠깐, 어째서 나는 이런 심야에 도시의 낌새를 살펴보고 있을까요~?
그 대답이 현재 도시 안을 살금살금 이동 중.
완전 새카만 복장을 몸에 두르고 도시의 중심부에 위치한 커다란 저택으로 향하고 있다.
어디를 어떻게 뜯어봐도 도둑놈이랍니다. 밤이슬깨나 맞으셨나 봐요.

검은 옷 집단은 소리도 없이 저택 안으로 침입했다.

저택의 보안이 딱히 허술하지는 않았다.

저택의 정원에는 감시인이 밤새도록 순회하면서 침입자를 경계하고 있었고, 창문과 문도 자물쇠로 단단히 잠가 두었다.

서민의 집에는 자물쇠가 없는 것이 보통인 이 세계에서 모든 창문과 문에 자물쇠가 달려 있는 이 저택의 보안은 상당히 훌륭했다.

감시인도 밤눈 스킬을 갖고 있고 오감 강화라든지 기척 감지 같은 스킬도 갖고 있으니까 인간 경보기로서는 충분히 우수하다고 말할 수 있겠다.

그런데도 검은 옷 집단의 침입을 허락해버린 까닭은 오로지 놈들의 스킬이 더 우수했기 때문이었다.

은밀, 은폐, 무음, 무취. 기척을 죽이는 스킬이 한가득.

거기에 더해서 움직임 자체가 그야말로 완전 프로야.

멋진 솜씨로 감시인의 눈을 피해서 자물쇠도 단숨에 열어젖히고 침입.

잠깐의 움직임만 봐도 이놈들이 침입에 숙달돼 있음이 전해졌다.

평범한 도둑 나부랭이가 부릴 재주는 아니었다. 뒤가 구린 작업에 몹시 익숙한 그쪽 방면의 프로라는 느낌.

그런 프로가 이번에 목표로 삼고 침입하는 이 저택의 주차장이랄까, 마차 보관소랄까. 거기에는 엄청나게 낯익은 마차가 서 있었다.

응. 막 오늘 낮에 마주쳤던 흡혈 양이 타고 있었던 마차.

이제 다 아셨겠지요.

이 커다란 저택은 흡혈 양이 살고 있는 집이랍니다!

흡혈 양, 부자구나~.

그냥 부자가 아니라 귀족?

낮에 관찰했던 느낌으로는 아마도 흡혈 양의 아버지는 이 도시의 영주님 같았다.

이름은 존 케렌.

종족은 인족. 종족은 인족. 중요한 항목이니까 두 번 말했습니다.

해냈구나, 흡혈 양! 너는 돌연변이로 인간 사이에서 태어난 흡혈귀였어!

아하핫!

웃을 일이 아니잖아.

이 세계에서 흡혈귀가 어떤 대우를 받는지 모르겠지만, 귀족님 집안에 느닷없이 흡혈귀가 태어난 이상 장래에 분명히 고생스러울 텐데 말이야.

뭐, 그건 스스로 잘 처리해보시게나.

먼 나중의 일까지 돌봐주고 싶지는 않거든요~.

하지만 그래도 지금 이 순간 눈앞에서 불행한 최후를 맞이한다면 내가 괜히 찝찝하거든.

그런고로 신기술 발동!

만리안 플러스 주원의 사안!

지금까지 천리안으로 멀리 있는 대상을 볼 수는 있어도 보이는 대상에게 각종 사안이라든지 감정을 동시에 사용하기는 불가능했다.

그렇지만~! 천리안이 만리안으로 진화하면서 동시 사용이 가능해졌다는 말씀!

지금 내가 있는 곳은 도시 근처에 위치한 숲속.

이렇게 저택에서 멀리 떨어진 장소에 있어도 만리안과 사안을 함께 사용하면 상대를 일방적으로 공격할 수 있도다! 게다가 백발백중!

알다시피 사안은 시야에 들어오기만 하면 효과가 발동한다.

즉 상대가 보이기만 하면 반드시 적중한다는 뜻!

초원거리 필중 공격. 뭔가 글자가 전부 강해 보인다. 이상, 초등학생 감상문.

아무튼 간에 주원의 사안은 상대의 HP, MP, SP를 흡수하고 또한 능력치를 계속 저하시키는 효과를 발휘한다.

그런 공격을 반격 불능의 원거리에서 필중으로 날리는 끔찍한 사기 기술.

내가 봐도 치사하구나.

아니, 애당초 나의 드높은 마법 공격력이라면 인간 따위야 순살입죠.

그렇게 비열한 공격을 얻어맞은 침입자분들.

수수께끼의 즉사 공격을 맞은 느낌으로 상처가 없는 상태인데도 픽픽 쓰러져버렸다.

뭐, 딱히 틀린 말도 아니네.

HP도 MP도 SP도 전부 나한테 일순간에 싹 다 흡수당했으니까 말이야.

상처 하나 없는데 죽어버렸다니, 어머나, 미스터리~.

미스터리투성이 시체를 저택 안에다가 그대로 방치.

이제 내일 아침에는 저택 사람들이 틀림없이 거하게 소동을 일으키겠지.

별로 장난삼아서 괜한 소동을 일으키려는 건 아니었다.

누군가가 이 저택을 노리고 있다는 메시지를 전하기 위해 일부러 수상한 자의 시체를 남겨 놓는 거니까.

그렇다, 이 저택을 노리는 일당이 있었다.

내가 처음 낌새를 알아차린 때는 이 도시에 도착한 뒤 비교적 금방이었다.

처음으로 이 세계의 도시를 차분하게 바라보면서 감탄하던 때에 흡혈 양을 태운 마차가 도시로 돌아갔다. 습격을 받은 곳이 바로 근처였으니까.

그 마차를 빤히 응시하는 수상한 집단.

눈빛에서 불온한 기척이 풀풀 풍기더라고요.

그래서 번쩍 감이 왔지요!

혹시 방금 전 도적들은 이놈들의 수작이 아니었을까, 라고…….

영주의 아내와 딸에게 덮쳐든 불행.

그때부터 굴러떨어지는 영주의 인생.

뒤에서 달콤한 꿀을 빨아먹는 악당 놈들.

그야말로 싸구려 소설 같은 내용을 순식간에 망상했던 나.

하지만 별로 틀린 추측은 아니려나? 그렇게 생각했던 나는 일단 그 수상쩍은 집단을 감시하기로 했다.

다행히도 마왕은 왠지 모르겠지만 엘로 대미궁의 최하층에 있었다.

이 도시는 엘로 대미궁에서 그런대로 멀리 떨어진 위치이기도 하고, 최하층에서 지상까지 돌아오려고 해도 상당한 시간이 걸린다.

아무리 적게 잡아도 며칠 동안은 마왕한테 따라잡힐 걱정은 없었다.

따라서 이 도시에서 잠깐 시간을 때워도 문제없음.

내가 알지도 못하는 곳에서 불행한 사건을 맞이한다면야 어쩔 수 없다고 넘기겠지만, 눈앞에 훤히 보이는 지뢰를 방치하기는 좀 찝찝하고…….

애써 도적의 마수에서 살려 놨는데 금방 다른 수작에 살해당하면 구한 보람도 없어지니까 짜증 나잖아?

그런 까닭에 폭발적으로 수상한 일당을 감시하겠다고 결심한 나.

아지트 느낌의 건물에서 뭔가 작전 회의를 시작했다.

힐끔힐끔 이따금 이쪽으로 시선을 던지는 듯 보였지만 착각이겠지?

그렇게 감시하던 중에. 어머, 신기해라.

심야에 저택으로 침입하려고 움직이는 일당이 있네요!

설마 다음 날이 오기도 전에 행동을 벌일 줄이야, 기운이 넘쳐서 깜짝 놀랐어.

훌륭한 근성이라고 경의를 보내고 싶다.

이미 죽어버렸지만…….

아무튼 그렇게 수상한 놈을 싹 해치웠는데 문제가 근본적으로 해결된 것은 아니었다.

아지트에는 아직도 몇 명이 남아 있었으니까.

게다가 그중 한 명은 아마도 천리안을 갖고 있는 것 같아.

수상한 자들이 나자빠진 순간 상사로 짐작되는 인물한테 뭐라고 보고를 올렸거든.

이 세계의 말을 못 알아들어서 상세한 내용까지 이해할 수는 없었는데, 분명 침입자 여러분들이 살해당한 건을 보고했을 것으로 여겨진다.

보고를 전해 들은 상사 비슷한 로브 차림의 인물이 또다시 염화를 써서 어딘가로 연락을 넣고 있었다.

예지 님의 힘을 발휘한다면 도청쯤이야 간단한 일이지만 말을 못 알아들으니까 아무것도 모르겠다.

뭔가 말투가 굉장히 으리으리한 남자가 상대였는데 로브 인물보다 더 상사인 걸까?

요컨대 영주를 노리는 이 조직은 도시 바깥에도 지부를 두고 있다는 뜻이었다.

도시 안에 있는 일당을 해치워 봤자 다른 지부에서 증원이 올 수도 있다.

그러면 이 도시의 패거리를 내가 처리한들 의미가 없었다.

영주와 비밀 조직의 분쟁인데 내가 끝까지 뒤치다꺼리를 해줄 수는 없잖아요?

그런고로 침입자의 시체를 남겨 놓음으로써 누군가가 노리고 있다고 영주에게 일깨워주겠습니다.

적의 존재를 깨닫는다면 시체의 신원을 더듬어서 어디의 누가 범인인지 조사를 진행할 수도 있을 거고…….

그다음은 영주의 자기 방어 능력에 기대하렵니다.

내가 베풀어주는 도움은 여기에서 끝.

지나가다가 두 번이나 목숨을 구해줬으니까 전세의 인연이 있다지만 나는 완전 착하다.

응, 여기까지는 괜찮았다.

나는 눈앞에서 마물이나 도적 따위한테 사람이 살해당할 것 같으면 개입해서 도와주기도 한다.

그럴 만한 능력이 있고, 보고도 못 본 척해 봤자 괜히 나중에 찜찜하니까.

길가에 쓰레기가 굴러다니는데 쓰레기통이 바로 근처에 있으면 주워서 버리는 것과 비슷한 감각이었다.

소소한 선행을 쌓았다는 자기만족감도 얻을 수 있었다.

하지만 눈에 보이지 않는 곳까지 뒤지고 다니면서 청소를 하지는 않는다.

내가 알지도 못하는 곳에서 사람이 죽어 나간들 알 바 아니라는 생각밖에 안 들거든.

쓰레기가 떨어져 있어도 바로 근처에 쓰레기통이 없으면 귀찮으니까 방치할 때도 있다.

그런 심정.

그러니까 아무리 흡혈 양의 가족이 위험에 처했다고 해도 적대 조직을 철저하게 괴멸까지 시키려는 마음은 들지 않았다.

응, 귀찮단 말이야.

그야 눈에 보인다면 적당히 도와주겠지만, 나중 일은 스스로 알아서 해야 한다고 생각한다.

아무 대가도 없이 자신의 시간과 기운을 귀찮은 일에 쏟아부을 만큼 내가 무작정 선량하지는 않았다.

다른 사람을 위해 온 힘을 발휘하는 건 수지가 맞지 않는다.

내가 온 힘을 발휘하는 경우는 어디까지나 나와 직접 관계가 있는 사태뿐.

분명 그래야 했다.

그럼에도 불구하고 로브 남자가 후드를 벗었을 때 사태가 일변했다.

『엘프다.』『엘프다.』『엘프다.』『엘프다.』『엘프다.』『엘프다.』

드러난 그 녀석의 귀는 길고 뾰족했다.

오오, 판타지 세계의 정석 종족이 나왔습니다요~!

그렇게 살짝 흥분한 건 나 혼자.

다른 병렬 의사는 흥분은커녕 싹 가라앉아서 『엘프다』라고 일제히 중얼거릴 뿐이었다.

싹 가라앉았달까, 분노? 적의? 증오?

이게 뭐지?

병렬 의사의 심정을 모르겠다.

어떠한 감정의 발로인지 이해되지 않는다.

엘프가 그렇게 싫은가?

나는 딱히 이유를 모르겠는데.

그런데도 병렬 의사들은 본인의 감정에 의문도 품지 않은 채 엘프에게 살의와 비슷한 적의를 보내고 있었다.

『엘프가 관련됐다면 가만히 두고 볼 수는 없는 노릇이네.』

『찬성~.』『이의 없음~.』『해치워주마~.』

게다가 당황하는 나를 놔두고 병렬 의사들끼리 이대로 추이를 지켜보자는 식으로 결정을 내려버렸다.

영문을 모르겠다.

지금 반론했다가는 병렬 의사 전부에게 따돌림을 당할 분위기.

마왕은 분명 엘로 대미궁의 최하층이라는 구석탱이에 있으니까 한동안은 따라잡힐 일은 없었다.

게다가 행동 범위가 넓어져서 전이로 도망칠 후보지가 늘어난 지금이라면 마왕의 접근을 알아차린 순간 즉시 줄행랑을 쳐도 괜찮았다.

방심만 하지 않는다면 마왕한테 붙잡힐 일은 없다고 판단된다.

그러니까 이 도시에서 조금 더 머물러도 문제가 되지는 않았다.

하지만 병렬 의사의 심리가 이해되지 않아서 무서웠다.

마치 내가 나 자신이 아니게 되는 듯한…….

병렬 의사가 나와 다르게, 흡사 타인처럼 느껴져서 속이 메슥거렸다.

그럼에도 그 의견을 거스르려는 기분은 들지 않았다.

거슬렀다가 어떻게 될 것인가. 왠지 몰라도 불길한 예감이 들었으니까.

이렇게 나는 어째서인지 이 도시의 가까운 데서 머무르게 됐다.

단장 암약하는 자들, 엘프의 족장

"실패?"

『예.』

염화 너머로도 두려움에 젖어 떨리는 목소리.

임무 실패로 책임을 추궁당할까 봐 걱정하는 듯했지만, 설마 내가 그따위 시시한 일 때문에 시간을 허비할 줄 알고 겁먹은 건가?

일회용 양산품에게 일일이 불만을 터뜨려 봤자 무슨 소용이겠는가.

나 이외의 엘프 따위는 덜떨어진 능력의 싸구려 양산품이든가 비싼 값에 적당히 쓸모 있는 특제품이든가 그 정도 가치밖에 없었다.

양산품의 실패 따위는 처음부터 감안하고 있는 사항.

특제품에게도 나는 과도한 기대를 결코 하지 않는다.

무엇이 실패를 한다 해도 내가 놀랄 일은 아니었기에, 따라서 문책하려는 충동조차 일지 않았다.

특제품 중에 뜻밖의 예외가 나타났을 때는 꾸밈없이 놀랐었다만—.

"오카는, 음."

『오카 님의 기대에 부응하지 못하여 면목 없을 따름입니다.』

내 혼잣말을 엉뚱한 방향으로 착각한 양산품이 무엇무엇이라고 지껄여 댔다.

오카, 나의 아이로 태어난 특제품.

오카가 설마 다른 세계의 인간이 전생했다는 천만뜻밖의 사연을 지닌 줄 알았을 때는 놀랐다.

오카에게는 감사하고 있다.

전생자 같은 불확정 존재를 한 걸음 빨리 내게 가르쳐주었으니까 말이다.

그 때문에 나의 딸이라는 특권을 부여해주었다.

바라는 대로 전생자의 보호를 최우선으로 진행하고도 있다.

추후의 활동에 따라서는 나와 대등한 지경까지는 아니더라도 그에 가까운 지위를 허락해도 괜찮겠다는 생각마저 하고 있다.

그만큼 오카는 좋은 성과를 거두어줬다.

전생자라는 사실만으로도, 다른 체계의 지식을 보유했다는 사실만으로도 어떤 특제품보다도 높은 가치를 지닌다.

또한 그에 더해서 오카에게는 특별한 스킬이 있었다.

출석부라는 이름의 스킬이…….

마치 나를 위해 신이 보내주신 존재가 아닌가.

아, 신이라 함은 관리자 따위의 어리석은 놈이 아니라 진짜 신을 말함이다.

설마 내가 신에게 감사드릴 날이 올 줄이야.

신이 내게 보내준 최고의 선물.

이용할 수 있는 만큼 철저하게 이용하지 않으면 오히려 실례가 아니겠는가.

아직 갓난아이인지라 이쪽에 정보를 뱉어 내는 것밖에 못하지만 오카가 충분히 성장한 뒤에는 다양하게 잘 활용하도록 하자.

뭘, 사랑하는 제자들을 위해서라고 부추기면 쉽사리 부릴 수 있다.

오카가 바라는 대로 전생자를 보호하고 달콤한 꿀을 빨아 마시게

해준다면 다소의 위화감은 느낄지라도 나를 위해 꼭두각시처럼 움직여줄 테니까.

그 우스꽝스러운 광경을 상상만 해도 기분이 좋아진다.

내가 시키는 대로 뭐든지 들어주겠지.

오카야말로 진짜 효녀라고 할 수 있겠다.

“크크크.”

『기, 기분이 좋으신 듯합니다.』

아무렴, 기분이 좋군.

변변찮은 양산품치고는 내 심정을 잘 파악하고 있군.

눈치만큼은 좋게 평가해주마.

하지만 케렌의 딸을 유괴하는 데 실패한 건은 달갑지 않았다.

“계속 이야기하지. 두 번, 각각의 작전을 결행했는데 양쪽 모두 실패했다는 말이었던가.”

『그렇습니다. 첫 번째는 방금 전 보고드린 바대로 거미 마물에게 방해를 받고 말았습니다.』

조금 전 들었던 보고의 내용을 떠올렸다.

전생자로 판명된 케렌의 딸을 유괴하려고 계획한 뒤 실행에 옮겼지만 실패했다.

게다가 두 번이나…….

첫 번째는 모녀가 함께 마차로 외출한 틈을 노려서 도적에게 습격시켰다.

두 번째는 저택에 침입해서 직접 유괴하려고 했다.

하지만 첫 번째는 거미 마물에 의해 저지되었고, 두 번째도 실행

부대가 의문의 변사를 당하고 말았다.

두 번째의 변사는 첫 번째의 거미 마물이 관여한 것이 아니겠느냐는 보고였는데 나도 그 의견에는 찬성이었다.

우연치고는 너무 공교로웠으니까.

이쪽의 움직임을 파악해서 제때 방해하고 나설 수하를 사전에 배치해 두었다는 생각밖에 들지 않았다.

아리엘, 그것이 어디에서 냄새를 맡았지?

거미 마물이라는 말이 나왔을 때 저절로 그녀이 떠올랐다.

진짜 목적을 들키지 않기 위해서 각지의 인신매매 조직을 움직여 유괴를 다발시켰거늘.

그 공작은 아리엘 따위가 아닌 그 남자 때문에 세운 대책이었다만…….

설마 경계하지도 않았던 아리엘 쪽에게 방해당할 줄은 몰랐다.

아리엘에게 이쪽의 움직임이 새어 나갔다 함은 그 남자에게도 발각당했다고 판단해야 하는가.

최악의 경우 아리엘과 그 남자 모두를 동시에 상대해야 될 수도 있겠군.

아리엘은 개인으로서의 전력이지만 그 남자, 신언교 교황 더스틴은 단체로서의 권력.

어느 쪽이 보다 골치 아프다는 말은 안 하겠지만, 어느 쪽도 적으로 돌리면 번거로워진다.

더스틴이 전생자의 건을 알아차렸는지는 불확실한 부분이 있었으나 장소가 좋지 않았다.

사리엘라 국 케렌 령은 하필이면 놈이 한창 모략을 펼치고 있는 장소.

더스틴이 전생자의 존재를 알아차렸든 그렇지 않든 이 이상 눈에 띄는 움직임을 벌인다면 결국은 놈의 주목을 끌게 된다.

아리엘과 더스틴, 양쪽을 동시에 상대하려고 들자면 아리엘을 억제할 전력을 보유한 채 또한 더스틴의 계략을 임기응변으로 헤치고 돌파할 만한 인재가 필수적이었다.

그런 인재는 특제품 중에도 있을 리가 없지 않은가.

그렇다면 답은 하나뿐.

『저희는 앞으로 어찌하면 되겠습니까?』

"내가 직접 움직이겠다."

나의 대답이 어지간히도 뜻밖이었던 듯 염화의 상대는 아무 말도 하지 못했다.

"그 거미만큼은 게을리하지 말고 감시하도록. 움직임이 있다면 보고해라."

일방적으로 지령을 보낸다.

"듣고 있는가? 내가 직접 찾아가주마. 요격할 작정이라면 미리 준비해둬라."

그리고 이 말은 도청하고 있을지도 모르는 상대에게 보내는 메시지였다.

어차피 내가 무슨 말을 하는지 이해하지도 못할 양산품과 염화를 끊어버렸다.

내가 찾아갈 때는 이미 처리당했을지도 모르겠지만 양산품이 얼마나 줄어들든 손해는 아니었다.

그러면 행동을 개시하자.

목적은 전생자, 케렌의 딸을 탈취하는 것.

이차 목적은 아리엘의 권속을 처단, 또한 아리엘 본인이 나타났을 경우는 그녀도 가능하다면 해치워버리도록 하자.

최신형 글로리아 타입 A의 성능을 잘 시험해주마.

S2 결전 하루 전

결계를 확인한 다음 날, 우리는 한데 모여서 제국군의 침공에 맞서기 위한 대책을 협의했다.

“우선 결계의 파괴가 불가능하다는 전제로 이야기를 하자면 어제 아가씨가 말했듯이 목표는 전이진일 거다. 우리가 전이했을 때의 대응을 감안하면 경비는 엄중하리라 여기고 싶다만, 그렇다고 절대로 안전하지는 않아.”

하이린스 씨가 대표로 우려되는 사안을 거론했다.

어제 카티아가 엘프들에게 충고했던 대로 결계를 파괴할 수 없다면 엘프의 마을에 침입하는 방법은 전이진을 이용하는 길뿐이었다.

선생님의 이야기로는 엘프의 마을에 펼쳐져 있는 결계는 상당히 특수한 종류인지라 특별한 전이진을 쓰지 않으면 내부 진입이 불가능하다고 했다.

결계가 파괴되지 않는다는 전제로 그곳만 잘 지켜 낸다면 제국군 전부를 상대할 필요도 없어진다.

평범하게 생각하면 전이진을 일시적이나마 멈춰서 침입자를 아예 차단하는 방법이 좋겠지만, 어제 엘프들의 태도를 봐도 그리할 의사가 없음은 명백했다.

“어째서 그렇게까지 이쪽의 충고를 무시하는 거지?”

“엘프의 시시한 자부심 때문 아니겠나? 뭐, 전이진의 가동 중지가 불가능하다는 사실을 숨기려는 의도일 수도 있겠다만.”

하이린스 씨가 시시하다는 듯이, 하지만 중대한 사안을 슬쩍 입에 담았다.

"전이진을 못 멈춘다고요?"

"아마도. 평범한 전이진의 경우이기는 한데 어느 한쪽만 손을 써서는 멈추지 못한다. 보통은 양쪽에서 정지 작업을 해야만 멈출 수 있는 구조이지. 게다가 일단 멈춰 놓으면 복구하는 데 수고가 많이 들고……. 하물며 이곳에 있는 전이진은 어제 봤던 결계를 넘어서 드나들 수 있을 만큼 상당히 특수한 종류였다. 멈추려고 해도 사정이 곤란하니까 그런 식으로 말하지 않았을까?"

그럴듯하다. 그렇게 보자면 맞아떨어진다.

"안나는 뭔가 알고 있어?"

"죄송합니다. 결계 및 전이진과 관련된 정보는 저 같은 하프 엘프에게는 아무것도 알려주지 않았던지라."

면목 없다는 듯 사죄하는 안나를 보면서 나는 안 좋은 질문을 꺼냈다고 내심 식은땀을 흘렸다.

조금만 생각해봐도 박해받았던 안나가 마을의 기밀 사항을 알고 있을 리 없었으니까.

무신경하게도 안나의 마음에 박힌 상처를 되새기게 하는 발언을 꺼낸 데다가 사죄까지 하게 만들다니 정말 미련한 짓이었다. 오히려 내가 사죄해야 했다.

"아니야, 나야말로 괜한 소리 해서 미안해."

"아닙니다. 슈레인 님께서 사과하실 일은 아닙니다. 도움이 되어드리지 못하는 제가 모자란 탓이니까요."

아니, 아니야. 아니요, 아닙니다. 거듭거듭 건네고 받던 나와 안나의 맞사죄를 하이린스 씨가 손뼉을 쳐서 멈췄다.

"이야기를 진행하지. 내 판단으로는 전이진을 멈추지는 않을 거다. 따라서 우리는 이곳의 경비에 합류하는 것이 가장 좋다고 본다만, 어떻게 생각들 하나?"

"하지만 그런다 해도 세뇌당한 엘프가 있는 경우에는 어떡하지요?"

하이린스 씨의 제안에 나는 또 하나의 우려 사항을 언급했다.

유고에게 세뇌를 받은 엘프가 마을 안에 잠입했을지도 모른다.

만약 그런 엘프가 혹시라도 있다면 내부에서 무언가 행동을 일으킬 것이다.

"슌. 그때는 우리에게도 손쓸 도리가 없다."

내 걱정을 하이린스 씨는 딱 잘라서 대처 불가능이라고 단언했다.

"하이린스 씨의 말씀이 옳아요. 이 넓은 엘프의 마을에 있는 엘프 전원에게 감정을 쓰면서 돌아다니기는 불가능하잖아요? 그토록 큰 소리를 쳤는걸요. 자기들끼리 알아서 대처하겠지요. 어떤 수작이든 세뇌든 잔꾀에 불과하다는데 무슨 문제가 있겠어요?"

카티아가 하이린스 씨의 말을 거들었다.

엘프가 세뇌당하는 일은 결단코 없다고 장담했던 어제 그 발언이 세뇌당한 경험이 있는 카티아의 심기를 거스른 듯싶었다.

빈정거리는 말투가 카티아의 불편한 속내를 드러내고 있었다.

"뭐, 실제로 세뇌당한 엘프가 있어도 우리끼리 찾아낼 방법이 없다는 것은 나도 알지만 말이야. 그래도 불가능하다고 해서 완전히 방치하기도 좀 그렇지 않냐? 만약 정말로 그런 놈들이 있다면 마을 내부에서 파괴 공작이나 중요 인물의 암살이라든가 뭔 짓을 할 줄 알고?"

"쿠니히코의 말도 옳은 말이고, 결계가 절대 파괴되지 않는다는 장담도 마냥 믿을 수는 없잖니? 최악의 경우 전이진으로 침입자가 대거 들어오고, 마을 안쪽에서는 세뇌당한 엘프가 난동을 부리고, 또 결계까지 파괴되는 사태가 정말로 아예 안 일어날까?"

타가와의 걱정에다가 쿠시타니가 더욱 최악의 상황을 덧붙여서 이야기했다.

"확실히 그렇게 되면 최악이겠네."

내 혼잣말에 실내의 분위기가 무거워졌다.

"있잖아. 진짜 최악의 경우는 아직도 전혀 얘기 안 했거든?"

가라앉는 분위기가 더욱더 곤두박질치도록 페이가 입을 열었다.

"잊어버렸어? 나츠메 바보 자식보다 훨씬 위험한 애가 있는데."

페이의 말에 나는 그 존재를 떠올렸다.

아니, 떠올렸다는 표현은 바르지 않다.

그 존재를 잊어버렸던 적은 단 한 순간도 없었다.

내 마법을 실로 손쉽게 지워버렸고, 선생님을 아기의 손을 비틀듯 대번에 쓰러뜨려 보였고, 얼핏 대치만 했던 페이에게서 괴물이라는 평가를 받아 내었던 존재.

"네기시 쇼코."

페이가 무거운 목소리로 하나의 이름을 거론했다.

전생자, 네기시 쇼코.

이번 삶의 이름은 소피아 케렌.

압도적인 힘을 과시하면서 유고에게 협력하는 전생자.

그리고 선생님의 말로는 관리자인지 하는 녀석들의 편으로 돌아선 전생자 중 한 사람.

"네기시라니, 그 네기시 말이야?"

사정을 알지 못하는 타가와가 물었다.

전세의 네기시 쇼코는 눈에 띄는 인물이었다.

그래서 타가와와 쿠시타니도 기억하고 있었다.

"그 네기시가 정말로 맞아."

페이가 긍정하고는 내게 시선을 보냈다.

재촉의 시선으로 느껴졌기에 나는 왕도에서 유고가 획책한 사건과 그때 드러난 소피아의 실력을 이야기했다.

"그렇게 강하다고?"

"적어도 나는 얼핏 보고 못 당한다는 감이 왔어."

이 중에서 가장 뛰어난 스테이터스를 보유한 페이가 그렇게 잘라 말했다.

즉, 이 멤버 중 누구도 혼자서는 소피아에게 이기지 못한다는 사실을 의미했다.

참고로 타가와와 쿠시타니의 스테이터스는 두 사람의 허락을 받아 감정했었다.

두 사람 모두 나를 뒤잇는 스테이터스의 소유자이며 카티아를 상회하는 실력자였다.

실로 든든한 전력이지만 반대로 말하자면 페이보다도 아래라는 뜻이기도 했다.

페이가 이기지 못하는 상대를 당해 낼 도리는 없었다.

"마법을 무효화하는 능력이란 말이지?"

타가와가 난감하다는 듯 소피아의 능력을 언급했다.

"그 능력, 결계에도 먹히는 건가?"

듣고 나서야 퍼뜩 깨달았다.

소피아가 마법을 무효화는 모종의 스킬을 갖고 있음은 명백했다.

그런데 혹시 결계마저도 무효화하는 종류라면?

"모르겠어."

나는 솔직하게 대답했다.

소피아의 마법 무효화가 어떤 수준의 효과를 발휘하는지 내가 정확한 한계를 알 리 없었고, 마찬가지로 결계가 그 능력에 얼마나 대항할 수 있는지도 알 수 없었다.

만약 상황이 닥쳤을 때 결계가 소피아의 능력에 견디지 못한다면 결계가 파괴당하지 않는다는 대전제가 무너지게 된다.

"으음. 정리하면 이런 말인가? 우리는 결계가 파괴될 수도 있는 사태를 경계하면서 전이진으로 들어오는 침입자를 경계해야 하고, 세뇌당한 엘프가 난동을 피울지도 모르니까 경계해야 하고, 그것도 모자라서 여기에 있는 누구도 당해 내지 못하는 괴물까지 경계해야 된다는 거지. 뭐야, 그게. 밸런스 붕괴잖아."

타가와의 말에 안 그래도 의기소침했던 분위기가 더욱더 무거워졌다.

"게다가 상대편에 있는 전생자가 네기시 하나라는 보장도 없네요."

무거운 분위기를 더욱더 무겁게 만드는 카티아의 발언.

지금 그 소리를 하는구나…….

아니, 결국은 직면해야 하는 문제라는 사실은 이미 알고 있었다.

그럼에도 무의식중에 그 화제를 피하고 말았다는 것은 부정할 수 없었다.

"상대편에 있다고 확정된 인물은 나츠메, 네기시, 그리고 세뇌당한 하세베까지 세 명이에요. 그리고 수집한 정보로 행방이 아직 판명되지 않은 전생자가 둘. 쿠사마 시노부와 사사지마 쿄야."

나머지 두 사람의 이름, 특히 쿄야의 이름이 나온 순간 내 기분은 축 가라앉았다.

쿄야는 나와 카티아가 전세 때부터 절친하게 지냈던 사이.

그런데 혹시 적으로 돌아섰을지도 모른다고 생각하면 위 언저리가 한없이 답답해진다.

"쿠사마에다가 쿄야란 말이지. 카나타가 보기에 두 사람이 저쪽으로 붙었을 확률은 얼마나 되겠어?"

"한쪽은 거의 확실하고요. 둘 모두는 확신까지 못하겠다고 말해 두죠."

타가와의 물음에 카티아는 비정한 현실을 들이밀었다.

선생님의 이제껏 언동에서 관리자의 편으로 가세한 전생자가 더 있다는 사실은 거의 확실했다.

그러니까 행방불명인 두 사람 중 적어도 어느 한쪽은 적으로 돌아섰다는 뜻이다.

그리고 선생님이 전생자 수색을 중지했다는 사실을 감안한다면 전생자의 행방은 모두 파악이 완료됐다고 추측할 수 있겠다.

파악을 끝냈는데도 손을 쓰지 못하고, 말을 꺼내려고도 하지 않는 태도가 이미 적으로 돌아섰음을 암시했다.

카티아의 말대로 확신까지는 못한다 해도 양쪽 모두 적으로 돌아섰을 확률은 높았다.

다만 동시에 위화감도 느껴졌다.

정말로 쿄야가 관리자라는 정체를 알 수 없는 존재에게 힘을 보태고 있을까?

쿄야는 온화하고 다정한 성격이었다.

여기저기 나선다거나 눈에 띄는 행동을 피하는 얌전한 녀석이었지만 심지에는 강한 정의감을 숨겨서 지니고 있는 듯 보였다.

전세의 카티아, 카나타의 장난질이 도를 넘을 때 같으면 곧잘 진지하게 주의를 주었다.

그랬던 쿄야가 유고 때문에 일어난 그따위 저열한 짓을 용납했을까?

"저기, 카티아. 정말 쿄야가 적으로 나타날 것 같아?"

그래서 나는 내가 느꼈던 의문을 솔직하게 카티아에게 물었다.

내 마음속에 있는 쿄야의 이미지는 도무지 유고의 행위를 용납할 것 같지 않았으니까.

쿄야는 악한 존재에 대하여 결벽에 가까운 혐오를 드러냈었다.

세뇌한 스우에게 친아버지를 죽이도록 하는 짓이나, 세뇌한 카티아를 나와 싸우게 하는 짓은 쿄야가 무엇보다도 싫어할 법한 비겁한 행위였다.

"저도 잘 모르겠군요. 전세 때만 생각하자면 쿄야가 유고를 편드는 상황은 부자연스러워요."

"그러면……."

"슌, 전세 시절만 생각해서는 안 돼요. 이 세계에서 우리가 다른 인생을 살아왔던 것처럼 쿄야도 똑같은 시간을 보냈는걸요. 어쩌면 그동안 사람이 바뀌는 일도 충분히 일어날 수 있어요."

그 말을 듣고 나는 사람이 바뀔 만한 시간을 보내 왔다는 사실을 떠올렸다.

그렇다.

카티아는 자신의 입으로 바뀌었다고 선언했었다.

유리는 전세 때를 떠올리면 상상이 되지 않을 만큼 종교에 빠져버렸다.

유고 역시 전세에는 이런 터무니없는 짓까지 하는 녀석은 아니었다.

모두 변했다.

나 역시 스스로 깨닫지 못했을 뿐 다른 사람이 보자면 바뀌었을지도 모르겠다.

쿄야만 바뀌지 않는다고 생각하는 것은 전세의 추억을 미화하고 있는 나의 억지 고집이었다.

"그래. 그렇겠다. 쿄야가 신념을 바꿨다 해도 놀랄 일은 아니겠구나."

"누가 쿠사마 생각도 좀 해주면 안 될까?"

고개가 푹 수그러질 것 같았던 그때, 절묘한 타이밍으로 쿠시타니가 그렇게 농담인지 핀잔인지 모를 발언을 꺼냈다.

"미안, 쿠사마? 솔직히 잊어버렸는데."

타가와가 쿠시타니의 발언에 장단을 맞춘다.

피식거리는 웃음이 새어 나오면서 축 가라앉으려고 했던 분위기가 풀어졌다.

쿠시타니도 처지는 분위기를 다잡으려고 저런 발언을 해준 것이다.

이런 소소한 마음 씀씀이를 베풀 줄 아니까 타가와처럼 대책 없는 녀석과 함께 지낼 수 있는 거겠지.

“쿠사마는, 음. 그 촐싹데기가 갑사기 흑막 같은 일당하고 함께 행동한다는 상상이 잘 안되는데.”

쿠사마는 우리 반에서 제일가는 촐싹데기였다.

나츠메가 리더였다면 쿠사마는 피에로 같은 존재였다.

“시노는 왠지 음모인 줄도 모르고 남이 시키는 대로 심부름을 할 것 같아.”

페이의 발언에 그 자리에 있던 전생자는 모두 수긍했다.

확실히 쿠사마는 왠지 심부름꾼 체질 비슷한 면이 있었다.

저런 소리를 하는 페이도 전세에서는 쿠사마를 적당히 부려 먹었고…….

“둘 다 적으로 돌아섰을 가능성이 있다는 건가.”

가능하면 그리되지 않기를 바라지만 그래도 각오는 해 둬야 했다.

“요컨대 우리는 여기에 있는 누구보다 강하다는 네기시 말고도 최대 두 사람의 미지수 전생자를 경계해야 된다는 거네. 안 그래도 문젯거리가 산더미 같은데, 어휴. 골치 아프네, 정말.”

타가와의 총평이 모두의 심정을 대변해주고 있었다.

도저히 우리만 가지고는 대처 가능한 문제가 아니었다.

“버거운 상황이네. 하지만 그렇다 해도 우리가 꼭 해내야 하는 일이야.”

그러지 않으면 이제까지 위험을 무릅쓰고 온 의미가 없었다.

다시금 새롭게 다지려고 했던 나의 결의를 가로막으면서 하이린스 씨가 끼어들었다.

"음, 한창 대화 중에 미안하다만 한마디 하지. 이번 전투는 어디까지나 엘프와 제국의 전쟁일 뿐 우리는 거기에 가세하는 입장이다. 아닌가?"

찬물을 끼얹는 듯한 하이린스 씨의 발언.

"우리는 이 전투에서는 덤 같은 입장이다. 이 전투에서 무슨 일이 있어도 승리해야 될 만큼 절박하지는 않아. 그걸 잊지 마라."

"하지만 패배하면 엘프가……."

"그게 바로 전쟁 아니겠나. 게다가 미안하지만 내게는 엘프를 지켜줄 의리가 없지. 이번 전투에서 유고 왕자를 쓰러뜨릴 수 있다면 더할 나위 없겠지만, 승패에 대해서는 솔직히 흥미가 없군."

하이린스 씨에게 뜻밖의 발언을 들으면서 나는 어안이 벙벙한 기분이었다.

"알겠나? 우선순위를 착각하지 마라. 너희들이 반드시 완수해야 하는 목표는 이곳에 있는 전생자들의 목숨을 지키는 것. 거기에는 너희들 자신도 포함된다. 다음으로는 유고 왕자를 처단하는 것. 엘프와 제국의 승패는 개의치 않아도 된다. 그쪽은 엘프들끼리 알아서 감당할 사안일 뿐 우리가 괜히 나서서 간섭할 문제는 아니니까."

엘프의 안위를 알 바 아니라는 식으로 말하는 하이린스 씨의 태도를 보고, 설마 어제 엘프들의 태도가 화가 나서 저러는 걸까, 라는 못된 추측을 하고 말았다.

하지만 어른다운 하이린스 씨가 그런 일로 화를 낼 리도 없었고 발언은 계속 이어졌다.

"물론 가세한 이상 엘프가 승리하도록 최선을 다할 작정이다. 다만 그러다가 너희들 중 누군가가 죽음을 맞이하는 사태를 나는 용납할 수 없어. 그리될 바에 차라리 철수하는 경우도 선택지에 넣어놓겠다. 알겠나?"

반론을 허락하지 않겠다는 하이린스 씨의 말투.

하지만 나는 그 말에 금방 동의하지 못했다.

하이린스 씨가 한 말이 지당하다고 생각하는 한편, 그럼에도 불구하고 차마 납득하지 못하는 자신이 있었다.

"슌. 유고 왕자와 복잡한 사이라는 건 잘 안다. 네가 이번 전투에 얼마나 간절한 마음으로 참가하는지도. 그렇지만 그럼에도 목숨을 우선시해 다오. 나는 더 이상 눈앞에서 소중한 인간이 죽는 광경을 보고 싶지 않아. 이해해줘라."

치사하다.

저런 식으로 말하면 거절할 수가 없잖아.

하이린스 씨는 율리우스 형님과 동료들을 눈앞에서 잃어버렸다.

그랬던 하이린스 씨가 꼭 살아 달라고 부탁하는데 어떻게 거절할까.

"알겠습니다."

내 대답에 하이린스 씨가 후유, 숨을 내쉬었다.

"나로서는 다른 전생자들도 모두 한데 집결해서 방어하는 게 제일이라고 생각한다만, 그렇게 하자면 슌이 내키지 않을 테지?"

하이린스 씨가 내 안색을 살피면서 말했다.

확실히 방금 전 하이린스 씨의 발언을 생각하면 싸울 줄 모르는 다른 전생자와 함께 있다가 여차할 때는 당장 도망칠 준비를 해 두는 것이 가장 안전하면서 또한 목적에 부합됐다.

하지만 나는 유고와 결판을 내고 싶었다.

아니, 그게 아니군.

솔직히 말하자면 나는 더 이상 유고 때문에 누군가가 불행에 빠지는 일을 막고 싶었다.

유고가 세계를 더한 혼란에 빠뜨릴수록 마족이 치고 들어올 틈도 커지게 된다.

율리우스 형님이 목숨을 바쳐 지켜 왔던 인족이 유고 때문에 궁지에 몰리게 된다.

나는 유고에게 품은 개인적인 원한 이상으로 그게 용납되지 않았다.

이번 전투의 목적은 그러한 사태를 막기 위해서…….

또한 그 때문에 불행에 처하지 않기를 바라는 사람들 중에는 엘프들도 포함돼 있었다.

분명 달갑지 않았지만 그럼에도 눈앞에서 불행에 빠지는 꼴을 보고 싶다는 생각은 들지 않았다.

눈앞에서 전쟁의 불꽃에 휘말리는 그들을 가만히 앉아 못 본 척 지나친다는 것은 내게는 분명 불가능했다.

그러니까 다른 전생자들과 함께 안전한 장소에서 대기할 수는 없다. 그래서는 안 된다.

사람들을 위해 모자란 힘이나마 진력할 테다.

그렇게 하지 않으면 애써 엘프 마을까지 온 의미가 없어지니까.

"그럴 줄 알았다. 그렇다면 이 방안은 안 되겠군. 가능한 한 엘프와 협력하면서 도울 수 있도록 준비하자. 기회가 온다면 유고 왕자를 노릴 수도 있을 거다."

하이린스 씨는 얼굴만 보고도 내 뜻을 헤아린 듯했다.

하이린스 씨가 우리의 목숨을 염려해주는 마음은 물론 고마웠지만, 그럼에도 양보할 수 없는 것이 분명 있었다.

"죄송합니다. 그리고 다들 미안. 나는 반드시 유고와 결판을 내고 싶어. 이건 내 고집이야. 너희들까지 끌어들여서 미안해."

"사과하지 마세요. 저도 유고에게는 원한이 있거든요."

"뭐, 나야 원래 안전한 데 틀어박혀 있을 성격도 아니잖냐. 같이 싸우자고."

카티아와 타가와가 곧바로 내 말을 거들어줬다.

쿠시타니는 그렇게 반응하는 타가와를 어쩔 수 없어 하는 인상으로 보고 있었다.

안나도 말은 없었지만 조용히 결의를 굳히는 듯 보였다.

그리고 페이는 웬일로 얌전했다.

표정을 봐도 무슨 생각인지 안 읽혀진다.

"페이?"

"아. 응? 왜?"

"아니, 왠지 진지하게 고민하는 것 같아서."

"아. 괜찮아. 별거 아니니까."

"그래?"

왠지 석연치 않았지만 괜찮다니까 믿을 수밖에 없겠다.

“방금 전에도 제안했듯이 우리는 전이진의 경비에 전념하는 게 가장 좋다고 나는 판단한다. 결계가 절대 파괴되지 않는다면 이곳이 현재 가장 유력한 공격 목표이기 때문이지. 결계가 파괴되든 세뇌당한 엘프가 내부에서 활동을 개시하든 그쪽은 발생한 다음이 아니면 우리로서는 대처할 방도가 없다. 그렇다면 방어해야 하는 장소가 확실한 전이진을 지키는 것이 제일이야. 만약 적이 전이진을 무시하고 다른 장소에서 소동을 일으킨다면 그때는 그 장소로 달려가면 되겠지. 그리된다면 페이 아가씨의 힘을 빌려야 할 텐데, 괜찮겠나?”

“나는 완전 괜찮아.”

하이린스 씨가 확인차 묻자 페이는 가볍게 대답했다.

“뭐, 요는 임기응변으로 대응하자는 소리겠군. 가능한 일을 가능한 범위에서 하자고.”

하이린스 씨의 한마디에 퍼뜩 느껴지는 바가 있었다.

일찍이 미궁 안내인 배스거스 씨에게 들었던 말을 떠올렸다.

『인간에게는 제 한계와 깜냥이 있는 법이니까 말이다. 어림없는데도 억지로 하겠다고 덤벼 봤자 불가능한 일은 불가능하다고. 네가 가능한 범위 안에서 하면 되는 거야.』

실로 옳은 말이었다.

나는 이것저것 전부 다 욕심냈는지도 모르겠다.

전부를 우리끼리 해결하려고 들었기 때문에 타가와의 말대로 감당 못할 밸런스 붕괴처럼 보였을 뿐이었다.

가능한 범위에서 가능한 일을 한다.

그렇게 마음먹으니까 어깨를 짓누르던 무게가 꽤 가벼워지는 기분이 들었다.

그렇지. 나는 내가 가능한 범위의 일을 전력으로 하자.

그런 전제로 용사로서 맡아야 하는 책임을 완수하도록 하자.

그렇다. 나는 중요한 사실을 잊고 있었다.

유고와의 결판은 분명 중요했지만 그 이상으로 중요한 목표가 있었다.

제일 중요한 목표는 지키는 일이다.

사람들의 평화를 지키는 것, 그것이야말로 율리우스 형님이 목표로 했던 용사 본연의 자세가 아니었던가.

누군가를 지키기 위해서라면 최악의 경우 유고와 결판을 내는 것은 뒤로 미뤄도 좋다.

결계가 파괴되지 않는다면, 전이진을 지켜 낸다면, 내부에 있을지도 모르는 세뇌당한 엘프를 잘 막아 낸다면, 결계 바깥에 있는 유고가 마을에 손을 뻗치기란 애당초 불가능하니까.

그렇게 되면 우리도 역시 유고에게 손을 쓰지 못한다.

하지만 그리돼도 좋다.

중요한 것은 유고와 결판을 내는 게 아니다.

불합리한 폭력으로부터 사람들을 지키는 것.

저 앞에 있을 미래를 향해 노력해 나아가는 것.

이것이 대전제였다.

그렇지요? 율리우스 형님.

"하이린스 씨의 방안에 이의 없습니다."

망설임은 사라졌다. 이제는 기다릴 뿐.

막간 용(竜)과 하프 엘프

작전 회의가 끝났다.

아아, 어깨 뻐근해라~.

등 뒤의 날개를 파닥파닥 움직이면서 끙~ 기지개를 켰다.

게다가 졸리다.

수업 시간에도 그랬지만 왜 저런 딱딱한 분위기는 졸음을 부르는 걸까.

아니, 나도 방금 전 대화가 중요한 내용이었다는 건 잘 알지만 말야.

그거랑 이거는 다른 문제잖아? 응응.

작전 회의라지만 딱히 거창한 결정을 내리지도 않았고…….

결국 전이진 근처에서 대기하자는 게 전부였잖아.

쿠니랑 쿠시타니에 네기시 얘기도 했으니까 무의미한 시간이라는 불평은 안 하겠지만…….

네기시, 으음.

슌 녀석, 걔한테 이기겠다고 진심으로 덤비려는 걸까?

아니, 그 전에 슌은 어쩌고저쩌고하면서 분명 무모한 짓을 저지를 거야.

하이린스 씨도 그걸 잘 아니까 못을 박아 뒀지만 결국은 소용없을 텐데.

카티아가 고삐를 잘 잡아주면 좋겠지만, 그 애도 네기시가 얼마나 무시무시한지 못 봤으니까 슌이라면 이길 수 있다고 잘못 판단해서 그냥 놔둘지도?

사랑은 맹목적이라잖아.

슌을 이상하게 신뢰하니까 그런 부분은 별로 기대 못하겠다.

아~ 아~.

나도 은근히 손해 보는 역할만 맡고 있지 않아?

하이린스 씨도 그렇지만…….

일단 배정받은 방으로 돌아오기는 했는데 왠지 위가 아파져서 잠들 기분이 사라져버리는구나.

잠깐 밖에 나가서 산책이라도 할까.

문을 열고 바깥으로 나오니까 미리 대기하고 있던 것처럼 나타나는 두 명의 엘프 남자.

얼굴을 찡그릴 뻔했지만 간신히 얼굴 근육을 움찔거리지 않고 참았다.

무시한 채 그대로 걸어 나아가자 두 명의 엘프도 말없이 뒤로 따라붙었다.

따라오지 마, 좀.

귀찮네, 진짜.

얘네는 대체 뭐야?

우리는 죄수가 아니란 말이야.

스물네 시간 하루 종일 감시하는 의미를 모르겠다.

짜증을 꾹 참으면서 적당히 걸어 다니던 중에 앞쪽으로 인파가 모여 있는 광경이 보였다.

거기에서 웃음소리가 들려온다.

웬일이람.

여기 엘프의 마을로 오고 나서 엘프가 웃는 장면 따위는 본 적도 없었다.

엘프들은 다들 찌푸린 낯으로 다닐 뿐 피식거리지도 않는다.

그런데도 눈앞의 집단은 모두 소리 내서 웃고 있었다.

뭔가 재미있는 구경거리라도 있는 걸까?

그렇게 가벼운 마음으로 쓱 들여다봤다.

거기에 안나가 새빨갛게 부풀어 오른뺨을 붙잡은 채 웅크리고 있었다.

어?

어, 이게 뭐야? 응?

안나의 얼굴, 얻어맞은 자국?

안나가 누군가한테 얻어맞은 거야?

그걸 보고 이 녀석들이 웃고 있고?

"너희들! 뭐하는 짓이야?!"

무슨 수작질이냐고 생각한 순간, 고함이 터져 나왔다.

그때까지 웃고 있었던 엘프들이 휙 진지한 표정으로 돌아와서 이쪽을 돌아본다.

기계 같은 표정이 더한 분노를 불러일으켰다.

"이것은 우리 엘프의 문제. 타인은 참견하지 말도록 하라."

모여 있던 엘프 중 한 명이 웃기는 소리를 지껄였다.

그 녀석이 이 집단의 리더 격 같았다.

"그럼 나도 한마디 하겠는데 말이야. 안나는 우리의 동료거든? 타인이 아니니까 참견해도 되겠네?"

그 녀석에게 접근해서 멱살을 쥐어 잡았다.

"아니면 말참견 대신 주먹 참견으로 해줄까?"

멱살을 잡지 않은 다른 쪽 손은 주먹을 쥐었다.

본심을 말하자면 얄미운 낯짝을 지금 당장 후려갈기고 싶었지만 일단 참는다.

내 뒤쪽으로 처음부터 따라왔던 두 명의 감시자 엘프가 무기를 겨누는 것을 알 수 있었다.

에잇, 진짜!

내가 참고 있는데 아무렇지도 않게 문제 일으키려고 하지 말란 말이야.

"괜찮겠어? 나한테 무기를 휘둘러도? 이래 봬도 내가 진짜 용사의 동료거든? 너희들, 용사를 적으로 돌릴 각오는 다 하고 이러는 거지? 응?"

뒤쪽의 둘뿐 아니라 이 자리에 있는 전원에게 들으라고 말해줬다.

멱살을 잡힌 엘프가 내 손을 뿌리친다.

"가자."

이 자리에 있던 엘프들이 등을 돌려서 떠나가려고 했다.

"잠깐 기다려."

그자의 어깨를 잡아 멈춰 세웠다.

"사과해."

"필요 없다."

"너는 필요 없어도 나는 필요하거든? 사과해."

어깨를 붙잡힌 리더 격 엘프가 방금 전처럼 내 손을 뿌리치려고 했다.

그 손을 어깨에 손가락이 파고 들어갈 만큼 강하게 움켜잡아서 막아 냈다.

고통으로 얼굴을 찡그리는 리더 격 엘프.

"감히, 이런 짓을 하고, 그냥 넘어갈 줄 아느냐?"

"먼저 안나한테 손을 댄 건 그쪽이잖아? 사과하면 바로 놓아줄 테니까 당장 사과해."

그럼에도 사죄의 말은 없음.

하는 수 없이 움켜잡는 힘을 더욱 강하게 했다.

아슬아슬하게 어깨를 조이면서 이제 조금만 더 있으면 부러지지 않을까 싶은 지경까지 힘을 넣는다.

"알았다! 잘못했다!"

거기까지 하고 겨우 사과가 나왔다.

손을 떼어주자 원한 어린 눈빛으로 노려봤지만 그 녀석은 더 이상 아무 말도 하지 않고 떠나갔다.

남은 사람은 나와 안나, 그리고 각자에게 감시로 붙은 네 명의 엘프.

안나의 감시를 맡았던 엘프 두 명은 안나가 폭력을 당하는 장면을 보고 있었을 텐데.

그런데도 도우려고 하지 않고 구경만 할 거면 무엇 때문에 같이 다니는 거야?

"죄송합니다. 폐를 끼쳤습니다."

"괜찮아. 옆에서 보고도 아무것도 안하는 무능한 사람이 되고 싶지는 않았으니까."

안나를 따라다니던 엘프 감시자 두 사람에게 야유를 날렸다.

그 녀석들은 내 말을 알아들었는지 미간을 꿈틀 움직였다.

"그렇지만 안나도 그러면 못써. 평소의 귀신 교관 모드는 어디로 간 거야? 저따위 녀석들은 반격해서 흠씬 두드려 패면 되는데."

안나의 귀신 교관 모드는 내가 아주 잘~ 알고 있다.

내 레벨 업 훈련을 거들어준 사람이 바로 안나였는걸.

그때의 하드 트레이닝은 지금도 잊지 못한다.

수련이 전부라면 어떻게 잘 버텼겠지만, 강한 마물의 고기를 먹으면 그만큼 강해진다는 이상한 미신을 믿고 거부하는 내 입에다가 마물 고기를 억지로 욱여넣어서 먹이기도 했었다.

그때의 기억을 돌아보면 저절로 메마른 웃음이 흘러나오는구나.

"그럴 수 있다면 고생할 일도 없겠습니다만."

안나는 힐끗 남아 있는 네 명의 엘프에게로 시선을 보냈다.

알았다.

푸념을 늘어놓고 싶어도 이 녀석들이 있으니까 말을 못한다는 뜻이네.

"여자 한 명을 둘러싸고 괴롭히다니, 엘프는 오래 사는 주제에 꼬맹이 같은 짓을 하네. 요즘 시대에는 인족 꼬맹이도 그런 유치한 짓은 안 할 텐데, 참."

안나가 하지 못하는 말을 나는 들으란 듯이 꺼내 놓았다.

……전세에서 집단 따돌림을 저질렀던 내가 할 말은 아니었지만.

"엘프는 전부 저런 거밖에 없는 걸까~? 역시 엘프는 시대착오적인 종족인가 봐? 어린애도 다 아는 꼴불견 같은 짓을 하니 말이야~. 뭐, 저런 짓은 엘프 중에서 진짜 조금밖에 없는 특급 바보가 아니면 안 하겠지만."

자기가 한 말인데 왜 내가 창피하지!

윽, 잘못했어요! 전세의 나는 유치한 특급 바보였어요!

"그래도 다음부터는 괜찮을 거야! 이 사람들이 분명히 지켜줄 테니까. 방금 전에는 동족 엘프가 그런 저열한 짓을 했다는 게 안 믿겨져서 멍하니 지켜봤을 거야. 맞지?"

안나를 감시하고 있었던 두 명의 엘프를 웃는 얼굴로 돌아봤더니 뺨을 실룩거리고 있었다.

내가 하는 말이 성대한 야유임을 알아차렸다.

알아차렸지만 이때 반론을 하려고 들면 엘프라는 종족 전체가 저속하다고 스스로 인정하는 셈이었다.

그런 식으로 내가 이야기를 끌고 갔으니까.

엘프들 역시 바보는 아니라고 믿고 싶다.

자신들의 행동이 사회적으로 저열한 짓이라는 정도쯤 알고 있겠지.

그에 더해서 엘프라는 종족은 이상하리만큼 몹시도 자부심이 강했다.

이렇게까지 바보 취급을 당하고도 예, 우리는 바보였습니다, 라고 인정하지는 않는다.

그러니까 지금은 수긍할 수밖에 다른 도리가 없다고 생각한다.

"그렇군. 엘프의 품위를 떨어뜨리지 말라고 우리가 전달해 두마."

관자놀이를 실룩실룩 움직이면서 그렇게 똑똑히 약속해줬다.

대성공!

그렇기는 한데 내 가슴도 쿡쿡 쑤시네.

나는 전세에서 어느 애를 괴롭혔다.

그걸 따돌림이라고 말할 수 있는지는 스스로도 잘 모르겠지만.

그 녀석의 이름은 와카바 히이로.

쓸데없이 반반한 외모로 선배를 홀린 불여우.

떠올리기만 해도 열이 뻗친다.

용기를 쥐어짜서 고백한 선배한테 「와카바를 좋아하거든, 미안」이라는 말을 들었던 그때의 내 기분이란!

괜한 화풀이라는 건 알고 있었지만 그때의 나는 자제가 되지 않을 만큼 분통이 터졌다.

와카바 히이로에게 울면서 불평했는데도 걔는 차가운 눈으로 나를 내려다보기만 했었다.

그때 내 안의 무언가가 뚝 끊어졌다.

그 이후로 와카바 히이로를 눈엣가시처럼 여기면서 별 트집을 잡아 시비를 걸고는 했다.

직접 온갖 욕설을 퍼부었다.

소지품을 숨기거나 망가뜨리거나—.

책상 안에 면도칼을 넣어 두기도 했고—.

못돼 먹은 짓을 연거푸 저질렀다.

하지만 와카바 히이로는 그 전부를 천연덕스러운 얼굴로 무시해 보였다.

그게 도리어 화를 불러일으킨 탓에 친구가 말리지 않았다면 더 심한 짓을 저질렀을지도 모른다.

"와카바는 건드리면 큰일 난단 말이야. 이제 좀 그만해."

아이와 쿠미한테 실컷 핀잔을 들었고 또 다른 친구들에게도 같은 소리를 들어야 했다.

나 역시 위험하다는 생각은 하면서도 결국 멈출 수 없었다.

와카바 히이로의 아무것도 비치지 않는 눈동자를 마주하면 주체 못할 분노가 솟구쳤거든…….

너 같은 건 안중에도 없습니다, 그런 눈빛.

도중에는 선배를 빼앗겼다는 분노보다도 단순히 그 눈빛이 마음에 들지 않았던 게 분노로 변했다.

나는 선배와 정식으로 사귄 것도 아니었고 선배도 와카바 히이로를 짝사랑했을 뿐이니까, 너 때문에 빼앗겼다는 맨 처음 분풀이도 생트집이었지만 말이야.

나쁜 짓을 자꾸자꾸 저질러서 벌을 받았던 걸까.

그런 생각을 나는 알 속에서 거듭했었다.

알 속에 있던 시절은 사실 별로 기억나지 않는다.

꿈속에 있었다는 느낌?

하지만 어둡고 좁고 뭔가에 갇혀 있다는 기분이었던 것은 기억난다.

간신히 괴롭고 어두운 곳에서 나와 보니까. 세상에나, 내가 용이네?

모르는 사이에 죽은 줄 알았더니, 전생했더니 용으로 태어나서 애완동물 취급.

벌 받았다고 생각할 만도 하잖아?

그러니까 이 세계에 예전의 반 친구들이 전부 있다고 알았을 때는 와카바 히이로와 다시 만나면 일단 사과부터 하자고 다짐했거든…….

못된 짓 해서 미안하다고—.

하지만 와카바 히이로는 이미 죽었다잖아.

그러니까 이 찝찝한 기분은 평생 사라지지 않아.

그게 바로 내가 받아야 하는 진짜 벌일지도 몰라.

"안나는 말이야, 이렇게 될 줄 알고 있었지? 왜 험한 대접 받을 줄 알면서도 슌을 따라온 거야?"

나는 예전부터 궁금했던 질문을 꺼냈다.

안나가 무리하면서 우리와 함께 있다는 것은 알고 있었다.

그럼에도 뭔가 근성으로 따라붙는다는 느낌이어서 왜 그렇게까지 하는 걸까 신기했거든.

지금도 그렇다.

엘프가 하프 엘프를 박해한다는 사실을 알면서도, 돌아가면 호된 꼴을 겪는다고 뻔히 알면서도 대체 왜…….

"저는 애너레이트 왕가에 충성을 맹세했습니다. 제 맹세에 스스로 먹칠을 한 이상 물러날 수 없었을 뿐입니다."

본심이 절반쯤 핑계가 절반쯤 섞여 있는 대답.

왠지 그거하고는 다르게 슌에 대한 특별한 감정이 보이는 기분이었는데…….

다만 연애 감정이라는 느낌은 아니었지만.

굳이 짚어보자면 모성 본능?

아, 왠지 그거면 납득이 되는걸.

안나에게 슌은 자식이잖아.

아이를 지키는 어머니의 심정이라는 거지.

그러니까 어떤 어렵고 까다로운 문제가 있어도 슌을 지키려고 분투하는 거야.

충성이 전부가 아니라 애정 비슷한 게 있기 때문에 고난을 무릅써서라도 슌의 힘이 되어주려고 노력하는 거 아닐까?

그렇게 생각하니까 후련해진다.

안나는 슌을 길러준 부모처럼 대하는 면이 있으니까.

잘됐구나, 카티아.

라이벌하고는 좀 다른가 보네.

하지만 어떤 의미로는 더한 강적일지도 몰라.

어머니의 사랑은 위대하다잖니.

어떤 의미로는 연애 감정보다도 강한 힘을 발휘하는걸.

슌도 무모한 짓을 벌일 것 같지만, 안나도 슌이 위기에 빠지면 제 몸을 돌보지 않고 무모한 짓을 저지르겠네.

피는 이어지지 않았어도 꼭 닮은 모자라고 할까.

무모한 짓을 벌일 후보가 늘어나버렸다.

차라리 전부 하이린스 씨한테 떠넘겨버릴까~?

뭐, 최대한 힘껏 거들어주자고요.

전원이 살아 돌아갈 수 있도록.

Feirune

페일룬

본명 페일룬. 애너레이트 왕국의 왕족에게 헌상된 지룡(地竜)의 알에서 부화한 용. 일본의 고등학생이었던 기억을 지닌 전생자. 전세의 이름은 시노하라 미레이. 전생 전에는 여학생의 중심인물이었지만, 어떠한 인과인지 전생 후에는 인간이 아닌 용으로 태어났다. 용의 알은 부모의 마력을 전해 받아서 부화하지만 모종의 사정으로 인하여 부모의 곁에서 떨어져 있었기 때문에 부화하는 데 수년에 걸친 시간을 필요로 했다. 부화하고 나서는 슌의 애완동물로 생활했었으나 용사가 된 슌의 영향을 받아 지룡에서 광룡(光竜)으로 특수한 진화를 이루어 냈다.

S3 엘프 마을의 결전, 개막

우리 일행은 전이진이 있는 나무의 바로 근처에서 대기 중이었다.

엘프들의 이야기에 따르면 제국국은 이미 결계의 외곽 지역으로 도착했다고 한다.

결계를 부수려고 하든 전이진으로 침입을 시도하든 세뇌당한 엘프가 행동을 개시하든 이날 모종의 움직임이 있을 것이라는 예감이 들었다.

나 혼자의 생각은 아니었던 듯 다들 긴장한 표정으로 그때를 대비하고 있었다.

그리고 그때가 왔다.

전이진이 있는 나무 안이 갑자기 소란스러워졌다.

뭔가 있다.

그리고 그 무언가가 우리의 예상대로 좋지 않은 사태임을 알았다.

"가자!"

나는 모두에게 말을 전하고 전이진이 있는 나무 안으로 급히 뛰어갔다.

이곳 엘프의 마을에 들어오기 위한 전이진은 전부 이 나무 안에 위치했다.

엘프의 마을에는 인공 건물이라고 할 만한 시설이 거의 없이 숲에 자라난 거목의 줄기를 도려내서 구멍을 뚫고 집처럼 쓰고 있었다.

돔 형태로 가공된 나무의 안에 걸음을 들여놓자 그곳에서는 한 명의 소년을 엘프 경비병들이 둘러싸고 있었다.

"엑! 전이하자마자 갑자기 포위당한다는 소리는 못 들었는데요!"

소년이 소리친다.

엘프 경비병이 일제히 그 소년에게 창을 내찔렀지만 그 창끝은 소년의 몸을 쓱 통과하는 형태로 허공을 갈랐다.

대체 뭐지?

"위험하네! 죽는다고! 죽일 작정이냐?! 아, 죽일 작정이군요. 그렇군요."

지금 상황을 잠시 잊을 만큼 촐싹거리는 소년의 목소리가 울려 퍼졌다.

저렇게 촐싹거리는 꼴을 보니 기시감이 느껴졌다.

소년의 얼굴은 본 기억이 없었다.

그런데도 나는 그 소년을 이미 알고 있다는 느낌이었다.

그렇다면 소년의 정체는 하나.

"쿠사마?"

물음표가 붙은 내 호명에 소년이 고개를 돌렸다.

"오오! 슌이랑 카나타랑 쿠니잖아! 오랜만! 앗, 노하라랑 쿠시타니도 안뇽~."

엘프들의 살벌한 분위기를 전혀 알아차리지 못한 것처럼 가볍게 인사를 건네는 소년.

역시 이 녀석은 전생자, 쿠사마 시노부다.

쿠사마는 전세 때부터 유난히 촐싹거리는 녀석이었는데, 전생하고도 그쪽은 전혀 변하지 않은 듯싶었다.

너무나도 변하지 않았기에 오히려 기분 나쁠 정도였다.

“쿠사마, 우리의 이름을 알고 있다는 것은 너를 적으로 판단해도 오케이라는 건가?”

카티아가 일본어로 쿠사마에게 말을 걸었다.

그렇다.

쿠사마는 우리의 신분을 이미 알고 있었다.

밝히지도 않은 우리의 이름을 맞혔다는 것은 사전에 정보를 알아 두었다는 뜻.

그리고 전이진을 써서 침입한 지금의 상황.

그러한 요소에서 쿠사마가 상대편에 가세한 적이라는 사실은 명백해졌다.

“아, 아~. 적이라면 적이려나? 으음?”

애매모호한 대답이었지만 이제 확인은 마쳤다.

“좋아! 되도록이면 생포하자!”

“으에엑! 이렇게 잔뜩 덤벼들면 당할 방법이 없잖아!”

쿠사마가 당황하면서 소리 질렀다.

그게 연기가 아니라는 것은 쿠사마의 스테이터스를 감정하면 알 수 있었다.

쿠사마의 스테이터스는 훌륭했다.

다만 타가와와 비등비등한 수준이었다.

소피아처럼 파격적이지는 않았다.

신경 쓰이는 것은 지금껏 본 적도 없는 닌자라는 스킬.

전생자 특유의 오리지널 스킬 같은데.

하지만 이름이 쿠사마 시노부(忍)라고 해서 닌자(忍者)는 좀 얼렁뚱땅 아닌가?

엘프 병사의 창이 또다시 쿠사마에게 날아들었다.

창이 쿠사마의 몸을 꿰뚫었다, 그렇게 생각했지만 그곳에 쿠사마의 모습은 없었다.

또다.

방금 전에도 그랬지만 쿠사마는 공격에 맞은 것으로 보였는데도 공격은 허공을 가른다.

아무래도 닌자 스킬의 효과 같았다.

쿠사마를 어떻게든 살해하려고 하는 엘프들을 밀어내고 쿠사마의 앞으로 나섰다.

이대로 엘프들에게 맡긴다 한들 쿠사마의 종적을 잡지는 못할 테니까.

나는 쿠사마에게 검을 내리쳤다, 그렇게 하는 척 눈에 보이는 쿠사마의 몸에 돌진 공격을 하면서 또다시 한 걸음을 내디뎠다.

"켁?!"

내 몸이 쿠사마에게 닿지 못하고 쓱 지나쳤다.

그리고 눈앞에 진짜 쿠사마가 있었다.

쿠사마의 신비로운 회피 능력은 환술이 그 정체였다.

다만 평범한 환술이 아니었다.

분신이라고도 표현할 수 있는 실체를 지닌 환술로 누군가에게 공격당하면 사라진다.

닌자 스킬의 효과 중 하나, 매미 허물의 술법이었다.

내 눈앞에 있는 것은 진짜 쿠사마.

그 쿠사마를 검면으로 후려치면서 공격했다.

그러자 쿠사마는 뒤로 물러남으로써 회피했다.

다만 쿠사마의 등 뒤에는 미리 돌아들어 간 카티아와 페이가 자리 잡고 있었다.

카티아의 레이피어와 페이의 주먹이 좌우에서 동시에 덮쳐든다.

"아!"

"어라?"

두 사람의 공격이 허공을 갈랐다.

또 매미 허물의 술법을 써서 회피한 듯 보였다.

매미 허물의 술법이 성가신 이유는 만들어 내는 분신과 진짜의 위치를 교환할 수 있다는 점이었다.

단거리 전이와 유사한 효과를 구현하는 회피이기에 포착이 몹시 어려웠다.

"죽일 작정이냐?!"

카티아와 페이에게서 조금 떨어진 곳에 쿠사마의 모습이 나타났다.

이번에는 쿠사마에게 쿠시타니가 날린 바람의 마법이 틀어박혔다.

"꿱?!"

이번에야말로 진짜로 명중했나 보다.

압축된 공기 덩어리에 복부를 격중당한 쿠사마는 기묘한 비명 소리를 지르면서 땅바닥으로 나동그라졌다.

나와 타가와가 추격하기 위해 거리를 좁힌다.

하지만 바닥을 구르던 쿠사마의 모습이 도중에 사라졌다.

또 매미 허물의 술법으로 분신과 위치를 바꾼 듯했다.
이리도 골치 아픈 능력이 있나.
재빨리 주위를 둘러보면서 쿠사마의 위치를 찾았다.
저기다!
쿠사마는 하나의 전이진 위에 있었다.
발밑의 전이진이 살짝 빛을 발하고 있다.
전이진을 써서 도망칠 작정인가!
"안 놓친다!"
타가와가 쿠사마에게 달려가려고 했다.
"젠장! 그냥 쓱 잠입해서 갔다 오기만 하면 되는 간단한 임무라더니만 이게 뭐야?! 망할 영감탱이가 거짓부렁이나 치고!"
쿠사마가 욕지거리를 늘어놓았다.
손에는 한 자루의 검이 쥐여 있었다.
그 검을 본 순간 내 위기 감지가 경보를 울렸다.
황급히 쿠사마에게 달려가려고 하는 타가와를 제지하고 그 검을 감정했다.
"아, 나는 도망칠 건데 너희들도 늦기 전에 얼른 도망쳐라."
쿠사마가 검을 집어 던졌다.
필요 이상으로 높이높이 던진 검이 하늘을 날았다.
"모두, 지금 당장 바깥으로 도망쳐!"
내가 소리친 것과 전이진이 빛을 발하면서 쿠사마의 모습이 사라진 것은 거의 동시였다.
전이진은 한 번 발동하면 다음 발동까지 조금 시간이 걸린다.

쿠사마의 뒤를 쫓아가려면 전이진이 다시 사용 가능 상태로 돌아올 때까지 기다려야 하는데, 그 무렵에는 분명 저 멀리 도망치고 없을 테지.

하지만 지금은 나중 일을 신경 쓸 여유가 없었다.

내 다급한 고함 소리에서 뭔가를 느꼈는지 카티아를 비롯하여 동료들이 곧장 바깥을 향해 달려 나갔다.

그에 반해 엘프들의 반응은 느렸다.

다시 한 번 경고하기 위해 입을 열려고 했지만 목소리가 나오기 전에 내 몸을 옆에서 누군가가 홱 낚아챘다.

"하이린스 씨!"

하이린스 씨가 내 몸을 끌어안은 채 달려 나가고 있었다.

"소용없다. 포기해라."

짤막한 말이 지금 상황을 잘 나타내줬다.

쿠사마가 집어 던진 검이 지면으로 꽂혀 들었다.

그리고 강렬한 빛을 발하면서 대폭발을 일으켰다.

하이린스 씨가 뒤로 돌아서며 방패를 들어 폭발의 충격을 막아냈다.

하이린스 씨와 내 몸이 충격으로 날려 가면서 전이진이 있던 나무의 바깥으로 나동그라졌다.

나무는 안쪽에서 발생한 폭발의 여파로 뿌리째 터져 나가면서 비산했다.

"전이진이……."

누군가가 멍하니 중얼거렸다.

일어서서 주위를 둘러보니 동료들은 전원 무사했다.

하지만 이미 폭발해버린 나무 안에 있던 엘프들은 살아남지 못했다.

쿠사마가 던진 검, 그것은 폭발의 효과를 부여한 마검이었다.

마검은 강력한 힘을 발휘한다.

지닌 힘을 전부 개방시키면 터무니없는 파괴력을 만들어 낸다.

대신 마검은 폭발에 의해 제 형태가 무너지는 탓에 두 번 다시 사용할 수 없게 된다.

"당했다! 쿠사마, 이 자식. 전이진을 망가뜨리고 우리를 결계 안에다가 가둬 놓는 게 목적이었어!"

타가와가 분한 목소리로 외쳤다.

지독한 위력의 폭발이었다. 전이진은 모두 망가져버렸겠지.

엘프의 마을에 들어오려면 전이진을 쓰는 방법이 전부였다.

즉 우리를 포함해서 마을에 있는 전원은 결계를 해제하지 않는 한 바깥으로 나갈 수 없게 됐다.

마을을 지키기 위한 결계 안에 갇혀버렸다는 의미이기도 했다만, 그렇지만…….

동료들의 안색을 살펴보니 표정은 반반 정도로 나뉘어졌다.

타가와와 마찬가지로 분한 기색을 드러내거나, 카티아를 필두로 생각에 잠긴 표정을 짓고 있거나…….

마지막으로 하이린스 씨와 시선이 마주쳤다.

그러고 보니 아직 인사를 하지 않았구나.

"하이린스 씨, 방금 전에는 감사했습니다."

"괜찮아."

만약 방금 전 하이린스 씨가 구해주지 않았다면 나도 폭발에 휘말렸을 것이다.

하이린스 씨는 촉박한 시간 때문에 나머지 엘프들을 구할 수단이 없다고 판단한 뒤 그들을 내버려 두고 나만 끌어안은 채 도망쳤다.

분명 하이린스 씨는 그대로 나를 혼자 뒀다가는, 가능성이 없는데도 엘프를 구하기 위해 뭔가 행동을 벌일 것이라고 예상했을지도 모르겠다.

실제로 하이린스 씨가 나를 억지로 안고 도망치지 않았다면 그렇게 했을 수도 있었다.

알고 있다.

가능한 일 따위는 아무것도 없었다.

폭발하는 검을 막아 내지도, 그 폭발에서 엘프를 지켜 내지도 못했다, 아무것도 못했다.

그 자리에 내가 남아 있었어도 시체가 한 구 더 늘어났을 뿐이다.

그럼에도 뭔가 할 수 있지 않을까, 라는 생각이 들어버린다.

맞아, 지금이라도 내게는 손쓸 방도가 있었군.

"슌. 그건 쓰지 마라."

그런 나의 결의를 먼저 읽어내고 하이린스 씨가 못을 박았다.

그것이라 함은 아마도 내가 이제부터 쓰려고 했던 스킬을 가리키는 말이었다.

"왜죠?"

"그것은 보통은 있을 수 없는 기적이다. 그 기적을 생판 남에게 뻔히 내보여줘서는 안 된다. 앞으로 쭉 말썽의 근원이 되어 돌아올 거야."

내가 하려고 했던 일, 자비 스킬에 의한 사자 소생.

하이린스 씨는 미리 나서서 제지했다.

그것이라고 말한 이유도 어디에 다른 사람의 귀가 있을지 모른다는 배려일 것이다.

나 역시 죽은 사람을 되살릴 수 있다고 알려진다면 번거로운 일이 벌어진다는 것쯤은 상상할 수 있었다.

하지만 사용해야 하는 상황이 있다면 바로 지금이 아닐까?

"게다가 내가 보기에 그것은 제한이 있을 것 같은데? 숯덩이가 됐는데도 쓸 수 있는 건가?"

하이린스 씨의 지당한 의견에 나는 입을 다물 수밖에 없었다.

자비의 사자 소생은 만능이 아니었다.

시체가 심하게 손상됐다면 성공하지 못한다.

지금도 격렬하게 타오르고 있는 나무 안쪽에 남겨진 엘프들의 시체는 나의 자비 스킬로 수복이 불가능한 영역에 달했을 것이다.

"슌. 지금은 그 힘을 온존해 둬라. 이제부터가 진짜 전투일 테니까."

"그 말씀은 무슨……!"

하이린스 씨의 말이 뜻하는 바를 물으려고 한 순간 강렬한 오한이 덮쳐들었다.

지금껏 느낀 적 없는 무시무시한 힘의 분류.

지금 저 멀리에서 느껴지는 힘.

바로 근처가 아니었기에 나는 간신히 설 수 있었다.

이토록 무시무시한 힘의 기세가 바로 곁에서 쏟아진다면 맥없이 주저앉을 자신이 있다.

"뭐야, 이게?!"

타가와가 우리의 속내를 대변했다.

모두 하나같이 핼쑥한 안색으로 허둥지둥하고 있었다.

그런 우리의 모습을 비웃는 것처럼 이변은 멈추지 않았다.

엘프의 마을을 뒤덮고 있었던 결계가 마치 톡 터져 나가는 비눗방울처럼 깨끗이 소실됐다.

"결계가!"

누구의 외침이었는지 모르겠다.

다만 우리는 그 광경을 어안이 벙벙한 채 보고 있었다.

가만히 지켜볼 뿐 아무것도 하지 못했다.

조금씩 사고가 돌아오는 사이에 방금 전 하이린스 씨의 말이 뜻하는 바를 이해했다.

의문은 있었다.

이 광대한 엘프의 마을 안쪽에 가둬 놓는다 해도 식량을 자급자족할 수 있는 만큼 별다른 문제가 안 된다.

황급히 결계를 해제할 필요가 없는 셈이었다.

유고의 노림수가 고립이라면 바보라고밖에 해줄 말이 없다.

오히려 결계가 해제되기를 기다려야 하는 제국군이 훨씬 더 호된 꼴을 겪게 된다.

결계의 바깥은 위험한 마물이 날뛰는 곳이고 식량 역시 쉽사리 구하지는 못할 테니까.

따라서 제국군에게는 전이진을 망가뜨릴 메리트가 없지 않을까 생각했었다.

제국군의 입장으로 보자면 엘프의 마을 내부로 침입하기 위한 유일한 경로를 잃어버리는 셈이었으니까.

카티아와 몇몇이 방금 전 생각에 잠겼던 이유는 이 같은 추론을 떠올렸기 때문일 것이다.

하지만 결계를 부술 수 있다면 그런 가정은 소용이 없어진다.

애초에 추론의 전제가 잘못됐다.

쿠사마가 전이진을 망가뜨린 이유는 결계 안에 엘프들을 가둬 놓기 위함이 아니었다.

반대다.

우리가 제국군이 전이진을 써서 마을 안으로 침입해 오는 상황을 염려했듯이 놈들은 엘프가 전이진을 써서 도망치는 상황을 염려했던 거다.

전이진을 망가뜨린 이유는 도주로를 없애기 위해.

『너희들도 늦기 전에 얼른 도망쳐라.』

쿠사마의 말을 떠올리게 된다.

웃기는 놈이군. 놓아줄 생각 따위 털끝만큼도 없었던 주제에!

“페이!”

나는 페이의 이름을 불렀다.

“알았어! 근데 일단 뒤로 돌아서!”

내가 부른 의미를 정확하게 파악하고 페이가 용 형태로 변신했다.

그동안 우리는 페이를 등지고 서 있었다.

『준비 끝!』

변신을 완료한 페이에게 서둘러 뛰어 올라타고 우리는 날아올랐다.

목적하는 곳은 결계가 있었던 외곽 지역이다.

그곳으로 제국병들이 밀려오고 있을 테니까.

3 도적 퇴치

못된 아이는 어디 있느냐~!

못된 아이는 잡아먹을 테다~!

처음으로 흡혈 양이 사는 저택에 수상한 놈들이 침입하고 나서 며칠.

그 며칠 동안 마왕은 엘로 대미궁 최하층에 내내 틀어박혀 있었다.

뭘 하는 걸까?

음, 뭘 어쩌자는 건지 살짝 신경 쓰이는데. 안 움직이겠다면 안 움직이는 게 나로서는 고마운 일이었다. 금방 따라잡힐 걱정이 없어지니까 마음에도 여유가 생기는구나.

그래서 마음에 여유가 생긴 내가 이 틈에 무엇을 했느냐면 도적 퇴치를 했다.

흡혈 양이 습격당했던 사건을 돌아보면 알 수 있듯이 이 세계에는 도적이 서식하고 있었다.

도적이란 도시의 바깥에 서식하면서 지나다니는 사람을 덮쳐 금품 및 식량을 약탈하는 위험 생물이다.

습성은 대단히 호전적이고, 또한 교활함.

약자를 노리지만 강자에게는 접근하지 않는 등 높은 지능을 보유했다.

도시 바깥에 서식하고 있다는 사실은 근처 주변의 마물을 별 탈 없이 쓰러뜨릴 수 있음을 의미하며, 대체로 마물보다도 위험한 존재이다.

거미 책방에서 출간한 위험 생물 도감에서 발췌.

실제로 흔히 널려 있는 마물보다 위험하단 말이지, 도적.

사람을 습격하는 행위에는 명확한 악의가 묻어 있으니까.

본능을 따라 무차별로 사람을 덮치는 마물이 차라리 귀염성이 있다.

게다가 이 주변의 도적은 아무래도 흡혈 양의 저택에 돌격을 사주했던 엘프 조직과 연관이 있는 것 같아.

엘프 조직의 일원이 살금살금 도시 바깥에서 도적과 만나고 다녔거든.

내가 짐작한 대로 흡혈 양이 탄 마차를 습격한 도적도 엘프 조직의 말단이었나 봐.

왜 엘프가 강도단 같은 짓을 하는 걸까?

내 머릿속에 있는 엘프의 이미지는 자연을 더없이 사랑하는 청렴한 종족이라는 이미지였는데 말이야.

여기에 있는 엘프에게서는 청렴의 청도 안 느껴지네!

그런 엘프 조직과 내통하고 있는 도적 따위는 쓰레기통으로 휙~.

일단 내게도 메리트가 있었다.

인간은 경험치가 몹시 쏠쏠하다.

경험치의 비중이 능력치의 높낮음보다도 스킬에 비중이 놓여 있으니까 말이야.

인간은 마물에 비해 능력치는 낮은 편이지만 그만큼 스킬을 열심히 단련한다.

그래서 전투력에 비하면 경험치의 양이 많았다.

도시 바깥에서 살아남기 위해 필사적으로 스킬을 단련하는 도적이라면 더욱더—.

인간을 살해하는 인간이라는 부분도 포인트가 높았다.

경험치가 많은 인간을 살해해서 경험치를 쌓아 올리는 인간.

이번에는 네가 경험치가 될 차례란다!

도적을 죽이면 도시의 주민이 해피, 적이 줄어서 흡혈 양의 부모도 해피.

거기에 나는 경험치를 벌어들일 수 있으니까 해피.

일석이조를 넘어서 삼조, 사조도 되겠다.

이러면 얼른얼른 해치워줘야지!

그런고로 만리안을 써서 주변을 탐색해봤다.

그랬더니 어이쿠! 찾았네.

많고 적은 무리를 더해서 도합 세 자릿수를 넘는 인원의 도적을.

……너무 많지 않아?

도적이 뭐 이리 많나요~.

뭐냐고, 한 마리를 발견하면 백은 숨어 있다고 판단해야 할 것 같은 이 증식 상태는…….

치안이 이리 나빠도 되나.

아니면 이세계에서는 이게 평범한 일상이라든지 그런 거야?

그렇다면 이세계는 무시무시한 곳이네.

여기저기에 널린 마물보다 훨씬 더 강력한 도적 몬스터가 무리를 지어 돌아다닌다니.

이런 망겜이 있나.

아니, 진지하게 너희들 왜 도적질을 하고 다니는 거냐고 따져 묻고 싶은걸.

뭐, 도적의 사정 따위 알 바 아니지.

그래서 도적을 처단하기에 앞서 나는 스킬을 늘려 놓았다.

드디어 천리안이 만리안으로 진화하면서 사안이 초원거리에 있는 상대에게도 사용 가능해졌으니까 새로운 사안을 습득해도 괜찮지 않을까 생각했거든.

그러그러해서 스킬 포인트 300으로 봉인의 사안, 마찬가지로 300포인트를 써서 난마의 사안, 훅 뛰어올라서 500포인트로 왜곡의 사안을 습득.

새로운 3종 사안을 추가해서 기존에 있었던 4종과 미래시를 더하면 딱 8종.

이걸로 모든 눈이 제자리를 찾게 된 셈이다.

사안을 처음 습득하던 때 목표로 했던 사안 8개가 마침내 완성됐도다!

그래서 이번에 습득한 3종 말인데, 각각의 능력은 이런 느낌.

『봉인의 사안: 봉인 속성의 대미지를 시야에 들어온 대상에게 부여한다』

『난마의 사안: 난마 속성의 대미지를 시야에 들어온 대상에게 부여한다』

『왜곡의 사안: 공간 속성의 대미지를 시야에 들어온 대상에게 부여한다』

응. 설명만 보면 뭐가 뭔지 모르겠는걸.

우선 봉인 말인데, 이건 스킬을 봉인하는 상태 이상 같아.

말만 들으면 되게 굉장해 보이지만 지금까지 경험했던 바를 돌아보면 실제로는 사용법이 되게 까다로울 것 같다.

그럼에도 습득한 이유는 이걸로 상태 이상 무효 스킬을 봉인할 수 있지 않을까 하는 기대 때문이다.

그게 된다면 나머지 사안이 맹위를 떨칠 수 있을 테니까.

봉인도 상태 이상의 일종이니까 안 먹힐 가능성이 더 높다고 여겨지지만 시도할 가치는 있었다.

난마는 이름 그대로 마법의 발동을 어지럽힌다.

응, 내가 엄청나게 싫어하는 용린 계열의 스킬과 비슷한 효과였다.

나는 마더에게서 흡수한 용 결계, 그것의 열화판 스킬은 갖고 있었다.

하지만 난마의 사안이 뛰어난 점은 대상을 본 순간 놈의 마법 발동을 방해할 수 있다는 점.

용린이나 용 결계가 발동한 마법의 위력을 감쇠시키기 위한 스킬이라고 한다면 난마의 사안은 마법의 발동 자체를 방해하는 스킬이라고 말할 수 있겠다.

난마의 사안으로 발동을 방해하고 용 결계로는 불완전해진 마법을 막는다.

내 순수 마법 방어력까지 더하면 마법으로는 거의 대미지를 안 입지 않을까?

거기에 또 마지막으로 왜곡의 사안.

이게 심상치 않은 놈이거든. 바라보는 장소의 공간을 일그러뜨리는 효과라고 되어 있어.

잠깐 시험해봤는데 제어가 엄청나게 어려웠다.

하지만 나는 공간 마법을 자주 써서 공간계 제어에 익숙한 덕분인지 요령을 파악하고 나서는 자유자재로 다룰 수 있었다.

왜곡의 사안, 공간 속성의 공격 마법이라고 말할 수 있을 텐데 일그러뜨린 공간 안에 물체가 있을 경우 콰직 비틀어진다.

쏙, 콰직.

시험 삼아서 근처에 있는 나무에 써 봤는데 줄기가 도려져 나갔다.

쏙, 콰직.

상당히 비열한데.

이런 걸 만리안을 써서 초원거리에서 발동한다면?

거기에 또 이 녀석은 사안치고는 드물게도 대상이 생물이 아니라 공간인 탓에 도려내는 부위를 선택할 수 있었다.

하려고 마음먹으면 머릿속의 내용물만 비틀어버리는 것도 가능하지 않을까?

쏙, 콰직.

뭐, 대상이 공간이라는 건 다른 사안과 달리 회피당할 수도 있다는 뜻이겠지만 말이야.

이런 부분은 일장일단이겠네.

왜 공간 마법을 갖고 있으면서 공간 속성의 사안을 습득했냐고 묻는다면 공간 마법의 공격은 사용법이 대단히 까다롭기 때문일 뿐 다른 이유는 없었다.

일단 공간 마법에도 공격 마법은 있다.

공간을 절단하는 그런 느낌의 효과.

다만 공간 마법은 특성상 모든 마법에서 우선 공간 설정을 선행해야 한다.

요는 마법을 발동시키는 공간을 규정한다는 작업인 셈인데, 이게 쓸데없는 원 액션이거든.

이 쓸데없는 원 액션을 반드시 끼워 넣어야 해서 다른 마법과 비교하면 발동이 느렸다.

전이 종류는 그래도 쓸모가 있으니까, 아니, 차고 넘치도록 쓸모 있으니까 이런 쓸데없는 원 액션도 허용할 수 있었다.

하지만 일순간의 시간 지연이 생사를 좌우할 수밖에 없는 전투에서는 공간 마법으로 펼치는 공격보다도 다른 마법을 쓰는 편이 적당한 상황이 대부분.

따라서 공간 속성의 공격은 있어도 없는 것이나 마찬가지였다.

그래서 굳이 가지고 있는 공간 속성의 사안을 습득해봤다.

그 결과 즉각 발동이 가능한 공간 속성의 공격 수단을 마침내 확보했다는 거지.

그래서 새로운 사안을 위주로 써보며 도적들을 시험 삼아 전멸시켰다.

그럼 각 사안의 감상을 들려드리리다!

우선 봉인의 사안.

쓰기도 어렵고 도움이 안 되네!

스킬을 봉인하는 데 시간이 엄청나게 오래 걸리는 데다가 봉인 가능한 숫자는 달랑 한 개.

한 개!

스킬 레벨이 아직 낮으니까 효과가 떨어진다는 가능성도 있지만 그렇다 쳐도 심각했다.

살짝 괜히 습득했다고 후회할 수준.

다음, 난마의 사안.

아, 응. 막상 써보려니까 만리안으로 장거리 공격을 하다 보면 쓸 기회가 없더라고.

그렇잖아, 상대는 내 위치를 포착도 못하는걸?

그럼 놈들이 허공에다가 마법을 날리지 않는 이상 마법을 방해하는 난마의 사안은 등장 기회가 없더라고.

응. 평가 보류!

다음, 왜곡의 사안.

얘는 좀 평가하기가 어렵다.

왜곡의 사안은 다른 사안 공격과 달리 시야에 들어온 상대가 아니라 시야에 들어온 공간을 대상으로 삼는다.

따라서 사안 특유의 절대 명중이 작동하지 않았다.

공격 대상으로 정한 공간에서 이탈하면 피할 수도 있고…….

게다가 비틀어뜨리는 공간 안에 물체가 있으면 해당 물체의 강도에 따라 구부러뜨리는 데 무척 힘이 들어갔다.

그렇게 시간을 들이는 동안 이탈하는 경우도 있었다.

하지만 상대의 몸속을 직접 공격 가능하다는 점은 멋지다.

몸속이라면 두뇌라든가 딱딱할 수가 없는 부분을 노릴 수도 있고—.

그걸 콰직.

글자 그대로 뇌를 흔들어 놓는 거지!

상당히 비열하다.

지금으로서는 주원의 사안이 훨씬 더 현격하게 공격력도 편의성도 뛰어났지만, 스킬 레벨이 올라가면 적절하게 골라 쓸 수 있겠다.

그런고로 새로운 사안의 총평.

응, 살짝 미묘.

하지만 도적을 잔뜩 해치운 덕분에 경험치는 엄청나게 벌어들였고 그만큼 레벨 업도 했다.

그것만으로도 으헤헹이랍니다.

도적들이 또 솟아났으면 좋겠네?

단장 암약하는 자들, 신언교 교황

“그런가. 그러면 우리 신언교에서 도적으로 위장하여 잠복시켰던 첩보 부대는 전멸했다는 말인가?”

내가 확인차 묻자 부하는 긍정했다.

“넷. 하오나 상인으로 위장한 첩보원 및 오랫동안 케렌 령의 시민으로 잠복했던 첩보원은 피해가 없었습니다. 또한 저희의 위장 첩보원 이외의 도적들도 역시 전멸한 점을 보아 첩보원을 노린 것이 아니라 도적을 노린 것이라고 추측됩니다.”

부하의 보고에 나는 차마 억누르지 못하고 한숨을 쏟아 냈다.

일의 발단은 사리엘라 국에 잠입시켰던 첩보 부대가 전멸한 사건으로 거슬러 올라간다.

도적으로 위장했던 첩보 부대가 갑작스럽게 소식불통이 되는 상황이 발생.

서둘러 조사를 진행한 바 뜻밖의 대상을 발견하고 말았다.

“이런, 이런. 예상 밖의 간섭이 들어왔군그래.”

저도 모르게 불평을 늘어놓았다 해도 어쩔 수 없는 일이었다.

사리엘라 국에 펼치던 공작의 일부가 느닷없이 나타난 제삼자의 손에 망가져버렸으니까.

보고서를 훑는다.

그것은 미궁에 갑자기 나타나서 불가사의한 행동을 반복하고 있는 악몽이라 호칭되는 마물의 자료였다.

자료에는 이제껏 악몽에 대해 알아낸 행적이 상세히 쓰여 있었다.

마지막 한 장에는 추가 기록으로 악몽 출현과 시기를 같이하는 퀸 타라텍트의 지상 진출과, 태고의 신수에 대한 목격 증언이 첨부돼 있다.

악몽이 거미형 마물이라 함은 즉 아리엘 님의 권속이라는 뜻.

지금껏 속세에 관여하지 않았던 아리엘 님이 어째서, 라는 생각은 들었지만 아리엘 님 본인의 움직임도 악몽의 움직임도 의도가 전혀 읽히지 않았다.

아리엘 님은 뭔가를 찾고 있는 거동을 보이고 있지만 훗날 조사를 시켜도 아리엘 님이 찾아다닐 만한 대상은 발견할 수 없었다.

더한 수수께끼는 악몽이 이제껏 취한 행동.

어떤 의도로 행동하는지 전혀 알 수가 없다.

사람을 구해주는가 하면 사람을 습격한다.

그게 전부 아리엘 님의 지시를 따른 행동이라면 나로서는 도무지 의미를 알 수 없었다.

"그래, 악몽이 다른 첩보원의 존재를 알아차린 형색은 있는가?"

"지금으로서는 없습니다."

아리엘 님의 의도는 무엇일까?

단지 도적을 해치우기 위함은 아닐 터인데…….

우리에게 보내는 경고라고 받아들여야 하나?

사리엘라 국에는 손을 대지 말라고?

정말 그리하다면 무리한 요구였다.

상황이 이러한 이상 최대한의 주의를 기울이면서 관찰할 수밖에 없겠군.

게다가 신경 써야 하는 대상은 아리엘 님뿐이 아니었다.

“다른 도적이 어디에 소속된 자들인지 신원은 판명되었는가?”

“아무래도 그 도적들은 사리엘라 국뿐 아니라 세계 각지에서 최근 들어 움직임이 활발해진 인신매매 조직의 일원으로 판단됩니다. 그리고 조직의 배후에는 엘프가 있었습니다.”

반쯤 예상하고 있었던 대답이 그대로 부하의 입에서 흘러나왔다.

엘프, 포티머스 하이페너스 놈.

무슨 작정으로 인신매매 조직 따위를 움직이는 거지?

정확한 의도는 파악되지 않지만, 그 남자가 하는 짓은 세계에 해악밖에 끼치지 않을 것이다.

즉시 적발하여 저지해야 한다.

하지만 지금은 여신교가 먼저였다.

그쪽을 정리하지 않는 한 세계 각지에 뿔뿔이 흩어져 있는 인신매매 조직의 일제 적발은 어림도 없었다.

지금은 여신교에 대항하기 위한 전력을 투입하는 단계라 다른 데 돌릴 만한 여력을 확보할 수 없었다.

여신교를 무너뜨리는 것은 결정 사항이다.

아리엘 님의 의도를 완전히 읽지 못하고 있기에 불안감은 느껴지지만 이제 와서 지금의 흐름을 변경하는 일은 불가능했다.

그 때문에 얼마나 준비를 해 왔던가.

도적으로 위장한 첩보원이 제거되었다고 해서 대단한 영향은 없다.

예의 케렌 령의 영주는 지금까지 오우츠 국과 전쟁이 일어나지 않도록 진력해 왔던 듯했지만 사리엘라 국의 중앙은 이미 전쟁 분위기로 흘러가고 있었다.

그렇게 되도록 우리가 차츰차츰 유도한 줄도 모른 채…….

오우츠 국과 두 나라 사이에서 모종의 불씨가 발생한다면 그다음은 알아서 불이 번져 나간다.

사리엘라 국에서 신앙하는 여신교는 신언교를 싫어하며 우리 신언교도 역시 여신교를 사교로 규정짓고 있다.

서로 간에 증오하고 있기에 적당한 곳을 살짝 찔러만 줘도 순식간에 전쟁의 불길이 치솟을 테지.

한심한 노릇이다. 신언교도 여신교도 숭배하는 신은 같은 분이거늘 이리도 우스꽝스러울 수가…….

"보고를 계속하겠습니다."

이런, 이러면 안 되지.

한창 보고를 듣는 중이었건만 다른 생각을 해버렸다.

나의 나쁜 버릇이었다.

"도적이 전멸했습니다만 케렌 령에는 아직 엘프의 흔적이 관찰되는 바입니다. 뭔가를 몰래 획책하는 듯 짐작되는 상황이온데 배제하시겠습니까?"

수족으로 부릴 도적이 쓸려 나갔는데도 아랑곳 않고 엘프가 물밑에서 움직이고 있다?

무슨 목적으로?

보고로는 엘프의 하수인이 두 번에 걸쳐서 케렌 영주와 그 가족을 노렸다고 했던가.

케렌 영주를 노리는 것인가?

하지만 포티머스가 케렌 영주를 노릴 만한 목적을 모르겠다.

케렌 영주와 포티머스 사이에는 아무런 연관도 없을 터인데.

그렇게 말하자면 각지에서 발생하고 있는 인신매매도 목적이 보이지 않기는 마찬가지다.

유괴. 수많은 어린아이를 납치해서 무엇을 할 작정이지?

아니, 잠깐만…….

반대인가?

수많은 어린아이가 필요한 것이 아니라 특정한 어린아이를 노리고 있다는 목적을 드러내지 않기 위한 공작인가?

하지만 그렇게까지 대규모 공작을 벌여서 뭘 하겠다는 거지?

그토록 거창한 일을 벌이면서 손에 넣으려는 어린아이는 또 뭐고?

정보가 너무 적지 않은가.

이 이상은 상상, 아니, 망상을 벗어나지 못한다.

다만 특정 어린아이를 노리고 있다는 것은 가능성 있는 가설이었다.

그렇다면 혹시 케렌 령에서 활동하는 엘프들의 목적은 영주가 아닌 그 자녀인가?

고려의 여지는 있겠군.

여신교의 문제를 정리한 다음 일제 적발을 시행할 때 힌트가 될지도 모르겠다.

"내버려 둬라. 다만 감시는 게을리하지 말도록."

"넷."

흐음.

그러고 보니 악몽이 엘프의 마수로부터 케렌 영주의 가족을 두 번이나 구했는데 엘프는 방치 중이로군.

악몽은 그들의 활동을 의도적으로 방관하면서 거물이 낚이기를 기다리는 것일까?

그러하다면 낚아 올리려고 할 만한 최종 목표는 포티머스 하이페너스 말고는 없겠군.

미궁의 악몽이라.

오우츠 국에도 적지 않은 연이 있는 상대잖은가.

아리엘 님의 권속일지도 모르는 이상 섣불리 자극하면 일이 꼬일 수 있겠지만 그럼에도 이용 가치는 있겠다.

최선은 아리엘 님과 포티머스가 충돌하는 상황인데 그리되도록 조정이 가능할지 모르겠군.

흐름를 잘 읽어야 하고 또한 신중한 대응을 필요로 하는 상황이다.

이토록 복잡한 형세.

누가 승자가 될까.

나인가, 아리엘 님인가, 포티머스인가.

어느 쪽이든 케렌 령에서 벌어지는 암투를 제압한 자가 승기를 잡게 되겠군.

"케렌 령의 첩보 활동을 보다 면밀히 하라. 사소한 정보라 하여도 간과하지 말고 연락하도록. 이미 전투가 개시된 상황으로 간주하라."

상대의 태도를 살피면서 앞서 나가기 위한 정보전이 개시된 셈이지.

이쪽에서 먼저 한 수를 놓아볼까?

"분명 엘로 대미궁에서 악몽에게 목숨을 구원받았다는 모험가가 지금 오우츠 국에 있다고 했던가? 그 모험가에게 의심을 사지 않도록 의뢰를 맡겨라. 악몽과 조우할 만한 의뢰를 골라서."

자, 악몽은 과연 어떠한 반응을 보일까.

예의 모험가를 구한 것이 우연이든 모종의 의도가 있든 간에 뭔가 반응을 보여준다면 고마울 텐데 말이다.

이렇게 던져 넣는 돌 하나가 어떤 변화를 일으켜줄까?

01 엘프 마을의 결전, 선생님이니까요

저는 약한 인간이에요.

하늘을 뒤덮은 결계가 속절없이 사라졌습니다.

이곳 엘프의 마을을 몇백 년, 어쩌면 몇천 년 동안 지켜 왔던 결계가.

저 말고 다른 엘프들은 모두 어리둥절한 채 하늘을 올려다보고 있습니다.

무너질 리 없다고 자신했던 결계가 사라진 탓에 동요하는 것이겠지요.

그래서 결계가 사라질 수도 있다고 충고했건만—.

"여러분. 반격 준비를 해주세요. 적이 옵니다."

동요하는 엘프들에게 바람의 마법을 써서 전원에게 들리도록 지시를 전달했습니다.

제 목소리를 듣고 퍼뜩 정신을 차리며 긴장감을 불러일으키는 엘프들.

결계가 사라진 다음은 이제 곧 제국군이 침공해 온다는 사실을 깨달은 듯합니다.

"결계는 무너졌습니다. 하지만 결계를 발생시키는 장치 자체가 망가지지는 않았어요. 결계가 다시 복구될 때까지 버티기만 하면 됩니다."

저는 족장의 딸이라는 지위에 있기에 엘프 중에서는 강한 발언권을 갖고 있습니다.

지금도 제 말을 듣고 조금씩 침착함을 되찾아 가는 분위기였습니다.

"게다가 이곳은 숲속. 저희들 엘프의 앞마당 같은 곳이에요. 인간의 군세로 저희를 당해 내기는 불가능합니다. 그들에게 가르쳐주도록 해요. 숲속에서 엘프와 전투를 벌이는 어리석음을."

전의를 고취시키기 위해 힘 있는 말을 토해 냈습니다.

진짜 속내를 밝히자면 상황은 낙관적이지 않습니다.

숲이라는 지형의 이점은 있습니다만 인원수는 상대편이 압도적으로 우위.

게다가 상대는 마족과 오래도록 전투를 거듭하면서 실전 경험을 풍부하게 쌓은 렌잔드 제국의 강병이죠.

격렬한 전투가 벌어질 것임은 눈에 훤히 보였습니다.

엘프들이 그 사실을 이해하지 못할 리도 없습니다만 주변의 분위기를 살리는 격려는 중요합니다.

차분함이 되돌아오면서 전의를 향상시키고 있는 엘프들을 보고 우선 결계의 붕괴로 인한 동요는 수습됐다고 판단했습니다.

실제로 결계가 복구 가능한지는 잘 모르겠지만요.

결계가 무너지지 않을까, 라는 의구심은 있었습니다.

그리고 그 우려가 높은 확률로 맞아떨어지리라는 사실을 저는 이미 알았습니다.

저의 고유 스킬로 말이죠.

『출석부』

아마도 세계에서 저 혼자 갖고 있는 유니크 스킬.

효과는 옛 학생들, 즉 전생자의 현재와 과거 및 미래가 대략적으로 기록되는 것.

눈을 감으면 마음속에 출석부가 떠오릅니다.

출석부를 펼치면 출석 번호 순서대로 학생들의 이름이 차례차례 쓰여 있고, 어느 이름을 강하게 떠올리면 이름의 주인에 관한 정보를 열람할 수 있습니다.

다만 이 스킬로 열람 가능한 범위는 간단한 정보뿐입니다.

과거, 태어난 순간의 기록.

언제 어디에서 탄생했는지.

기재된 내용은 단지 그뿐입니다.

현재, 해당 이름을 지닌 대상의 상태를 한 단어로 표시합니다.

건강, 병, 피로 등등.

현재 위치 따위는 알지 못합니다.

그리고 미래.

여기에는 해당 학생이 죽게 되는 대략적인 시간과 사망 원인이 쓰여 있습니다.

시간은 아마도 제가 태어난 순간을 0으로 설정하는 듯하고, 365일을 1년으로 표시해줍니다.

나츠메 켄고의 이름으로 출석부를 펼치면 그곳에는 엘프의 숲에서 전사한다고 쓰여 있습니다.

전사. 그렇죠, 즉 누군가와 싸운다는 뜻.

유고가 제국군의 내부에 있다는 사실은 은밀하게 감시하고 있는 척후의 보고로 전달받았습니다.

즉 결계의 바깥에 있다는 의미입니다.

그런 유고가 엘프의 숲에서 전사한다는 사실은 결계를 넘어서 들어오게 됨을 암시하고 있었습니다.

그래서 저는 결계가 붕괴될지도 모른다는 사실을 미리 알았습니다.

그리고 유고가 이곳에서 죽음을 맞이하리라는 사실도…….

몸이 떨립니다.

출석부에서 사라진 네 명의 이름을 보면 더욱더 세차게 몸이 떨려옵니다.

학생이 죽으면 출석부에서 이름이 사라졌습니다.

유고, 나츠메 켄고의 이름도 이제 곧 사라지겠지요.

이제까지 죽었던 네 명과 달리 제 손으로 지워야 합니다.

그러기로 결의를 이미 굳혔을 텐데 떨리는 몸을 주체하지 못하겠습니다.

주변의 엘프들에게 제 상태를 내비치지 않는 것이 힘듭니다.

지금 상황에서 제가 겁에 질려 부들거리는 꼴을 내보인다면 애써 끌어올린 사기가 떨어져버립니다.

그렇게 되면 제국군을 물리치기는 도저히 불가능하겠죠.

어째서 이렇게 됐을까요?

저는 단지 학생들 모두를 살리고 싶을 뿐이었는데요.

전세에서 저는 선생님이었습니다.

어릴 적부터 선생님이 되는 것이 꿈이었습니다.

학생들과 함께 마주 웃을 수 있는 선생님이 되고 싶었어요.

꿈을 위해 아낌없이 노력을 기울였습니다.

그 세대의 아이들이 흥미를 가질 만한 대상에는 전부 손을 뻗쳤습니다.

게임, 만화, 소설, 인터넷도…….

이야깃거리가 될 만한 대상은 열심히 열심히 공부했습니다.

조금은 진지하게 빠져버렸지만요.

그렇게 말투를 바꾸고, 캐릭터를 만들어서, 저는 별나고 살짝 유감스러운 선생님이라는 친근감 있는 인물이 되었습니다.

유감스러운 부분은 다른 쪽에도 있었습니다만 결과가 좋으면 오케이입니다.

하지만 동시에 생각이 들었습니다.

정말로 이러면 되는 걸까.

거짓된 자신으로 마주 웃는 지금이 정말 나의 꿈이었던 걸까.

하지만 저는 그때까지 쌓아 올렸던 입장을 무너뜨리면서까지 순수한 자신을 내보이는 것이 무서웠습니다.

그래서 현재 상태로도 충분하다고 애써 위안하면서 하루하루를 보냈습니다.

그리고 이세계로 전생했습니다.

마지막으로 기억하는 장면은 수업을 할 때의 기억.

거기부터 다음의 기억은 뚝 끊어졌고 정신을 차리고 보니 저는 갓난아기가 되어 있었습니다.

사실을 받아들일 때까지는 무척 고생했습니다.

어쨌든 생후 얼마 되지도 않은 갓난아기니까 몸을 꼼짝하지도 못하고 눈과 귀도 분명하게 기능하지 않잖아요.

영문도 모른 채 패닉에 빠져 울고 소리친 것은 흑역사네요.

간신히 눈이 보이게 되고 자신이 갓난아기가 되었다는 사실을 이해했을 때는 더한 충격이 저를 덮쳤습니다.

그럴 수밖에요, 주변 사람들의 귀가 길고 뾰족했거든요.

그것이 엘프라는 생물의 특징이라는 사실은 이전에 쌓아 두었던 오타쿠 지식으로 즉시 알아차렸습니다.

그리고 지금 자신의 상태도요.

이세계 전생. 인터넷에서 큰 인기를 끌고 있는 현상에 제가 말려들어버렸다는 것.

저는 약해요.

소설 속 주인공처럼 느닷없이 이세계에 끌려 들어온 뒤에 굳세게 살아가지도 못하고, 새로운 마음가짐으로 제2의 인생을 걸어가지도 못합니다.

이전에 확립된 제 자신을 차마 포기하지 못했습니다.

그렇게 혼란에 빠진 머릿속에 달라붙어 있었던 고집이 선생님이라는 자각이었습니다.

저는 선생님이에요.

그렇다면 학생들의 안부와 미래를 첫 번째로 고민하고 걱정해줘야 합니다.

그것이 제가 가진 선생님의 이상상이니까요.

그리고 제게는 마침 적합한 스킬이 태어날 때부터 갖춰져 있었습니다.

바로 출석부.

하지만 그 스킬이 가르쳐주는 정보는 저를 절망으로 몰아넣을 따름이었습니다.

대부분의 학생이 20년 이내에 사망한다니요.

차마 받아들일 수가 없는 사실이었기에 며칠 동안 덜덜 떨면서 현실 도피를 하고 말았습니다.

하지만 현실은 변하지 않습니다. 고개를 돌려 외면해도 시간은 흘러갑니다.

그리고 깨달았습니다.

가장 사망 시기가 빨랐던 학생, 갓난아기 무렵에 벌써 세상을 뜬다고 적혀 있었던 학생의 이름이 어느새 조용히 사라졌다는 사실을…….

빈칸이 생긴 출석부.

저는 공백이 난 자리를 보면서 각오를 다질 수밖에 없었습니다.

나머지 학생 가운데 열 명의 사망 시기가 생후 2, 3년 이내였기 때문입니다.

저는 어떻게든 손을 쓰기 위해 스킬에 기댔습니다.

출석부도 스킬이고 그런 신비로운 힘이 있는 세계라면 텔레파시 같은 수단도 쓸 수 있지 않겠느냐는 발상을 떠올렸기 때문입니다.

그렇게 저는 스킬 포인트를 써서 염화 스킬을 습득하는 데 성공했습니다.

다행스럽게도 제 아버지는 포티머스, 엘프의 족장이었습니다.

게다가 보통 자신의 딸이 전세의 기억 같은 소리를 늘어놓는다면 제정신이냐고 의심할 텐데도 포티머스는 순순히 제 이야기를 믿어 줬습니다.

아마도 포티머스는 제 존재를 처음부터 이질적이라고 간파한 듯 보였습니다.

자칫하면 위험한 도박이 되었습니다만, 저는 도박에 승리했고 포티머스는 전생자를 보호하겠다고 약속했습니다.

거기서부터는 순조로웠어요.

출석부의 과거 기술에서 학생이 태어난 장소는 파악할 수 있습니다.

그곳을 중심으로 수색하면 되는 거지요.

유감스럽게도 이미 늦어버린 학생도 있었습니다만 학생들 대부분의 안부를 확인할 수 있었습니다.

어느 때는 돈으로 해결했고 어느 때는 유괴 비슷하게, 아니요, 애매한 표현을 써 봤자 무슨 소용일까요. 정말로 유괴를 해버렸습니다.

엄연한 범죄입니다.

하지만 엘프는 유괴를 저질러야 한대도 망설이지 않았습니다.

엘프에게도 엘프의 사정이 있었죠.

엘프는 관리자에게 대항하기 위해 가능한 한 스킬이 없는 세계를 목표로 하고 있습니다.

그리고 전생자는 처음부터 스킬 포인트를 대량으로 지닌 채, 게다가 한 가지 강력한 스킬을 갖고 태어난다는 듯했습니다.

전생자가 스킬을 갈고닦으면 관리자의 눈에 띄어서 이리저리 이용당해버릴지도 모릅니다.

신빙성이 있는 이야기였습니다.

출석부에 기록돼 있는 사망 원인, 스킬을 박탈당하고 사망.

지금도 슌과 카티아의 사망 원인으로 적혀 있는 문장.

대부분의 학생은 같은 원인으로 죽는다고 쓰여 있었습니다.

그게 바로 관리자에 의해 도래하는 죽음이 아닐까 하는 것이 제 예상입니다.

지금은 엘프의 마을에서 스킬을 단련할 수 없는 환경에 둠으로써 사망의 원인을 덜어 냈습니다.

미래의 항목은 의외로 빈번하게 변화합니다.

하지만 어떻게 활동해도 스킬을 박탈당하고 사망한다는 한 문장은 변하는 법이 없었습니다.

그리고 그것이 일어나는 시간은 모두가 같았습니다.

올해입니다.

그리고 그 이후로는 미래의 기록이 없습니다.

올해 사망하는 학생 이외의 기록은 백지가 되어 있습니다.

그것이 무엇을 의미하는가 상상하면 두려워집니다.

출석부에는 제 이름이 없지요.

당연합니다. 저는 학생이 아니라 선생님이니까요.

제 자신에 대해서는 알지 못합니다.

하지만 그래도 그런 것이겠지요.

스킬을 박탈당하고 사망하는 사람은 스킬이 많은 학생입니다.

그리고 저 역시 스킬이 많습니다.

아마 저도 그때 죽을 테지요.

제가 죽어버리기 때문에 이후의 소식을 모르게 되는 것이라고 생각합니다.

두렵습니다. 죽고 싶지 않아요.

스킬 소거도 고려했습니다.

하지만 유고를 어떻게든 처벌할 때까지는 스킬의 힘을 포기할 수 없는 노릇입니다.

게다가 만약 스킬 소거로 스킬을 삭제한다면 엘프들이 어떻게 나올지 모릅니다.

스킬 소거란 요컨대 관리자에게 힘을 내주는 행위.

적대하는 상대에게 힘을 건네면 엘프가 적으로 돌아설 수도 있습니다.

포티머스는 안색 한 번 바꾸지 않고 저를 숙청하고도 남을 인물입니다.

그뿐이라면 또 모르겠습니다만 보호하고 있는 학생들에게도 위해를 끼칠 것 입니다.

엘프는 선의로 전생자를 보호하고 있지 않으니까요.

그렇다면 길은 하나뿐입니다.

스킬을 박탈하러 오는 상대, 짐작하건대 관리자와 맞서 싸워서 물리치는 것.

그게 정말로 가능한지 잘은 모르겠지만 그렇다 해도 해내야 해요.

그 전에 유고부터…….

그 아이가 그렇게 되어버린 것은 선생님의 책임이겠죠.

제가 짊어져야 하는 책임입니다.

……책임을 져야 하는 대상은 유고뿐이 아니군요.

쿠도의 싸늘한 시선을 떠올리게 됩니다.

저는 학생 모두를 제대로 지키고 있는 걸까요?

모르겠어요.

사실대로 전부 다 설명하면 그토록 미움받지는 않았을지도 모르지만 출석부에는 한 가지 저주가 있습니다.

학생의 열람을 금지한다는 제약.

즉 출석부로 알게 된 정보를 학생에게 이야기하면 안 된다는 규칙.

정확한 페널티가 뭔지 모릅니다만 불필요한 위험을 무릅쓸 수는 없었습니다.

학생들 모두에게 어떻게 설명하든 간에 출석부의 존재를 털어놓을 수는 없었습니다.

그래서 저는 결국 입을 다물었어요.

지금으로서 문제는 제가 미움받는다는 것뿐…….

아직 모두의 불만도 폭발할 만큼 거세지는 않습니다.

그러면 학생에게 선생님이 미움받는 것도 할 일의 하나입니다.

기꺼이 감수하겠어요. 이런 것쯤은 누워서 떡 먹기예요.

……거짓말이에요. 슬퍼요. 저는 약해요.

두렵습니다. 죽고 싶지도 않고요, 죽이고 싶지도 않아요.

저는 올바른 걸까요?

틀리지는 않았을까요?

저는 좋은 선생님으로 살고 있나요?

누가 가르쳐주세요.

"오~카~쌤~! 기쁘다고! 제일 먼저 나를 만나기 위해 기다려주다니 말이야!"

제국군을 거느리고 유고가 모습을 드러냈습니다.

대장인데도 선두에 나서는 유고.

"저도, 기쁘네요."

조금도 기쁘지 않습니다.

그렇지만 길을 잘못 들어선 학생을 꾸중해줘야 합니다.

그게 올바른지 틀린지는 저도 잘 모르겠지만요.

그럼에도 제가 꼭 해야 하는 일입니다.

그래요, 저는 선생님이니까요.

단장 농락당하는 영주

도대체 뭐가 어떻게 된 것인가.

요즘 들어 끊임없이 발생하는 사건 때문에 나는 심신이 피폐해졌다.

도적이 폭발적으로 증가한 건이며 그에 따라 유괴 따위가 잇따르고 있는 건에서 비롯되어 우리 케렌 령의 치안은 악화 일로를 걷고 있었다.

도적이 늘어나는 정도가 너무나도 비정상적이어서, 어딘가 다른 나라의 공작을 의심하여 조사시키던 차에 아내와 딸이 탄 마차가 습격당하는 사건까지…….

다행히도 처자에게는 아무 일도 없었지만 심복 메라조피스가 한때는 위험한 상태에 처했었다고 들었다.

처했었다는 표현을 쓴 까닭은 내가 그 소식을 듣고 메라조피스의 용태를 확인하러 갔을 때 그는 상처 하나 없이 팔팔했기 때문이다.

아니, 보고 자체를 메라조피스 본인에게 들었다.

뭐라더라, 거미 마물이 도적의 마수에서 구원해주었다던가.

아내는 분명 신수님이라면서 법석을 떨었다.

우리 사리엘라 국에서 신앙하는 여신교에는 여신님을 섬기는 거미 신수님이 계신다.

아내는 신수님과 그 거미 마물을 동일시하는 듯했다.

어쨌든 무사해서 다행이라고 안심한 그다음 날, 신원 불명의 수상한 자들이 시체로 저택 안에 나동그라져 있었다는 사건이 발생.

시기를 보건대 전날에 처자를 습격한 도적과 한 패거리가 아니겠느냐는 가정하에 메라조피스에게 조사를 명했지만, 아직껏 놈들의 꼬리를 붙잡지 못했다.

아니, 애당초 영내의 도적이 그날을 경계로 홀연히 모습을 감춰서 조사를 진행하고 어쩌고 할 수도 없다.

범인은 금세 발견됐다.

마을의 근처 숲속에 처자를 구해줬다는 거미 마물이 숨어 있다는 사실이 판명되었다.

메마른 웃음이 나왔다.

도적을 남몰래 제거해버리는 능력을 지닌 마물이 저토록 가까운 데에 있다니…….

아내는 신수님이 도시를 구원해주셨다면서 법석을 떨었지만 나는 차마 받아줄 기분이 들지 않았다.

아무튼 그 마물을 자극하지 않도록 신중하게 대응해야만 했다.

그렇게 다짐했는데도 오우츠 국에서 흘러들어 온 모험가가 거미 마물과 접촉해버렸다.

게다가 그자가 거리에서 거미 마물의 존재를 퍼뜨리고 다닌 탓에 민중에게 널리 알려져버렸다.

어째서 이렇게 매사에 큰일이 또 큰일로 발전한단 말인가.

게다가 아내가 적극적으로 신수님 풍문을 떠들고 다니는 형편이라니…….

아내여, 남편인 나의 위장보다도 신수가 중요한가?

덕분에 민중들은 그 거미 마물의 신분을 진지하게 신수님이라고 믿어버리는 상황이었다.

그렇지 않다, 그렇지 않은데도!

거미 마물의 정체는 조사에서 이미 판명됐다.

오우츠 국에 있는 엘로 대미궁, 그곳에서 서식했었고 통칭 악몽이라고 불리는 위험한 마물이라고…….

인간을 습격한 전례마저 있는 마물이었다.

언제 기분이 상했다는 이유로 우리를 습격할지 짐작도 되지 않는다.

그럼에도 불구하고 신수라면서 숭배하는 꼴이 너무나도 위태로워 보였다.

하지만 아내가 솔선해서 떠들고 다니고 있는 판국에 섣불리 그것은 신수님이 아니라고 부정할 수 없었다.

자칫하면 내가 탄핵당할 테니까.

"후, 후후. 어찌해야겠나? 메라조피스."

"주인님, 마음을 다잡으십시오. 제가 곁에 있지 않습니까."

오오. 역시 이해할 줄 아는 심복이자 벗은 가지고 볼 일이로군.

"주인님께서는 악몽을 두고 신수님이 아니라고 말씀하셨습니다만, 그럼에도 그 존재가 지성을 보유하고 있는 것은 사실 아니겠습니까?"

메라조피스의 지적에 나는 저도 모르게 신음을 흘리고 말았다.

"그 생각은 나도 했다네. 결론부터 말하지. 아마도 악몽은 뛰어난 지능을 보유하고 있어."

"그렇다면 인간의 말도 알아듣지 않겠습니까? 즉 교섭의 여지가 아주 없지는 않을 겁니다."

"메라조피스. 그리 단순한 이야기가 아닐세. 상대는 마물이잖나. 설령 인간과 같은 수준의 지성을 보유하고 있다 해도 대화가 성립된다는 보장은 없네. 자네는 신언교의 광신자와 제대로 된 대화를 나눌 자신이 있는가?"

내 반문에 메라조피스는 입을 다물었다.

같은 인간끼리도 서로를 이해하기란 어려운 법이거늘 상대가 마물이라면 더더욱이었다.

아무튼 우리는 악몽이 이빨을 드러내지 않도록 주의 깊게 감시할 수밖에 없었다.

우리가 미처 대처하지 못하고 쩔쩔매야 했던 도적들을 아무도 모르게 해치워버린 강력한 마물이다.

오우츠 국에서는 요새를 붕괴시켰다고 들었다.

도저히 사람의 손으로 감당할 마물이 아니었다.

나는 그것이 난동을 부리지 말아 달라고 여신님께 기도드릴 수밖에 없다.

"주인님께서 염려가 다소 과한 것은 아니올는지요?"

"뭔가? 메라조피스도 그것이 우리나라를 구원해줄 신수님이라고 주장하려는 겐가?"

그러고 보니 메라조피스는 빈사의 중상을 입었을 때 악몽에게 치료받았다고 했던가.

목숨을 구해준 상대를 나쁘게 평가하기는 꺼려질 테지.

옛날부터 지나치게 고지식하다는 평을 들을 만큼 성실한 남자였다.

받은 은혜는 온 힘을 다해 갚는 정직하고 우직한 남자다.

"나도 말이네, 자네를 치료해준 것은 감사하고 있어."

틀림없는 본심이었다.

아내와 딸의 목숨을 구해준 것과 마찬가지로 메라조피스를 살려준 것을 기뻐하고 있었다.

"다만 그것은 나 개인으로서의 감상이네. 위정자로서 위험한 마물이 도시 바로 근처에 도사리고 있는 비상사태를 맞아 최악의 상정을 하고 대비할 수밖에 없을 따름이야."

어쩌면 악몽은 정말로 신수님일지도 모른다.

어쩌면 악몽은 정말로 이 나라를 구원할 존재일지도 모른다.

그렇지만 어쩌면 반대로 파멸을 불러오는 존재일지도 모른다.

아직 알 수가 없는 노릇이었다.

그렇다면 나는 위정자로서 최악의 상황을 상정하고 대처해야만 했다.

막연한 낙관으로 주민들을 위험에 빠뜨릴 수는 없지 않겠는가.

"메라조피스는 악몽을 어떻게 생각하나? 솔직한 감상을 들려주게."

문득 신경 쓰여서 물어봤다.

"글쎄요. 잘은, 모르겠습니다."

메라조피스의 대답은 드물게도 애매모호한 표현이었다.

메라조피스는 질문을 받았을 때 예, 아니오 두 가지로만 대답할 만큼 흑백을 뚜렷하게 구분하고 싶어 하는 성격이었다.

그랬던 메라조피스가 분명한 대답을 내놓지 못하고 있다.

"종잡을 수가 없다고 해야 할까요. 사악한데도 청빈하고. 아, 아닙니다. 역시 표현이 안 되는군요."

사악하면서 청빈하다.

분명 그래서는 표현이 불분명하군.

그나저나 청빈하다니…….

사악하다는 표현은 이해가 된다만 악몽에게 청빈하다는 평을 쓸 요소가 있다는 건가?

"실례하겠습니다! 큰일입니다! 악몽이 중병 환자를 살려 냈습니다!"

뛰어 들어온 부하의 보고를 듣고 나는 메라조피스가 말한 청빈의 의미를 이해했다.

그 거미는 대체 뭐냔 말이다?!

02 싸우겠어요

제가 날린 바람의 마법이 유고를 목표로 돌진합니다.

그렇지만 막상 유고의 눈앞에 도달한 순간 산산이 흩어져서 사라져버렸습니다.

유고의 앞을 가로막고 나선 소녀의 손에 막혀 감쪽같이 사라지고 말았습니다.

"네기시."

"그러니까 그 이름으로 부르지 말라고 말했을 텐데?"

미소에 은근한 짜증을 내비치면서 네기시가 앞을 가로막았습니다.

네기시에게는 마법을 삭제해버리는 스킬이 있습니다.

네기시가 선두에 서 있는 한, 마법을 주체로 싸우는 엘프는 불리한 상황을 면치 못합니다.

"소피아. 끼어들 필요 없다."

스스로 우위를 버리겠다는 유고의 뜻밖의 발언.

"어머나, 괜찮겠어?"

"그래. 오카 쌤한테 보답해드리려면 내 손으로 직접 해야지 않겠냐?"

사나운 미소를 지어 보이면서 한 걸음 앞으로 나서는 유고.

"알았어. 그럼 나는 가만히 견학해야겠네."

네기시는 곁에 있는 소년 소녀와 함께 조금 물러나서 팔짱을 낀 채 나무에 기대어 섰습니다.

본인의 말대로 구경만 할 뿐 손을 쓰지는 않겠다는 표시로 보입니다.

언제까지 지켜보기만 할지는 사실 알 수 없습니다만 이쪽으로서는 바라 마지않는 상황.

"신을 적대하는 엘프에게는! 죽음이 있을 뿐!"

그렇지만 물러나는 사람은 네기시 한 명뿐.

다른 한 명, 유리는 가차 없이 제게 마법 공격을 날려 댔습니다.

"이봐! 끼어들지 말라고 말했는데 무슨 짓이야!"

"신을 적대하는 자를 앞에 두고 어떻게 가만히 지켜보라는 거야! 왜 선생님은 엘프를 편드는 거야? 엘프는 하느님의 가르침을 듣지 않는 이단자인데? 하느님을 거스르는 행위는 죽어 마땅한 짓인데? 그러니까 엘프는 죽이고 죽이고 또 죽여서 지옥으로 밀어 넘어뜨려서 자신들이 저지른 죄의 무거움을 뼈저리게 깨닫게 만들어줘야 해. 지옥에서는 참회할 수 있을 거야. 선생님은 물론 못된 엘프한테 협력 안 할 거지? 협력하겠다고 말하면 나는 어쩔 수 없이 선생님을 이단자로 간주하고 처벌해야 되는데? 그럼 안 되잖아. 안 돼, 안 돼! 선생님이든 뭐든 이단자한테는 오직 죽음뿐! 그러니까, 알았지? 아니라고 말해줄래? 지금이라면 아직 안 늦었으니까. 하느님도 분명 용서해주실 테니까. 그리고 이번에는 정말 하느님께 평생을 바치자, 응?"

미친 사람처럼 말을 쏟아붓는 유리.

도저히 제정신으로 보이지 않았습니다.

빨리 유고를 쓰러뜨리고 세뇌를 풀어줘야 합니다.

"유리, 조금만 더 견뎌주세요. 제가 꼭 제정신을 되찾아줄게요."

"선생님, 선생님이야말로 제정신을 찾자. 응? 엘프 같은 것들이 하는 말을 믿으면 안 되잖아! 선생님은 엘프지만 속아 넘어갔으니까 하느님도 분명히 용서해주실 거야! 그러니까! 응?"

아무래도 이 이상 대화를 진행하기는 불가능할 것 같습니다.

이대로 말을 주고받아 봤자 서로의 견해는 평행선을 달릴 뿐이겠지요.

그렇다면 모든 악의 원흉 유고를 쓰러뜨리는 편이 빠릅니다.

찌릿, 유고를 쏘아보자 놈은 입가에 히죽 미소를 띠어 보였습니다.

"좋아, 덤벼보라고! 우물쭈물하겠다면 내가 먼저 가주지!"

유고가 이쪽에 대고 도발적으로 손짓했고, 동시에 뒤쪽에 대기하고 있는 제국군도 행동을 개시했습니다.

"반격!"

저 역시 엘프들에게 지시를 내린 뒤 유고를 향해 다시 한 번 바람 마법으로 공격했습니다.

이번에는 방금 전 네기시에게 지워졌던 견제 마법이 아닌 최대 화력의 마법을 발사합니다.

남천(嵐天) 마법 레벨 4의 마법 「용풍」을.

이 마법은 간단히 말하자면 회오리바람을 발생시키는 마법입니다.

인간 따위는 단숨에 집어삼키는 폭풍.

한번 스킬을 모두 잃어버린 적이 있고 능력치도 떨어졌었던 유고에게는 막을 도리가 없습니다.

그때 이후로 시간이 제법 흘렀다지만, 처음부터 다시 시작해 봤자 본래의 전투력을 되찾기는 불가능하겠지요.

7대 죄악의 스킬을 갖고 있다는 사실은 물론 알고 있습니다.

하지만 유고가 지닌 스킬은 아마도 『색욕』입니다.

엘프가 보유한 기록에 따르면 색욕 스킬의 능력은 세뇌.

끔찍하리만큼 견고한 세뇌를 펼친다고 합니다만 직접적인 전투 스킬은 아닙니다.

칭호로 인해 얼마간 능력치가 늘어난다 해도 그게 전부죠.

제 마법에는 버티지 못합니다.

회오리바람이 유고의 앞으로 나서 전진하던 병사들을 집어삼키며 그들의 목숨도 차례차례 집어삼켰습니다.

그리고 유고의 눈앞까지 도달했을 때—.

"으랴!"

유고의 검에 막혀 흩어져버렸습니다.

말도 안 돼?!

저 마법을 어떻게?!

"이따위 마법이 통할까 보냐!"

보답이라는 듯이 휘둘러 내린 검에서 검은 안개 비슷한 어둠이 쏟아지며 이쪽으로 들이닥쳤습니다.

즉시 바람 마법으로 요격했습니다.

그때는 방금 전 유고가 제 「용풍」을 흩어뜨린 수단도 파악할 수 있었습니다.

장비입니다.

아마도 저 검은 용(龍)의 소재로 제작된 무기입니다.

마물의 소재를 써서 제작한 무기나 방어구에는 소재의 근원이 되는 마물이 생전 지니고 있었던 용력(龍力)의 일부도 부여되는 경우가 있습니다.

마법을 지워버린 장면을 보면 검은 용의 소재를 써서 만든 무기라고 추측할 수 있습니다.

게다가 용종이 지니는 마법 방해 능력에 더해서 어둠 속성의 공격 능력까지 보유한 것을 보면 용종 중에서도 희귀한 암룡(闇龍)의 소재를 쓴 무기.

귀중한 명검이 분명했습니다.

다시 한 번 유고의 차림새를 눈여겨봅니다.

갑옷이 아닌 왠지 모르게 중화풍의 분위기가 흐르는 복장.

그렇지만 어깨 위를 빙그르 덮으면서 둘러 놓은 모종의 마물의 뼈는 단순한 옷이 아니라 마물의 소재로 지은 복장이라는 사실을 나타내주고 있습니다.

본인이 약체화되었다 해도 그쪽을 보충하는 고성능 장비가 있다는 뜻이군요.

"아하하하하! 그따위 싸구려 마법이 먹힐 리 없잖냐! 야, 내가 힘을 한번 빼앗겼다고 영원히 약한 채로 있을 줄 알았어?!"

바람의 마법을 다수 전개해서 동시에 발사해봤습니다만, 그때마다 휘두르는 검에 막혀버렸습니다.

장비의 능력에 의존하는 주제에 잘도 저런 소리를!

마법은 소용없다고 판단하고 활을 겨눕니다.

활에다가 바람 마법을 부여해서 화살을 날렸습니다.

바람의 힘이 부여된 화살이 가속해서 탄환처럼 비상.

바람 마법의 힘이 담긴 화살은 직격당하면 바람구멍이 뚫릴 만큼 강력한 위력을 발휘합니다.

능력치가 떨어진 유고는 발사 속도에 대응하지 못할 테고, 막으려 해도 화살의 위력을 미처 감당하지 못할 겁니다.

뛰어난 장비로 몸을 지키고 있기에 죽음은 면하겠지만 큰 대미지를 받겠지요.

그랬던 제 예상을 배신하고 유고는 날아드는 화살을 피해 냈습니다.

"어?"

저도 모르게 입에서 의문의 목소리가 흘러나왔습니다.

유고가 피한 화살이 뒤쪽에 있던 제국군에게 꽂혀 들면서 몇이나 되는 병사를 관통하고 나아갑니다.

아군이 당했는데도 유고는 전혀 신경 쓰지 않고 이쪽을 보며 웃음 짓고 있었습니다.

그 미소에서 불길한 예감을 받은 저는 다시 한 번 활에 화살을 메기고 발사했습니다.

방금 전과 마찬가지로 바람의 마법이 부여된 화살이 고속으로 유고를 노리며 날아갔고 또다시 회피당했습니다.

이상합니다.

유고는 한 번 제 손에 능력치와 스킬을 모두 빼앗겨서 약체화되었습니다.

그로부터 얼마간 다시 단련을 했어도 제 화살을 피할 만큼 능력치가 향상되었을 것 같지는 않습니다.

"신기하지? 알고 싶어? 내가 이렇게 강해질 수 있었던 이유!"

유고는 가볍게 대충대충 땅을 박찼습니다.
한 걸음으로 단번에 거리를 좁혀서 제게 접근합니다.
빠르다?!
아니요. 제가 틀렸어요. 장비의 힘이 전부가 아니었어요!
후퇴하면서 다시 한 번 활에 화살을 메기고 발사했습니다.
유고는 화살의 사선에서 옆으로 비켜서면서 회피했습니다.
그만큼 앞으로 나아가는 속도는 느려졌고 저와의 거리가 벌어집니다.
"도망치지 말라고~?! 나랑 오카 쌤 사이에 이러면 섭섭하잖냐!"
화살을 발사합니다.
동시에 산개하고 있었던 주위의 엘프들이 일제히 유고에게 공격을 시도했습니다.
"시건방진 놈들!"
쏟아져 내리는 마법과 화살은 유고가 날려버렸습니다.
이래서는 조금 예상 밖입니다.
염화로 주위의 엘프에게 후퇴를 명했습니다.
어중간한 힘으로는 유고와 대적할 수 있을 것 같지 않았습니다.
그렇지만 후퇴하는 엘프들에게 유리의 마법이 덮쳐들었습니다.
"엘프는 이단자! 이단자에게 죽음을!"
유리의 마법이 제 주위의 엘프를 날려버리면서 저를 점점 고립시킵니다.
거기에 유고가 또다시 파고들고 검을 휘둘러 베어 내려고 했습니다.
저는 후퇴하면서 접근하는 유고로부터 거리를 벌리려고 했습니다.

"하던 얘기나 계속 하자고~! 내가 말이야~. 실은 댁한테 감사하고 있다고? 미칠 듯이 고통스러워하고 몸부림친 덕분에 지금의 내가 있으니까!"

미칠 듯이? 이미 미쳐버렸으면서 무슨 소리를!

아뇨, 제가 할 말은 아니군요.

유고를 미치게 만든 사람은 바로 저니까요.

"그래서 손에 넣은 게 이 힘이다! 하나는 알고 있겠지? 엉? 스킬『색욕』. 상대를 내 뜻대로 조종할 수 있는 최고의 힘이다!"

화살을 발사합니다. 회피당했습니다.

"그리고 또 하나! 내게는 최강이 될 수 있는 힘이 있다! 그게 바로 스킬『탐욕』! 쓰러뜨린 상대의 힘을 일부분 빼앗아 오는 최고의 힘이지! 내가 왜 굳이 최전선으로 나섰겠냐? 그래야 적을 잔뜩 죽여서 내 힘으로 가져올 수 있으니까!"

동요해서 일순간 움직임이 멈춰버렸습니다.

엘프가 기록해 두었던 그 스킬의 효과를 떠올렸습니다.

『탐욕』스킬.

7대 죄악 스킬의 하나로, 타인을 살해했을 때 대상의 힘을 일부분 빼앗는 능력.

어디까지나 일부에 한할 뿐, 스킬과 스테이터스며 스킬 포인트 따위를 조금만 추가하는 효과였을 겁니다.

중요한 점은 그 스킬을 써서 유고가 힘을 이전 이상으로 끌어올렸다는 사실입니다.

도대체 얼마나 많은 목숨을 빼앗았다는 거죠?

이만한 힘을 되찾으려면 얼마나 많은 죄를 쌓았을까요?

움직임을 멈춘 시간은 일순간—.

하지만 그 일순간에 간격을 좁힌 유고는 검을 크게 휘두르고 있었습니다.

"으랏차!"

"큭?!"

휘둘러진 검은 제가 평소부터 두르고 있는 바람의 갑옷을 관통해서 팔을 얕게 베어 냈습니다.

즉시 유고와 저의 사이에 바람의 폭발을 일으켜서 떠밀려 날아가는 반동으로 거리를 벌렸습니다.

저 역시 대미지를 받았지만 근접전으로는 이쪽이 불리합니다.

"오호, 제법인데."

반면에 유고에게는 눈에 띄는 대미지도 없네요.

상관하지 않고 화살을 발사합니다.

유고는 역시 가볍게 피했습니다.

다음 화살을 메기려고 했을 때 충격이 몸을 덮쳤습니다.

"커, 흑?!"

"선생님. 지금의 선생님에게는 무슨 말을 해도 소용없으니까 잠깐만 주무시고 계세요. 괜찮아요. 선생님의 독에 잠긴 사고도 하느님께 기도를 바치다 보면 금방 정화되어 깨끗해질 테니까요!"

유리의 마법이 직격했다?

그렇게 인식한 순간 저는 반사적으로 유리를 향해 화살을 발사하고 말았습니다.

놀라는 유리의 어깨에 화살이 명중합니다.

바람의 마법을 두른 파괴력 발군의 화살이—.

화살을 맞은 유리의 어깨가 날아가면서 사방으로 피를 흩뿌렸습니다.

저지르고, 말았습니다.

반사적이라지만 제가 단지 조종당하고 있는 유리에게 반격으로 치명상을 입혔어요!

"어이쿠~. 학생한테 저런 짓을 하다니 선생님 실격이로군."

"네가, 네가 할 말은 아니야!"

다른 누구한테 그런 말을 듣더라도 너한테만은 듣고 싶지 않아!

반광란에 빠진 흉내를 내면서 화살을 날렸습니다.

그렇게 적당히 날린 화살에 맞을 리 없는 유고는 쓱쓱 피해 냈습니다.

하지만 준비는 갖춰졌습니다.

저는 대책 없이 화살을 마구 발사하지는 않았습니다.

유고가 제정신이었다면 제가 커다랗게 원을 그리면서 도망치고 있다는 사실을 알았겠지요.

지면에 꽂힌 화살은 결계를 발생시키는 기점.

마을을 뒤덮은 것과 비교하면 출력은 낮지만 옛 비술을 모방했기에 스킬로는 재현이 불가능한 결계입니다.

재빨리 발동.

유고가 결계 안에 고립됐습니다.

단지 가두어 놓기만 하는 결계가 아닙니다.

결계의 내부에서는 급속도로 공기가 빠져나가게 됩니다.
바람을 다룬다 함은 공기를 움직인다는 것.
그리고 이 세계는 이래저래 지구와 다르다고 여기기 십상입니다만, 산소라는 물질이 분명 존재합니다.
이 세계의 법칙은 저희가 알고 있는 지구의 법칙과 크게 다르지 않았고, 마법이며 스킬이라는 새로운 요소가 추가되었기에 달라 보일 뿐입니다.
그러니까 공기가 없어지면 사람이 살지 못하는 현상도 지구와 같아요.
결계의 형태는 바뀌지 않지만 내부의 공기가 빠져나가면 기압도 급격하게 변화합니다.
사람의 몸으로 견딜 변화가 아니었고 설령 견딘다 해도 곧 산소 결핍으로 죽음에 다다릅니다.
제가 독자적으로 개발한 오리지널 마법.
유고가 필사적으로 결계를 파괴하려고 들었지만 소용없습니다.
출력이 낮다고 해도 신대(神代)의 결계를 재현했으니까요.
제 자신이 상당한 부담을 감수해야 발동할 수 있지만, 일단 발동하면 끝. 결계는 무너지지 않습니다.
이겼다. 그렇게 방심하고 말았습니다.
이곳에 유고 이상으로 위험한 전생자가 있다는 사실을 일순간이나마 잊어버리고 말았습니다.
"아, 흑?!"
무엇이 일어났는지 그 순간에는 알지 못했습니다.

다만 충격이 몸을 덮치면서 시야가 빙글빙글 회전하고 있었습니다.

"하하하! 위험했군! 진짜로 위험했다고! 잘했다, 소피아!"

영문도 모른 채 땅바닥으로 나동그라진 저의 귀에 유고의 폭소가 울려 퍼졌습니다.

그제야 무엇이 일어났는지 대략 알 수 있었습니다.

제 결계는 네기시의 손에 의해 파괴당한 것 같습니다.

아마도 그 여파로 제가 날려 가버린 듯합니다.

어리석었습니다.

방금 전 유리에게 공격받았을 때도 그랬지만, 저는 유고 한 사람만 신경 쓴다고 주위의 경계를 소홀히 했습니다.

이래서는 유고를 바보라고 할 수 없겠네요.

"꼴사납네. 거들 필요 없다고 실컷 잘난 척했던 주제에."

"그런 소리 마라. 설마 오카 쌤이 그렇게 큰 기술을 숨기고 있을 줄은 몰랐다니까. 그래도 이제는 끝장이군."

고개를 들자 바로 앞에 유고의 모습이—.

"으, 흐윽?!"

내리쳐진 검이 복부 주변을 깊숙이 베어 갈랐습니다.

아파! 아파! 아파!

"꽤나 애를 먹었군그래. 그래도 나의 승리다. 크크크, 죽이지는 않을 거야. 댁은 앞으로 멸망하는 엘프 놈들을 눈에다가 똑똑히 새겨 넣어야 하니까! 우리 반 놈들은 어떻게 해줄까? 협력적이라면 부하로 받아줄 수도 있지만, 저항하는 녀석은 오카 쌤의 눈앞에서 고문해줄까 하는데? 분명 그때는 멋진 표정을 보여주겠지? 아하하하하! 기대되는군, 앙?!"

그러면 안 돼!

막아야 하는데.

하지만 통증 때문에 몸이 제대로 움직여지지 않았습니다.

"꼴좋군. 그때와 반대로군. 어때? 땅바닥에 엎드려서 기어 다니는 기분은? 앞으로 어떻게 될지 불안해서 못 견디겠지? 절망적이지? 댁은 세뇌하지 않겠어. 제정신 그대로 절망의 구렁텅이로 밀어 넘어뜨려서 마음이 망가질 때까지 괴롭혀주마!"

유고가 제 몸을 걷어찼습니다.

조그만 제 몸은 발차기 한 번에 하늘을 날아 나무의 줄기에 강하게 부닥쳤습니다.

온몸에 충격이 치달리고 베인 복부에서 피가 흘러나옵니다.

"거기서 손을 더 쓰면 죽을 텐데?"

"이런, 그럼 안 되지."

통증 때문에 눈물이 나와 시야가 흐릿해졌습니다.

접근하는 유고의 모습이 부예지고, 직후, 빛이 터져 나왔습니다.

그 빛을 직시하지 못하고 눈을 감은 채 떨리는 팔로 눈물을 닦았습니다.

"늦었습니다, 선생님."

그리고 눈을 뜨자 그곳에는 슌과 다른 모두가 유고와 제 사이를 가로막으면서 서 있었습니다.

4 숭배하라

어쩌다가 이렇게 됐지?

숲 앞에는 기도를 올리는 수많은 사람들.

그리고 잔뜩 쌓여 있는 공물.

대상은 나.

왠지 숭배를 받고 있군요.

태도를 보면 토지신 비슷한 느낌?

진짜 어쩌다가 이렇게 됐담?

뭐, 이런저런 요인이 화학 반응을 일으켜서 기묘하고도 우스꽝스러운 결과를 유발했다고밖에 달리 할 말이 없는걸.

우선 도적을 전멸시킨 것이 좋지 않았다.

우글우글 돌아다니던 도적이 느닷없이 모습을 감추게 되면 수상하게 여기는 인간은 있는 법이더라고…….

영주가 원인을 조사하라고 시킨 결과, 단숨에 내 존재가 발각됐다.

그게 전부였다면 그나마 괜찮았을 텐데.

아무래도 흡혈 양의 아버지인 영주 아저씨는 내 존재를 위험시하고 있었던 듯 신중하게 대응을 협의하고 있었다.

나도 쓸데없이 건드리지만 않으면 아무 짓도 할 생각이 없었기 때문에 신중한 자세 그대로 방관하는 결정을 내려준다면 별 불만이 없었다.

그렇지만 이때 내가 모험가에게 발견된다는 실수를 저지른 것이 또 좋지 않았다.

도시에서 모험가가 접근해 온다면 이해가 되지만 뒤쪽에서 나타나는 건 예상 밖이었거든요.

이번 모험가 일행은 아마도 마물의 이상 발생의 원인을 조사하려고 이웃 나라에서 찾아온 듯 보였다.

마물의 이상 발생, 정확하게는 대이동의 원인을 조사하려고…….

응. 그거, 나잖아.

내 위압에 겁먹은 마물이 대거 이동을 개시해서 이웃 나라까지 가버렸다는 모양.

그래서 이상 사태의 원인을 조사하러 왔다는 모험가가 사태의 원흉인 내 거처로 도착한 것은 오히려 자연스러운 흐름이었다.

잠시 전이를 써서 모험가로부터 몸을 숨기는 방법도 있었다. 아니, 그게. 실은 그때 사소한 볼일을 보러 엘로 대미궁에 갔다가 돌아온 순간에 모험가와 딱 마주쳤거든.

교통사고를 당한 기분이었어.

그 결과, 나는 모험가에게 발견되었고 모험가들 중 예전에 엘로 대미궁에서 구해줬던 신입이 섞여 있길래 깜짝 놀랐거든.

대미궁 상층에서 뱀한테 습격당해 절체절명에 빠졌던 모험가들.

그들은 진화해서 다소 형태가 바뀐 나를 그때의 은인은 아니고 은거미라고 해야 되나, 아무튼 나를 한눈에 알아본 눈치였다.

내게 결사의 특공을 시도하려고 했던 선배 모험가를 말리더니 무슨 의도인지 내게 과일 열매를 갖다 바쳤다.

준다니까 어쨌든 받아 놓았지만 그 대응도 지금 돌이켜 보면 좀 그랬던 것 같아.

나에게 과일을 바치면 얌전해진다는 식으로 소문이 퍼졌으니까.

그다음은 진짜 획획 사태가 발전하면서 그거는 그러면 된다는 사이에 뭔가 그런 쪽으로 향해서 일직선.

말이 이상하다고?

그만큼 영문을 모를 만큼 그게 좀 그래서 그런 경위를 밟았다는 뜻이야.

모험가 도시에 도착하다.

숲속에 내가, 거미형 마물이 있다는 사실이 주민들에게 알려지다.

어디에선가 도적을 전멸시킨 은인은 그 마물이라는 소문이 새어 나오다.

어쩌면 여신님의 시중을 든다는 신수님의 재래가 아닐까?

결과, 숭배받는 중.

응, 정리해봐도 무슨 소리인지 모르겠는걸.

아마 이 도시에서 믿고 있는 여신교라는 종교에서는 거미가 신성한 생물이고, 여신님을 곁에서 시중드는 신수님이라고 한다.

……어딘가의 마왕님한테 「고대의 신수」라는 칭호가 있었던 같지만 분명히 착각이겠지.

착각이라면 착각인 줄 알아! 착각이어라~.

뭐, 어딘가의 거미 마왕님은 일단 제쳐 놓고.

내가 숭배받는 계기가 됐던 이유는 도적을 전멸시킨 게 나라는 사실이 어딘가에서 퍼져 나왔기 때문이다.

뭐, 출처는 알고 있다.

흡혈 양의 어머니, 영주 부인이었다.

응, 남편이 누설하지 말라고 당부했는데도 싹 무시한 채 도적한테 습격당했을 때의 경위를 마구 떠들고 다녔는걸.

「신수님께서 구해주셨어요~」라는 식으로.

게다가 남편에게서 도적을 전멸시킨 것이 나였다는 말을 듣고는 전부 다 폭로.

영주 부인이 나를 신수님이라고 부르는데 그야 다음 일은 뻔할 뻔자겠지.

덧붙여서 내가 예전에 구해줬던 모험가가 당시의 에피소드를 도시 사람들에게 마구 퍼뜨리고 다닌 일도 원인의 한 가지겠네.

나 이퀄 신수님, 이런 인식이 도시의 주민들에게 침투하는 시간은 깜짝 놀랄 만큼 짧았다.

애당초 여신교를 열렬히 신앙하는 사람들이라는 이유도 있었겠지만, 마물 상대로 흉금을 너무 터놓는 거 같아서 남 일인데도 걱정되더라고.

그러한 도시의 상황에 머리를 감싸 쥐어야 했던 영주 아저씨를 동정했다니까.

마물이니까 일단 경계하는 영주 아저씨의 반응이 일반적이라고 생각하거든.

무시무시하도다, 종교의 힘.

뭐, 그래도 처음 얼마간은 멀리서 절을 올리는 정도였단 말이야.

숲 앞에서 절하고 가끔씩 공물이라고 과일을 놓고 가는 수준.

사람 수도 많지 않았고 정말로 경건한 여신교도라든지 안전을 기원하는 모험가가 전부였어.

그게 왜 수많은 사람들이 밀려들 지경까지 사태가 발전했느냐면 뭐, 자업자득으로 생각 없는 행동이 일으킨 결과라고밖에 말을 못 하겠네.

모험가의 이야기로 인해 내가 치료 마법을 쓸 줄 안다는 소식이 퍼져 나갔고, 어느 어머니가 병에 걸린 아이를 안은 채 내가 있는 곳으로 찾아왔거든…….

울면서 애원하는 어머니.

한동안 무시했지만 끊임없이 부탁합니다, 라는 뉘앙스의 말을 큰 소리로 외치길래 기가 질려서 결국 꺾였다.

감정해보니 어린애는 상당히 무거운 병에 좀먹히고 있었어.

평범하게 치료만 해 봤자 고치지 못할 병.

그야 이런 판타지 세계에 암을 치료할 기술은 없을 테니까.

어린애의 병은 간장암이었거든.

어린애도 간장암에 걸리는 거야?

처음에는 그런 생각이었지만 어린아이의 스테이터스를 보니까 왠지 모르게 사정을 알 것 같았다.

칭호에 악식이 있었다.

아마도 빈민이었겠지.

식비가 변변치 않아서 독물이나 이것저것 먹었을 거야.

소화 기관 쪽은 칭호의 효과 덕분에 무사했지만 간장은 축적되는 독물을 견디지 못했다고 짐작해본다.

어머니 쪽도 역시 마찬가지여서 몸 구석구석이 상당히 엉망이었다.

치료해줄 의무는 전혀 없었는데도 한가했으니까 뭐, 어때라는 느낌으로 모자를 둘 다 치료해줬다.

평범하게 치료 마법만 걸어줘서는 회복이 안 되니까 상당히 거친 방법을 사용했다.

잠재운 다음 장기를 도려내서 치료 마법으로 새로운 장기를 재생시켜줬거든.

지구의 의료인이 보면 졸도하고도 남을 방법.

판타지 세계는 역시 대단하달까.

하지만 괜히 별생각 없이 저질렀다고 후회하는 신세가 된다.

다음 날부터 치료 목적으로 내가 있는 곳을 방문하는 부상자랑 병자가 잔뜩 늘어났다.

정말 왜 이렇게 많이 오냐고, 될 대로 되라는 심정으로 싹 다 치료해줬다.

결과, 숭배받는 중.

으음.

이렇게 돌이켜 보면 절반쯤 나 자신의 행동 때문이고 나머지 절반은 여신교의 가르침 때문이네.

뭐, 지금으로서는 불편할 게 없으니까 괜찮아.

현재 진짜 신수님 의혹이 있는 마왕은 아직도 어째서인지 엘로 대미궁의 최하층에 있었다.

은둔형 외톨이인가요? 그대로 은둔해주시면 고맙겠어요.

그런고로 한동안은 안심해도 되겠다.

안 그랬으면 이렇게 소동이 일어난 순간에 꽁무니를 뺐겠지.

그래서 마왕의 위협만 없다면 지금의 숭배하라~ 상태도 나쁘지 않았다.

공물로 이런저런 먹거리를 갖다 주거든.

지금까지 제대로 된 음식을 못 먹었으니까 공물을 받을 때마다 순수하게 감동했다.

과일이 대부분이었지만 종류가 꽤 다양해서 질리지 않는다.

미궁 생활을 하던 때는 이렇게 달콤한 과일을 매일매일 먹을 수 있는 날이 올 줄은 상상도 하지 못했다.

훌륭하여라!

과일뿐 아니라 다른 요리도 잔뜩 먹어보고 싶었지만 사치스러운 바람이겠지.

식생활이 윤택해진 것은 최대의 플러스 요소지만 그거 말고도 이 생활에서 얻은 수확이 있었다.

흘러넘치도록 밀려들었던 병자니 부상자들을 싹 다 치료하기를 거듭한 결과 칭호를 얻었거든.

그것도 다섯 개나.

「구원하는 자」「약 술사」「성자」「구세주」「수호자」.

『구원하는 자: 습득 스킬 「치료 마법 LV 1」「빛 마법 LV 1」. 습득 조건: 일정 수의 정죄(淨罪) 포인트를 습득한다. 효과: 치료의 효과가 상승한다. 설명: 구원을 가져다주는 자에게 수여하는 칭호.』

『약 술사: 습득 스킬 「약 합성 LV 1」「치료 마법 LV 1」. 습득 조건: 약을 일정량 사용한다. 효과: 약의 효과를 강화. 설명: 약을 사용하는 자에게 수여하는 칭호.』

『성자: 습득 스킬「기적 마법 LV 1」「성광 마법 LV 1」. 습득 조건: 일정수의 정죄 포인트를 습득한다. 효과: 치료의 효과가 대폭 상승한다. 설명: 수많은 구원을 가져다주는 자에게 수여하는 칭호.』

『구세주: 습득 스킬「구휼」「용사 LV 1」. 습득 조건: 일정 수의 정죄 포인트를 습득한다. 효과: 빛 속성의 소양이 대폭 상승. 설명: 널리 구원을 가져다주는 자에게 수여하는 칭호.』

『수호자: 습득 스킬「철벽 LV 1」「방패의 재능 LV 1」. 습득 조건: 수많은 생명을 지킨다. 효과: 방어, 저항의 각 능력 상승. 설명: 수호자라 불리는 자에게 수여하는 칭호.』

「약 술사」는 치료의 일환으로 약 합성 스킬을 쓰다 보니까 습득했다.

뭐, 이 칭호를 습득한 시점에서 약 합성도 치료 마법도 이미 최고 레벨이었으니까 별 수확은 아니었지만 말이야.

「수호자」는 왜 습득된 건지 좀 아리송하다.

도적에게서 도시를 지켜 냈다는 판정이며 사람들을 치료한 판정이 쌓인 결과가 아닐까 짐작해보지만 정확하지는 않았다.

철벽 스킬은 방어력이 올라가는 스킬로 무척 유용했다.

또 하나, 방패의 재능은 방패를 장비했을 때 그 방패의 성능을 약간 강화시켜주는 데다가 방패술도 능숙해지는 스킬이라고 한다.

음, 좀 그렇지?

나더러 방패를 장비하라고?

애당초 무기나 방어구 종류를 내가 장비할 수 있겠어?

응. 무쓸모 스킬 확정.

그리고 「구원하는 자」「성자」「구세주」 칭호는 정죄 포인트인가 하는 점수를 일정 수 벌어들이면 습득되는 칭호 같았다.

정죄 포인트는, 뭐, 단순하게 선행을 하면 조금씩 쌓인다.

나는 치료 활동으로 말기 증상의 병자나 부상자를 전부 다 높은 마법 능력치 덕분에 우격다짐으로 치료했으니까, 그러면서 정죄 포인트가 상당히 쌓이지 않았으려나.

제각기 칭호에 치료 효과가 올라가는 추가 효과가 있어서 치료 효율이 더욱 올라간 덕도 봤다.

치료한다, 칭호 득템, 치료 효과 높아진다, 또 또 치료한다.

그렇게 좋은 느낌의 연쇄 반응이 일어나면서 열광적인 치료 행사가 벌어졌다고 할까?

저 세 가지 칭호로 새롭게 얻은 스킬은 빛 마법과 기적 마법과 성광 마법과 용사, 그리고 구휼.

빛 마법은 이름 그대로 빛을 다루는 마법.

성광 마법은 빛 마법의 상위판.

기적 마법은 어째서인지 치료 마법이 최고 레벨을 달성하고도 파생되지 않았던 상위 회복 마법.

기적이라는 이름에 부끄럽지 않도록, 죽지 않았다면 어떤 상태라도 전부 다 치료해주겠다는 말을 당당하게 꺼낼 수 있는 무시무시한 회복력을 발휘했다.

그리고 용사 스킬.

아마도 마왕 스킬과 짝을 이루는 듯, 효과도 거의 똑같이 스킬 레벨 × 100의 능력치 상승과 모든 내성의 상승이었다.

나, 마왕 스킬을 갖고 있는 데다가 용사 스킬을 얻어버렸는데 괜찮은 걸까?

왠지 스킬끼리 서로 반발하다가 안쪽에서 펑~ 터지지는 않겠지?

아니면 용사랑 마왕의 힘이 합쳐져서 최강으로 보이는 패턴?

그쪽이라면 언제나 환영이야.

뭐, 아무 일도 안 일어난다면 아무것도 아니겠지만…….

빛 마법에 성광 마법에 기적 마법에 용사.

엄청나게 선량한 속성의 스킬을 갖춘 거미.

굉장히 기상천외하네요.

거기에 박차를 가하는 것이 마지막 구휼 스킬.

이거, 인내와 마찬가지로 사기 스킬이었다.

왜 칭호로 사기 스킬을 얻는 건데?

이상하지 않아?

당연하다는 듯이 「구휼의 지배자」라는 칭호도 덤으로 딸려 왔다고…….

이걸로 도합 칭호 여섯 개.

정말 웃음이 멎질 않습니다요.

『구휼: 신에 이르기 위한 n%의 힘. 자신을 중심으로 아군이라고 인식하는 대상 전부에게 HP 초속 회복 LV 1 상당의 효과를 미치게 한다. 또한 W의 시스템을 초월하여 MA 영역의 간섭권을 획득한다』

『구휼의 지배자: 습득 스킬 「기적 마법 LV 10」「헌상」. 습득 조건: 「구휼」을 습득. 효과: MP, 마법, 저항의 각 능력 상승. 지원계 스킬의 숙련도를 추가 획득. 지배자 계급 특권을 획득. 설명: 구휼을 지배하는 자에게 수여하는 칭호.』

장난하냐!

단박에 기적 마법이 최고 레벨이 되어버렸어!

아니, 구휼의 효과도 장난 아니거든.

나는 외톨이니까 별로 의미가 없지만 이거 군단의 지휘자라든지 그런 사람이 갖고 있으면 단숨에 불사신 군단이 완성되는 거잖아.

애석하게도 나는 외톨이인 까닭에 갖고 있어도 별로 의미가 없지만 말이야.

뭐, 요전에 엘로 대미궁에서 낳아 놓았던 걔네가 무사히 부화하면 쓸모가 있으려나.

이렇게 숭배받는 생활이 이어지고 있지만 동시에 난처한 일도 겪었다.

사람이랑 접촉하는 게 무섭다.

이러니저러니 해도 나는 은둔형 외톨이!

전세에서는 외톨이, 이번 세상에서도 지금껏 쭉 외톨이, 그야말로 외톨이의 극의를 달리는 자!

그게 바로 나다!

진지하게 얘기하겠는데 나는 타인과 커뮤니케이션을 취한다는 자체가 전세 때부터 서툴렀다.

대부분은 혼자 시간을 보냈고, 누가 말을 걸어도 뭘 어떻게 대답해야 할지 모르겠어서 입을 꾹 다무는 식이었다.

그게 마음에 안 들었는지 무엇 때문이었는지 따돌림을 당하기도 했다.

반에서 특히 눈에 띄는 여자애가 소지품을 숨기거나 직접 악담을 퍼붓기도 했고…….

여자애의 따돌림치고는 꽤 귀여운 데다가 실제로 심각한 피해를 받지 않아서 신경 쓰지는 않았지만…….

대체로 정면에서 당당하게 한바탕 악담을 쏟은 다음에 철수하는 패턴이 많았다.

따돌림이라고 해도 되나, 그걸?

잘 모르겠지만 미움받았다는 건 확실하구나.

그래서 반 친구들과 대화를 제대로 나눈 적도 거의 없었다.

그랬던 내가 적극적으로 사람과 관련되려고 하니까 역시 좀 어렵단 말이야.

이 세계의 말은 꽤 많이 익혔지만…….

도시 근처에 머무르는 동안 나는 보이지 않는 실을 날려서 실 전화를 듣듯이 주민들의 목소리를 마구 주워들었다.

그렇게 수집한 데이터를 병렬 의사 총동원으로 해석해서 이 세계의 말을 익히려고 노력을 거듭했다.

노력을 쌓은 덕분에 조금씩 대화를 알아들을 수 있게 된 참이다.

안 그러면 영주 부인이 다 퍼뜨리고 다니는 줄도 몰랐겠지.

언어는 알아듣는다.

대화 가능한 기반은 거의 갖추어졌다.

그러니까 이제는 내가 염화를 습득해서 스킬로 내 뜻을 표시하면 육성이나 사고를 전달할 수 있었다.

그렇게 하면 나는 토벌 대상 마물의 범주에서 빠져나와 지능 있는 존재로 받아들여질 수 있다.

대화가 성립되면 지금껏 넘보지 못했던 여러 교제 방법으로 인간과 관계를 개선할 수도 있었다.

마왕이라는 불안 요소만 고려하지 않는다면 내가 인간 사회에 녹아드는 앞날도 허황된 꿈은 아니었다.

그럼에도 불구하고 행동을 결단하지 못하는 이유는 내가 대화를 하는 공포를 극복하지 못했기 때문…….

응, 대화는 도대체 어떻게 하는 건데?!

우선은 정석대로 날씨 이야기를 꺼내면 되는 거야?!

그다음은?!

날씨가 참 좋네요~ 불쑥 말한 다음 아무 생각도 안 떠올라서 식은땀을 흘리는 내 모습이 쉽게 상상되는데요!

날씨 이야기를 꺼내면서 말을 건넨 뒤 얼음이 된 거미는 대체 뭐냐고?!

평범하게 생각해도 엄청 무섭잖아!

나라면 접근하지 않는다고, 그런 생물한테!

아니, 지금 쭉 벙어리처럼 행세하고 있는 상태에서도 사람이 다가오면 긴장하거든!

외톨이는 사람이 많으면 싫어하는 생물이란 말이야!

사람이 잔뜩 엎어져서 절을 올리는 지금의 생활! 영주가 숲속을 출입 금지로 명하지 않았다면 즉시 도망칠 자신이 있거든!

사실은 위험시하고 있는 나에게 주민들이 접근하는 것 자체를 금지하고 싶겠지만, 기세를 더해 가는 토지신 열풍 때문에 억지로 포기한 거 같더라.

하지만 굿 잡, 영주.

덕분에 숲속 깊숙이 도망치면 사람의 눈을 피할 수 있군요.

나를 철수시킬 줄이야, 무시무시한 보통 마을 사람들.

이런 내가 과감하게 한 걸음을 내디뎌서 사람과 깊은 교류를 나눈다?

무리무리무리무리무리!

그런고로 나는 현재 상태에서 만족하렵니다.

사람과 사람이 이해하고 알아주기란 어려운 법이지. 응.

S4 운명의 대결

페이의 등에 타고 사라진 결계의 외곽 지역으로 도착했을 때는 이미 엘프군과 제국군이 맞부딪치고 있었다.

숲의 지형과 특성을 살려서 나무를 발판이나 방패로 삼아 마법과 화살로 원거리 공격을 날리는 엘프군.

그에 반해 제국군은 나무뿌리가 불거져서 발 디디기가 불편한 지면을 중무장으로 걸어야 했기에 움직임이 둔했다.

언뜻 보는 바로는 엘프군의 우세 같았다.

그럼에도 제국군은 멈추지 않을 것이다.

눈앞의 이 남자가 쓰러지지 않는 한.

"아~ 아~ 아~. 오카 쌤 하나가 아니라 너도 있었냐."

불쾌감을 일으키는 미소를 띠면서 그 남자, 유고가 입을 열었다.

"그래. 너를 쓰러뜨리기 위해서."

"하! 웃기는군! 네가? 나를? 가능할 리 없잖냐!!"

유고의 몸에서 이 자리를 지배하는 듯한 압력이 뿜어졌다.

"유리는 무사해?"

나는 유고를 일부러 무시하고 그 뒤쪽으로 시선을 보냈다.

그러자 엄청난 양의 피를 흘리면서 쓰러져 있는 유리의 모습이 보였다.

내 말에 뒤쪽에서 선생님이 움찔 몸을 떠는 것이 느껴졌다.

상황으로 짐작하건대 선생님이 유리를 쓰러뜨렸나 보다.

"지금 치료 중이니까 죽지는 않을 거야."
내 물음에 소피아가 대답했다.
유리는 본 적 없는 소년에게 치료받고 있었다.
"왈도, 급한 치료를 마치면 안전한 장소까지 옮겨줄래?"
"……알겠습니다."
왈도라고 불린 소년은 일순간 불만스러운 표정을 띠었다가 곧 체념하는 어조로 수긍했다.
"이대로 데려가게 놔둘 거 같아?"
"어머? 별로 나는 상관없는데? 여기에 두면 기절한 저 애가 말려들 수도 있겠지만."
혀를 차고 싶은 기분이었다.
기절한 유리를 정신없는 전장에 방치하면 어떻게 될까. 당연히 위험하다.
"무시하지 마라, 이것들아!"
유고가 나와 소피아의 대화에 끼어들었다.
"여, 나츠메. 오랜만이로군."
유고가 발산하는 압력에도 아랑곳하지 않고 타가와가 말을 건넸다.
"앙? 누구야?"
"나야, 나. 타가와 쿠니히코다."
타가와의 자기소개에 유고는 이상하다는 표정을 지었다.
"타가와, 쿠니히코……. 타가와 쿠니히코. 타가와 쿠니히코?"
응? 유고의 낌새가 이상하다.
타가와를 기억하지 못하는 건가?

"뭐, 어때. 내가 용건이 있는 놈은 거기 슌 하나뿐이다. 관계없는 놈은 닥치고 있어."

관계없다고 일축당한 타가와가 분노를 드러내면서 한 걸음 내디디려고 했지만, 내가 손짓으로 제지했다.

유고만큼은 내가 직접 상대해야 했다.

"유고. 한 가지 묻겠어. 물러날 생각은 없겠지?"

"당연하잖냐? 여기에서 너를 너덜너덜하게 두들긴 다음 오카 쌤이 울부짖을 때까지 질질 끌고 다니면서 생지옥을 맛보여주마."

"그래. 알았어."

설득을 시도해 봤자 시간 낭비라는 뜻인가.

"자, 잠깐만요."

선생님이 연약한 목소리로 말했다.

"유고는, 제 손으로 결판을 내겠어요. 그러니까, 끼어들지 마세요."

"거절합니다."

선생님의 말을 거부했다.

선생님은 이미 부상을 당한 상태.

치명상은 아니라 해도 더 이상의 전투 수행은 무리였다.

"안나, 선생님을 치료해줘."

"네."

안나에게 선생님의 치료를 맡기고 나는 한 걸음 유고에게 다가갔다.

"잠깐만 기다려요!"

"못 기다립니다. 선생님, 이건 선생님 한 사람의 문제가 아니에요. 선생님처럼 저도 유고와 반드시 결판을 내겠다는 각오로 왔으니까요."

뒤쪽에서 선생님이 버둥거리다가 곧 카티아에게 제지당하는 기척이 느껴졌다.

선생님도 예사롭지 않은 각오로 유고와 싸웠겠지.

여기에서 유고와 싸우려고 나선 내가 선생님의 각오에 먹칠을 하고 있는지도 모르겠다.

그럼에도 물러날 수는 없었다.

내게는 선생님 이상으로 유고와 꼭 싸워야 하는 이유가 있었으니까.

"하이린스 씨는 선생님과 안나를 지켜주세요."

"맡겨줘라."

짧게 하이린스 씨가 수긍했다.

평소였다면 내가 혼자 적의 대장과 대결하려고 했을 때 제지했겠지.

하지만 이번만큼은 나도 양보하지 못한다.

내 심정을 하이린스 씨도 이해해줬다고 생각한다.

"소피아. 끼어들지 마라."

"또야? 이번에는 진짜 죽어도 안 도와준다?"

"그래. 그러면 된다."

유고가 소피아에게 끼어들지 말라고 선언했다.

솔직히 고마웠다.

소피아는 강하다.

개입하지 않는다면 유고 한 명에게 집중할 수 있다.

"다들, 이 싸움에는 끼어들지 마."

나 또한 동료들에게 분명히 고했다.

엘프군과 제국군이 싸우는 격렬한 전투음이 울려 퍼지는 가운데 나와 유고가 말없이 대치했다.

나는 검을 겨누면서 유고를 감정했다.

〈인족 LV 61, 이름: 유고 반 렝잔드

스테이터스

HP: 3169/4831(녹) (상세) MP: 1542/1711(청) (상세)

SP: 2577/2577(황) (상세) : 2663/3255(적) (상세)

평균 공격 능력: 3889 (상세) + 400

평균 방어 능력: 1255 (상세) + 400

평균 마법 능력: 998 (상세) + 200

평균 저항 능력: 2384 (상세) + 200

평균 속도 능력: 2939 (상세) + 400

스킬

「HP 자동 회복 LV 6」「MP 회복 속도 LV 2」「MP 소비 완화 LV 2」
「SP 회복 속도 LV 7」「SP 소비 완화 LV 7」「마력 감지 LV 3」
「마력 조작 LV 2」「마신법 LV 2」「마력 부여 LV 2」
「마력격 LV 1」「파괴 강화 LV 4」「참격 강화 LV 4」
「타격 강화 LV 2」「관통 강화 LV 1」「충격 강화 LV 1」
「외도 공격 LV 4」「투신법 LV 2」「기력 부여 LV 2」
「기력격 LV 5」「검의 천재 LV 4」「투척 LV 2」
「입체 기동 LV 2」「연계 LV 2」「통솔 LV 4」
「집중 LV 10」「사고 가속 LV 3」「예측 LV 1」

「연산 처리 LV 1」	「기억 LV 1」	「명중 LV 8」
「회피 LV 8」	「은밀 LV 3」	「무음 LV 1」
「무취 LV 1」	「감정 LV 10」	「정복」
「자실」	「물 마법 LV 1」	「벼락 마법 LV 1」
「주원 마법 LV 1」	「외도 마법 LV 2」	「마왕 LV 1」
「긍지 LV 2」	「격노 LV 4」	「과식 LV 3」
「탐욕」	「색욕」	「파괴 내성 LV 1」
「타격 내성 LV 2」	「참격 내성 LV 2」	「상태 이상 내성 LV 3」
「외도 내성 LV 4」	「고통 내성 LV 7」	「시각 강화 LV 3」
「청각 강화 LV 2」	「후각 강화 LV 2」	「미각 강화 LV 2」
「촉각 강화 LV 2」	「신성 영역 확장 LV 3」	「천명 LV 10」
「마력 기관 LV 2」	「순발력 LV 5」	「지구력 LV 5」
「강대 LV 8」	「강고 LV 4」	「술사 LV 2」
「호법 LV 2」	「질주 LV 9」	「금기 LV 9」
「n%I=W」		

스킬 포인트: 217

칭호

「마물 살해자」	「탐욕의 지배자」	「아군 살해자」
「인족 살해자」	「색욕의 지배자」	「인족 살육자」
「무자비」	「마물 살육자」	「광란의 주인」
「패자」	「통솔하는 자」	「왕」 〉

불균형한 능력치.

전체적으로 낮지만 수많은 스킬.

끝자리가 남아 있는 어중간한 수치의 스킬 포인트.

이것이 탐욕으로 유고가 긁어모은 힘.

일부 강력한 스킬은 아마도 칭호의 효과로 습득했다고 짐작된다.

색욕과 탐욕의 지배자 칭호로 습득되는 스킬은 강력할 테고, 광란의 주인이라는 나도 본 적 없는 칭호가 있었다.

그리고 신경 쓰이는 것이 마왕 스킬.

마왕과 용사 스킬은 대량의 스킬 포인트를 사용하거나 숙련도에 따라 획득할 수 있었다.

유고는 용사를 자칭하고 있으므로 굳이 스스로 마왕 스킬을 습득했을 것 같지는 않았다.

즉 유고는 숙련도를 쌓아 마왕 스킬을 습득했을 것이다.

마왕 스킬을 습득하기 위해 숙련도를 쌓는 방법은 나도 알지 못했다.

다만 용사 스킬은 그에 걸맞은 행동을 하면 습득할 수 있다고 알려졌다.

실제로 하이린스 씨는 용사 스킬을 숙련도를 쌓아 습득했다고 한다.

즉 마왕 스킬의 획득도 아마도 용사와 비슷비슷한 조건이라고 짐작할 수 있겠다.

유고는 조건을 달성했다.

달성해버리고 말았다.

투신법과 마신법을 발동하고 능력치를 끌어올린 유고를 주시했다.

얼굴에 묻어나는 미소가 마치 미친 사람 같았다.

이미 되돌아오지 못할 지경까지 가버렸군.
나는 조용히 한때의 반 친구에게 검을 겨눴다.
"간다."
"오라고."
손짓하는 유고를 향해 뛰어들었다.
상단 자세에서 휘두른 내려 베기는 유고의 손에 들린 검에 막혔다.
"처먹어라!"
검비(劍鼻)가 맞부딪치는 격한 상태에서 유고는 힘으로 내 검을 밀어붙인 뒤 반격의 일검을 휘둘렀다.
나는 튕겨 나가는 기세를 살려 한 걸음 뒤로 물러나면서 피하려고 했지만, 유고가 지닌 검에서 쏟아지는 까만 안개 비슷한 기운이 나를 바짝 쫓아왔다.
나는 약간 놀라면서도 어둠을 검으로 떨쳐 냈다.
유고가 갖고 있는 저 검은 아마도 마검이었나 보다.
어둠 계열의 추가 효과가 있었다.
하지만 위력은 별반 대단하지 않았다.
타가와의 마검이 훨씬 더 강한 위력을 발휘했었다.
나는 대항하기 위해서 검을 빛에 휘감기게 했다.
검에 부여된 능력이 아니라 내 마법에 의한 자기 강화였다.
어둠을 두른 유고의 검과 빛을 두른 내 검이 교차한다.
빛이 어둠을 흩어뜨리면서 유고의 검을 튕겨 보냈다.
"으엇?!"
검이 솟구쳐 올라가서 빈틈투성이가 된 유고의 몸통을 칼등으로 후려쳤다.

충격을 받은 유고는 뒤쪽으로 나자빠지며 엉덩방아를 찧었다.

"더 할 테냐?"

검봉을 들이밀고 유고에게 항복을 권했다.

"큭! 운 좋아서 한 대 맞혔다고 우쭐대지 마라!"

유고가 앉은 자세로 내 검을 밀어젖히고 재빨리 일어서서 다시 태세를 갖췄다.

그리고 짐승처럼 날렵하게 닥쳐들더니 다짜고짜로 마구 검을 휘둘러 댔다.

나는 거듭 호선을 그리는 유고의 검을 침착하게 쳐내고 피했다.

그리고 방금과 완전히 동일하게 검을 올려붙인 뒤 칼등 치기를 먹였다.

"더 할 테냐?"

또다시 엉덩방아를 찧은 유고에게 방금 전과 같은 말을 들려준다.

유고는 믿기지 않는다는 표정으로 내 얼굴을 보고 있다가 돌연히 히죽 웃었다.

하지만 그 미소도 금세 사라졌다.

"소용없어. 네 마법은 내게 통하지 않아."

모종의 마법이 나를 목표로 사용된 건 감지했다.

유고가 사용한 것은 아마도 주원 마법이겠지.

어떠한 효과를 발휘하는지 잘 모르겠다만 그 마법은 내게 통하지 않는다.

유고의 마법 공격력이 너무 낮고, 내 마법 방어력은 높기 때문이다.

덧붙여서 내게는 엘로 대미궁에서 지룡(地龍)을 쓰러뜨렸을 때 습득한 스킬 용력(龍力)이 있었다.

마법의 힘을 제한하는 이 스킬을 발동시키고 있는 한 유고의 마법은 내게 통하지 않았다.

"포기해라."

"빌어먹을!"

유고는 또 일어서서 엉망진창으로 검을 휘둘렀다.

딱히 검술이라고 불러주기도 애매하다. 아무렇게나 검을 휘두를 뿐.

마치 떼를 쓰는 어린아이 같았다.

유고가 휘두른 검을 종이 한 장의 간격으로 피했다.

나는 유고의 검이 허공을 갈랐을 때 날밑을 강하게 가격해서 손에 들린 검을 날려 보냈다.

무기를 잃어버린 유고의 복부에 주먹 쥔 왼손을 꽂아 넣는다.

"으, 헉!"

유고가 고통의 신음을 지르면서 무너졌다.

복부를 억누른 채 웅크리고 앉은 모습을 보면 조금이나마 응어리가 가시는 기분이었다.

"이럴 수가. 말도 안 돼. 이 세계는, 나를 위해 존재할 텐데? 어째서, 못 이기는 거야?"

웅크린 유고는 조그맣게 저런 소리를 늘어놓고 있었다.

아직도 그런 생각을 한단 말인가.

"이 세계는 네 소유물이 아니야. 이 세계에서 살아가는 모든 사람들의 세계지. 너 한 사람만의 소유물이 아니란 말이다."

그렇게 말하자 유고는 분에 젖은 형상으로 사납게 나를 올려다봤다.

하지만 복부를 얻어맞은 대미지가 가시지 않은 듯 미처 일어서지는 못했다.

“어머? 멋진 말을 하는구나. 하지만 진실을 모르니까 우스꽝스럽게 들릴 뿐인걸.”

그 목소리의 주인은 은근히 비웃음 어린 미소를 띤 채 앞으로 걸어 나왔다.

소피아 케렌.

우리와 같은 전생자.

그리고 선생님의 말씀으로는 관리자라고 불리는 존재와 결탁한 적.

소피아가 나서는 동시에 내 옆으로 카티아, 타가와, 쿠시타니가 나란히 섰다.

임전 태세.

언제든지 싸울 수 있도록 무기를 잡았다.

다만 정작 소피아는 여유롭게 지켜볼 뿐, 그 좌우에 대기하고 있는 소년 소녀도 비슷한 분위기로 서 있기만 했다.

“소피아! 저놈들 다 죽여버려!”

유고가 웅크린 채로 소피아에게 명령했다.

“으음. 어떡할까~.”

소피아는 우습다는 듯 유고를 슬쩍 돌아봤다.

눈빛에는 마치 날벌레를 보는 듯한 모멸의 감정이 담겨 있었다.

이 녀석들, 같은 편이 아니었나?

“지금이 장난칠 때냐!”

"응? 네가 말했잖아? 끼어들지 말라고."

"크!"

아픈 구석을 지적당한 유고가 입을 다물었다.

"게다가 너한테는 이제 볼일이 없거든."

아무렇지도 않게 꺼낸 말이었다.

너무나도 태연자약했기에 처음에는 의미를 이해하지 못했을 만큼…….

마치 아무래도 좋은 잡담을 건네듯이…….

"뭐, 라고?"

그 말에 제일 먼저 반응한 사람은 볼일이 없다는 소리를 들은 유고 본인이었다.

"메라조피스, 상황은?"

유고의 말은 무시하고 소피아가 누군가에게 말을 건넸다.

좌우의 소년, 혹은 소녀 둘 중 하나가 그 누군가라고 생각했지만 아니었다.

"이미 침공을 개시한 상태입니다."

"어머? 빠르기도 해라."

그 남자는 소피아의 그림자에서 생겨나는 형태로 나타났다.

달리 표현할 말이 없는 갑작스러운 등장이었다.

고지식해 보이는 분위기에 당장에라도 죽을 것처럼 창백한 얼굴을 지닌 남자였다.

"뭐?! 어째서 네놈이?!"

갑자기 출현한 남자를 보고 타가와가 경악해서 소리 질렀다.

"저 남자가 누군지 알아?"

"저 녀석은 마족군의 간부야."

그 말에 나는 숨을 헉 들이켰다.

마족군의 간부라고?

어째서 그런 남자가 이곳에 있지?

설마 벌써 유고의 폭주가 마족에게 훤히 알려져서 이번 기회에 침공한 건가?

아니, 그렇다 해도 이토록 정확하게 시기를 노려서 침공했다는 것은 말이 안 된다.

그 순간 방금 전 소피아가 한 말의 의미를 깨달았다.

볼일이 없다, 그래, 이런 뜻이었구나.

유고를 이용하여 제국군을 동원하고 뒤에서 은밀하게 움직인다.

"너는 마족군에 소속돼 있었던 건가!"

"똑똑하네. 하지만 이제 와서 깨달아 봤자 의미가 없어. 응, 이미 쳐들어오고 있으니까."

들려오던 전투음이 더욱 격해진 듯 느껴졌다.

소피아의 말을 믿는다면 이미 마족군은 침공을 개시한 상태.

제국군을 미끼 삼아서…….

엘프들은 제국군을 상대하는 도중 마족군에게 기습당하게 된다.

"소피아, 네가 감히 나를 이용한 거냐?!"

유고의 부르짖음을 소피아는 무시했다.

들을 필요도 없다고 말하는 것처럼…….

너 따위는 뭘 어쩌든 아무 신경을 안 쓰겠다는 듯 흘려 넘겼다.

"슌, 어떡할래?"

카티아가 작은 목소리로 내게 물었다.

나 역시 어쩌면 좋을지 모르겠다.

그렇지만 이대로 소피아를 방치해 놓아서는 결코 안 된다.

소피아는 내가 지금껏 본 인물 중 최강이었다.

그런 녀석을 어떻게 방목할 수 있겠는가.

"소피아를 쓰러뜨리겠어."

"어머? 과감하셔라?"

내가 결단을 내리자 소피아는 익살을 부리면서 웃었다.

저 미소에는 자신은 결코 지지 않는다고 확신하는 여유가 담겨 있었다.

"거기 꼭두각시 인형한테는 압승을 거뒀지만, 나를 재랑 같은 취급 하다가는 호된 맛을 볼 거야?"

농담조로 말을 꺼내는 소피아.

하지만 눈매를 보면 전혀 웃고 있지 않았다.

그때 왈도라는 소년이 유리를 등에 업고 뒤로 물러났다.

소년이 떠나간 뒤 메라조피스라고 불린 남자가 검을 뽑아 들었다.

또 한 명의 소녀는 소피아의 배후에 대기한 채 움직이지 않는다.

"좋아, 잠깐 놀아줄게."

소피아가 여유 만만하게 손짓을 해 보였다.

도발을 받아주면서 나는 달려 나갔다.

단장 영주의 고뇌

"항의 말입니까?"

"그렇다네."

의아해하면서 묻는 메라조피스에게 나는 지친 목소리로 답했다.

더는 설명할 기력도 나지 않아서 손에 들고 있던 서류를 건네줬다.

문면을 읽어 나가던 메라조피스의 눈살이 찌푸려진다.

"황당무계한 생트집이로군요."

"동감일세."

웬일로 메라조피스가 감정을 겉으로 드러내고 있었다.

아니, 이 남자는 차분한 표정을 지을 때도 실은 열렬한 속마음을 가만히 다스리고 있지.

흠, 지금은 상관없는 말인가.

문제는 메라조피스의 손에 들린 서신의 내용이었다.

서신의 장황한 내용을 요약하자면「너희들이 숭배하고 있는 거미 마물을 이쪽으로 넘겨라」라는 취지였다.

발송처는 오우츠 국.

까닭인즉 그 마물은 오우츠 국이 보유한 던전에서 서식하던 마물이 분명하므로 소유권 또한 오우츠 국에 있다는 설명이었다.

추후 부당하게 소유권을 점유할 작정이라면 무력행사도 불사하겠다고…….

우습고도 어처구니없는 소리였다.

야생 마물의 소유권을 주장해서 뭘 어쩌자는 말인가?

그 거미가 우리나라의 소유물도 아니건만.

제멋대로 머무르고 있다 뿐이지 결코 우리나라에서 사육하고 있지는 않았다.

그 거미를 정녕 인간의 손으로 사육할 만한 마물로 보고 있다면 오우츠 국 사람들의 눈은 썩어버렸다.

"그러면 답신은 어찌하시렵니까?"

"뻔한 질문은 하지 말게나. 그것은 우리나라에서 소유하고 있는 마물이 아니라고, 얼간이라도 이해할 수 있도록 친절하고도 정중하게 설명해줄 뿐이다."

그 정도 야유는 용납되겠지.

어쨌든 어떤 답신을 보내든 간에 상대가 트집을 잡을 것은 기정사실이니까.

오우츠 국은 이웃 나라이지만 우리나라와 관계가 양호하다고 말하기는 어려웠다.

이유를 살펴보자면 오우츠 국에서 주로 신앙하고 있는 종교, 신언교가 우리나라의 국교에 해당하는 여신교를 사교라고 부르면서 주장을 굽히지 않기 때문이었다.

그 때문에 오우츠 국에 한정되지 않고 신언교를 숭앙하고 있는 나라하고는 험악한 관계를 피할 수 없었다.

오우츠 국과는 국경을 접하고 있는 인접국이라는 관계도 있어서 빈번히 트러블이 발생하고 있다.

이번 건도 그 연장일 것이다.

다만 그런 이유와 별개로 오우츠 국이 항의라는 형태를 취해 요구하는 데는 이유가 있었다.

예의 거미 마물, 통칭 미궁의 악몽에게 오우츠 국이 명확한 피해를 받은 전적이 있기 때문이다.

미궁의 악몽은 엘로 대미궁에서 빠져나온 마물.

그리고 엘로 대미궁의 출입구에는 마물이 미궁의 바깥으로 나오지 못하도록 저지하기 위해 건설한 요새가 있었다.

오우츠 국의 그 요새는 미궁의 악몽에게 파괴당했다.

오우츠 국은 관련 사실을 숨기고 싶어 하는 눈치였지만 그런 대사건이 어찌 숨겨지겠는가.

소문은 퍼져 나갔고 이미 시민들마저도 소식을 전해 들은 상태.

일이 이 지경에 이르자 오우츠 국도 태도를 고쳐먹은 듯했다.

서신의 문면에는 「우리나라에 피해를 입힌 마물을 반드시 벌하겠다」라고 쓰여 있었다.

그러니 놈을 내놓으라고…….

본심과 명분이 반반쯤 되겠다.

오우츠 국도 미궁의 악몽이 사람들에게 치료를 베풀어줬다는 소문을 전해 들었을 것이다.

죽음을 기다리기만 하던 난병마저도 치료하고 잃어버린 사지마저도 재생시키는 기적 같은 치료술.

미궁의 악몽은 고작 공물을 대가로 받으면서 기적을 베풀고 있다.

어떤 난병도 중상도 치료해 내는 기적의 존재.

그런 존재가 있다면 누구나 다 치료를 바라면서 모여들 테지.

거기에서 얻을 수 있는 이권을 노리는 자들도…….

오우츠 국은 미궁의 악몽을 어떻게든 자국으로 데려간 뒤 치료의 힘을 이용해서 돈벌이를 하겠다는 심산으로 짐작됐다.

그렇기 때문에 황당무계한 트집을 잡아서 항의문을 보냈고—.

이쪽에서 어떠한 답신을 보내든 간에 결단코 뜻을 굽히지 않겠지.

진지하게 무력행사로 나설 계획은 설마 없겠지만 외교전으로 짜증스럽게 치근덕거리는 짓은 하고도 남았다.

넘겨줄 방법이 없다고 해명해 봤자 소용없다.

상대도 사정을 뻔히 알면서 꺼낸 소리니까 악질이었다.

문득 불길한 예감이 들었다.

사태가 점점 더 불길한 방향으로 흘러갈 것 같다는 그런 예감이…….

나쁜 예감이란 늘 적중하는 법인가.

지금 이 저택 안에는 공식 비공식을 가리지 않고 갖가지 인물이 손님으로 방문해 있었다.

주로 타국의 귀족들이다.

대부분은, 아니, 전부가 미궁의 악몽을 목적으로 하는 일당들이다.

어떻게든 자국으로 영입하고자 획책하고 있는 듯했다.

다만 무엇 하나라도 잘 풀리는 시도는 없었다.

미궁의 악몽은 먹거리를 주면 곧잘 반응을 보인다.

하지만 결국은 얼굴을 내비치는 정도뿐, 그 이상의 접촉을 시도하려고 들면 곧장 숲속 깊은 곳으로 사라져버렸다.

염화를 시도한 인간도 있는 듯했지만 금세 도망치듯이 사라져버렸다고 한다.

미궁의 악몽이 얼굴을 내비치는 때는 언제나 치료를 필요로 하는 인간이 있을 때에 한정될 뿐, 그 밖에는 숲속에서 나오지 않았다.

되도록 미궁의 악몽을 자극하면 안 되니까 숲속에는 진입하지 말라고 주지시켰다.

주민들은 신수님의 안녕을 방해해서는 안 된다는 이유로 수긍해 주었다.

하지만 욕심에 눈이 먼 인간은 타당한 규칙조차 지키려고 하지 않았다.

개중에는 숲속으로 발을 들여놓고 미궁의 악몽에게 억지로 접근하려 하는 작자도 있었다.

“젠장! 벌레 주제에! 감히 벌레가!”

저택 안에서 발을 동동 구르며 떠들고 있는 남자도 그중 한 명이었다.

퉁퉁한 중년 남자가 나잇값도 못하고 떠들어 대는 꼬락서니는 분명히 말하겠는데 추했다.

솔직히 이 저택에 들여놓고 싶지도 않았지만 방문을 거절하지 못할 사정이 있었다.

이 남자는 오우츠 국에서 보낸 정식 사절이기 때문이다.

정식 사절로 파견돼서 온 인간을 환대하지 않을 수는 없었다.

설령 험악한 관계의 나라에서 보낸 사절이라고 해도…….

또한 상대가 엄청난 망나니라고 하여도…….

저택 안에서 거리낌 없이 추태를 선보이는 꼴을 보면 알 수 있겠지만 이 남자는 칭찬받을 만한 인간이 아니었다.

번번이 문제 행동을 일으키는데도 뒷감당은 이쪽에서 떠맡아야 한다는 것이 현재 상황.

이 저택에 체류를 시작한 지 수일, 고용인들에게 불만을 토로하지 않는 날이 없었다.

정당한 불평이었다면 이쪽이 제대로 환대를 하지 못했다고 인정한 뒤 대우를 개선해줄 수도 있었겠지만, 전부가 터무니없는 생트집이어서 처치 곤란이었다.

식사가 맛없다, 대부분의 채소를 먹지 않는 남자에게 여신교의 채식주의 식사가 입에 맞을 리 있겠는가.

메이드가 잔소리를 늘어놓는다, 어린 소피아의 곁에서 담배를 피워 대지 않았던가.

방이 냄새난다, 담배를 피운 사람은 네놈이잖은가.

하나같이 이런 식이었다.

이따금 일부러 저런 소리를 하는 건지 의문이 들 만큼 기가 막힌 요구까지 해 댔다.

그리고 이쪽에서 요구를 거부하면 짜증을 부려 댄다.

한시라도 빨리 이 저택에서 나가 달라는 것이 우리의 공통된 바람이었다.

본심을 말하자면 지금 당장 내쫓고 싶었다.

그렇지만 이유도 없이 그런 짓을 했다가는 오우츠 국이 또 생트집을 잡을 것이다.

아니, 오히려 그게 노림수였다.

그렇지 않다면 이따위 남자를 정식 사절로 보낼 이유가 없으니까.

오우츠 국의 목적은 우리 사리엘라 국에 속한 인간이 이 남자에게 위해를 가하도록 유도하는 것.

무례를 운운하면서 교섭 수단으로 이용하려는 속셈이다.

다만 어떤 수작을 부리려는 것인지 짐작이 되지 않았다.

오우츠 국과 사리엘라 국의 국력은 사리엘라 국이 압도적으로 우위.

오우츠 국은 렝잔드 제국과 동맹 관계에 있을 뿐 아니라 신언교를 숭앙하는 사정 때문에 성 아레이우스 교국과도 동맹 관계에 있지만, 두 나라의 지원을 감안하더라도 이토록 막무가내로 우리나라를 건드리는 이유를 모르겠다.

자칫했다가는 사절로 온 남자가 일으킨 문제 때문에 반대로 오우츠 국의 책임을 추궁할 틈이 생길지도 모르건만…….

오히려 그 남자의 우둔한 행동거지를 보면 그쪽의 확률이 더 높아 보이는군.

오우츠 국의 목적과 진의를 읽을 수 없다.

꼽아볼 만한 가능성은 미궁의 악몽 관련이지만 오우츠 국 또한 바보는 아닐 터이다.

그것이 우리나라와 교섭을 벌여서 어떻게 통제할 만한 존재가 아니라는 사실쯤은 잘 알 텐데.

사절 남자는 매일매일 질리지도 않고 미궁의 악몽이 있는 곳으로 얼굴을 비추러 가고 있었다.

"망할 벌레 같으니라고! 감히 나를 우습게 보다니!"

기가 막히게도 아직껏 떠들고 있었다.

이 남자는 사절로 파견되어 방문했으면서도 매일매일 미궁의 악몽이 있는 곳을 찾아갔다.

그리고 숲에 제멋대로 들어가서 미궁의 악몽을 보면 고압적으로 오우츠 국에 투항하라고 명령한다.

미궁의 악몽을 마주하면서 고자세로 내려다본 채 명령해 대는 꼴은 어떤 의미로는 존경받을 만한 배짱일 수도 있겠다.

추호도 본받고 싶지 않다만…….

물론 미궁의 악몽이 이자의 명령을 들을 리 없었고 매번 홀대만 받았다.

그래서 남자는 그때마다 저런 식으로 마구 소리쳐 댄다.

미궁의 악몽은 남자가 나타나면 나무 위로 이동해서 내려다본다고 했다.

그리고 물끄러미 남자를 응시한다.

남자가 무슨 소리를 지껄이든 간에 단지 지켜볼 뿐.

그렇지만 악몽의 태도가 자신을 무시한다고 느꼈는지 남자는 미궁의 악몽과 만날 때마다 분을 터뜨리면서 돌아왔다.

출입 금지로 선포한 숲속에 당당히 진입하는 행실, 숲에서 들려오는 거만한 발언이며 미궁의 악몽에게 명령하는 발칙함.

그것만으로도 미궁의 악몽을 신수님으로 공경하는 이 나라의 백성들이 반감을 보이고 있었다.

사람을 가리지 않고 아무에게나 화풀이를 하는 남자다.

지금은 아직 꾹 참고 있지만 이 상태가 계속된다면 어느 쪽이든 폭발하는 앞날이 훤히 내다보였다.

남자의 체류 기간은 제한돼 있다.

기간이 지날 때까지 문제가 일어나지 않기를 바랄 뿐이다.

내 바람은 허망하게 무너졌다.

남자가 죽었다.

게다가 이 저택 안에서.

사망 원인은 불명.

남자의 시체에는 상처 하나 없었다. 목격자라는 남자의 종자가 말하기를 느닷없이 실이 끊어진 인형처럼 쓰러져버렸다고 한다.

그 때문에 심야임에도 불구하고 억지로 잠에서 깨어나야 하는 곤욕을 치렀다.

지금 내 앞에는 남자의 종자들이 핼쑥한 얼굴을 한 채 앉아 있었다.

"그래, 그자의 사인으로 짚이는 구석은 정말로 없는가?"

내 물음에 종자는 말없이 고개를 끄덕였다.

다만 흔들리는 눈빛을 보면 거짓말을 하고 있음을 금세 알 수 있었다.

나는 일부러 들으란 듯 커다랗게 한숨을 토했다.

종자들은 과장된 내 반응을 보고 몸을 떨었다.

남자의 사인쯤은 이미 짐작하고 있다.

미궁의 악몽이 한 짓이다.

상처 없는 돌연사는 사실 이곳 주변에서 이미 발생했던 사례다.

바로 이 저택에서 일어난 사건.

아침이 되고 보니 신원 불명의 수상한 자들이 상처 없는 시체로 굴러다니고 있었던 그날.

수상한 자들이 저택에 침입했던 목적이나 신원 따위는 지금도 여전히 불분명하다.

일련의 흐름에서 오우츠 국의 하수인이 아니겠느냐고 짐작해보지만 확증은 없었다.

나를 암살하러 왔을까, 혹은 기밀문서라도 훔치러 왔을까.

예사롭지 않은 최후를 선사하는 존재라면 역시 상궤를 벗어났을 터.

이 같은 점을 고려했을 때, 시기로 봐도 그렇고 미궁의 악몽이 저지른 짓이라고 가정하면 전부 다 들어맞는다.

하지만 왜 미궁의 악몽이 이 도시에 도움을 주고 있는지 이해가 되지 않았다.

정말로 여신교에서 전해 내려오는 전설의 신수님은 아닐 텐데.

미궁의 악몽이 인간에게 필적하는 지능을 보유했다면 어떤 행동이든 분명 모종의 이유가 있을 것이다.

그렇다지만 내가 인간이기에 그리 생각하는 것뿐인지도 모르겠다.

사람과 동등한 수준의 지능이 있다고 해서 마물로 태어난 미궁의 악몽이 사람과 같은 사고방식을 지녔으리라는 보장은 없으니까.

사람하고는 전혀 다른 감성으로 움직인다 해도 전혀 이상할 게 없었다.

그렇다면 미궁의 악몽이 이 도시에 도움을 주는 이유가 불분명해진다.

그렇다 해도, 라고 표현해야 옳은가?

사람과 같은 사고방식을 지녔다고 해도 그 마물이 이 도시에 조력하는 이유는 짐작할 도리가 없으니까.

상대의 의중을 전혀 알지 못한다는 것은 무시무시한 일이다.

강대한 힘을 보유한 마물이기에 더더욱…….

하지만 금번의 사건에서 나타난 미궁의 악몽의 의도는 이해가 된다.

보복이었다.

"한데 그대들은 어째서 이런 한밤중에 깨어 있는 게지?"

지금은 심야.

창밖은 아직 어두웠고 하늘에 푸른빛이 어리려고 해도 조금 더 시간이 지나야 한다.

남자가 죽은 때는 불침번이 아닌 한 잠들어 있을 시각.

그런 시간에 일어나 있는 인물은 당연히 수상하기 짝이 없었다.

평소는 술에 잡아먹히도록 진탕 마신 뒤 자빠져 자는 남자였다면 더더욱.

"그, 그것은……."

명백하게 허둥대는 남자의 종자.

너무나도 명백했기에 연기냐고 웃고 싶어졌지만 새파란 얼굴을 보면 저것이 진심임을 싫어도 알게 된다.

연기라면 무대의 주연을 맡겨도 되겠다.

종자들은 서로에게 눈짓을 보내면서 어떻게든 빠져나갈 변명거리를 고민하는 듯 보였지만, 공교롭게도 이미 술수는 전부 드러났다.

감시를 맡은 부하에게서 누군가가 미궁의 악몽을 습격했다는 연락을 받았다.

그 누군가는 바로 이 종자들이 모셨었고 이제는 죽어버린 주인이 보낸 자객일 테지.

상황 증거만으로도 충분히 확신할 수 있었다.

짐작하건대 제 요구를 들어주지 않는 미궁의 악몽을 무력으로 압박해서 복종시키려고 획책한 것이 틀림없었다.

아니면 분풀이로 처치할 심산이었든가.

어느 쪽이든 어리석은 행위였기에 탄식을 금할 수 없었다.

참고로 그 실행범들은 미궁의 악몽에게 반격을 받아 픽픽 죽어 나갔다고 한다.

피아의 전력 차도 알아볼 줄 모르는 자들은 가엾이 여기기도 민망하다.

아니면 그 녀석들에게 상사를 거스르지 못할 이유라도 있었던 건가?

그 남자를 상사로 받들어야 했다면 그럴듯한 가설이었다.

무능한 상사를 모시는 부하는 불쌍하기 이를 데 없다.

자, 무능한 상사가 죽은 지금 부하들은 어떻게 나올까.

가능하다면 무능한 상사와 잘 어울리는 무능한 부하였으면 좋을 터인데.

잘 구슬려서 오우츠 국으로부터 사리엘라 국으로 항의가 오지 않도록, 거기까지는 무리라 해도 가벼운 수준에 그치도록 유도해야 한다.

정식 사절이 타국에서 죽어 나간 이상, 어떠한 이유가 있든 간에 추궁을 면할 수 없는 것은 당연지사.

어떻게든 정당한 이유를 만들어 두지 않으면 오우츠 국에 불필요한 빚을 지게 되어버린다.

그렇다면 여기서 이 녀석들에게 전 상사가 미궁의 악몽에게 손을 뻗쳤다는 증언을 확보하고, 보복 삼아서 헛짓을 하다가 죽었다는 사실을 인정하도록 유도해야 한다.

사리엘라 국 내부에서 사망자가 죽었다는 사실은 뒤집을 수 없지만, 본인 스스로 위험한 마물에게 손을 뻗친 끝에 맞이한 자업자득이라면 우리나라의 책임은 가벼워진다.

덧붙여서 그 남자의 이제까지의 행동을 감안하면 이쪽의 해명이 지당하다고 인정받을 수도 있겠지.

……그렇게 되기를 바랄 따름이다.

희망적 관측이라는 사실은 알고도 남았다.

오우츠 국이 이렇게 되기를 예측하고 그 남자를 파견했다면 대단히 안 좋은 상황이었다.

오우츠 국의 노림수를 알지 못하기에 두렵다.

습격받았던 나의 아내와 딸.

타국의 입김이 닿았다고 짐작되는 도적의 증가.

수수께끼의 침입자.

그러한 요소들이 불길한 예감을 자극했다.

그리고 내 불길한 예감을 증명하려는 듯 오우츠 국이 은밀하게 움직이고 있다는 보고가 밀정을 통해 들어왔다.

전쟁 준비의 조짐이 있노라고…….

설마 싶었다.

사리엘라 국과 오우츠 국의 국력 차는 막대했다.

만약 전쟁이 벌어진다면 사리엘라 국의 압승으로 끝난다.

오우츠 국이 뻔한 앞날을 내다보지 못할 리 없을 터인데.

그러면 오우츠 국에는 승리할 대책이 있단 말인가?

어쩌면 렝잔드 제국이나 성 아레이우스 교국 중 어느 한 곳으로부터 병력을 지원받을 심산일까?

모르겠다.

오우츠 국은 정말로 전쟁을 선포할 작정인가.

무엇 하나도 모르겠다.

다만 지금 할 수 있는 일을 하도록 하자.

당장은 눈앞의 종자들에게 자백을 받아 내야지.

만약 오우츠 국에서 진심으로 전쟁을 벌이려는 의도였다면 여기에도 별 의미가 없겠지만.

어쨌든 간에 아직 전쟁 발발이 결정되지는 않았다.

아직 교섭으로 수습할 여지가 있을지도 모른다.

희망적 관측이겠지만 나는 내가 할 수 있는 만큼 최선을 다하련다.

그다음 일은 여신님만이 알고 계시겠군.

S5 용사 일행 VS 흡혈귀

내가 소피아에 대해 알고 있는 사실은 많지 않았다.

이번 삶에서도 그랬고 저번 삶에서도 그랬다.

전세의 이름이 네기시 쇼코라는 사실은 알고 있지만, 누군가가 네기시 쇼코가 어떤 인물이었냐고 물었을 때 나는 정확한 설명을 무엇 하나도 해주지 못할 것이다.

그만큼 관계가 없었다.

대화다운 대화를 한 적도 거의 없다.

어쩌면 방금 전 나눈 잠시의 대화로 전세에서 나눈 모든 대화의 양을 넘었을지도 모른다고 생각될 정도였다.

같은 반이었는데도 정말 아무것도 모른다.

전세에서도, 이번 삶에서도…….

이쪽 세계에서 소피아가 무슨 의도로 이런 짓에 가담했는지 알 수 없었다.

하지만 소피아가 저지른 짓은 인족을 기울어뜨리는 행위였다.

율리우스 형님이 필사적으로 지켰던 인족을 궁지로 몰아넣는 짓.

가만히 두고 볼 수는 없었다.

따라서 지금 저지한다.

단단히 마음먹고 내뻗은 검을 소피아는 손에 든 대검으로 아무렇지도 않게 받아넘겼다.

"윽!"

방금 전까지는 맨손이었는데 대검이 소피아의 그림자에서 튀어나왔다.

그림자 마법이라고 생각했지만 뭔가 달랐다.

아마도 내가 알지 못하는 미지의 스킬에 의한 효과.

방금 메라조피스라는 남자가 나왔을 때와 마찬가지로 그림자 속에 저 대검을 보관하고 있었다고 짐작됐다.

소피아의 가녀린 체형에는 어울리지 않는 쌍수검 중에서도 커다란 축에 속하는 대검.

그런 대검을 소피아는 한 손으로 휘둘렀다.

내 몸이 우스개처럼 떠밀려 날아갔다.

공중에서 자세를 가누고 착지했기에 대미지는 전혀 없었다.

하지만 피아간의 실력 차이를 절절히 통감하게 된다.

내가 혼신의 일격이라고 날린 공격을 한 손으로 쓱 막은 다음에 떨쳐버리기까지 했다.

소피아에게는 마법을 무효화하는 스킬이 갖춰져 있다고 여겨진다.

그렇다면 마법을 쓰지 않는 육탄전으로 쓰러뜨릴 수밖에 없었다.

그럼에도 불구하고 방금 한 번의 공방으로 절감했다.

못 이긴다고…….

감정이 불가능해도 스테이터스의 커다란 격차를 한 차례의 공방으로 분명히 알아버렸다.

하지만 이미 각오한 바였다.

왕도에서 처음 마주쳤을 때부터 소피아가 나보다 훨씬 강하다는 사실은 뼈저리게 잘 알고 있었다.

설령 스테이터스로 뒤지더라도 어떻게든 이겨 낼 테다.

"슌! 혼자 튀어 나가지 마라!"

카티아가 내 옆으로 와서 섰다.

"내가 아사카하고 메라조피스를 막아 내겠어. 다른 놈들은 맡기마."

타가와가 쿠시타니와 나란히 메라조피스에게 향했고, 그에 호응하면서 메라조피스도 자세를 잡았다.

"슌, 저도 싸울 거예요."

선생님이 활을 손에 들면서 일어섰다.

선생님의 치료를 마친 안나도 전선에 복귀할 수 있겠다.

그리고 두 사람을 지키던 하이린스 씨도…….

그렇다.

나는 혼자가 아니었다.

나 홀로는 이기지 못하더라도 동료들과 힘을 모으면 분명 이긴다.

"5대 2지만 이쪽도 목숨을 걸었다. 불만은 없을 테지?"

하이린스 씨가 방패를 들어 올리면서 앞으로 나섰다.

"물론. 상관없어. 아예 5대 1이라도 괜찮은걸?"

소피아가 뒤에서 대기하던 소녀에게 눈짓을 보냈다.

소녀는 기막혀하는 표정을 지었다가 곧 물러났다.

"꽤나 여유로우시군."

"실제로 여유로우니까."

그 말대로 여유작작한 태도를 보이는 소피아를 향해 선생님이 쏜 화살이 날아들었다.

대화의 중간에 발사된 완벽한 기습 공격.

일순간 비겁하다는 말이 떠올랐지만 그만큼 선생님도 필사적이라는 해석으로 자신을 납득시켰다.

게다가 어떤 기습이든 의미를 발휘하지 못한다면 비열하다는 말은 못 쓴다.

소피아는 대검을 쥐지 않은 다른 손으로 화살을 붙잡았다.

무시무시한 경지의 반사 신경.

전투 중에 날아드는 화살을 피하지 않고 붙잡을 필요는 전혀 없었다.

피하는 편이 손쉽고 괜한 움직임이 없기 때문이다.

그런데도 일부러 붙잡는 선택지를 고른 까닭은 분명 힘의 차이를 과시하기 위해서였다.

하지만 아무리 힘의 차이를 절감하더라도 물러하지 못할 전투가 있는 법이다.

하이린스 씨가 방패를 전면에 내세우면서 돌진했다.

소피아가 붙잡고 있던 화살을 집어 던지고 양손으로 대검을 쥐었다.

직후 커다란 쇳소리가 울려 퍼졌다.

하이린스 씨의 돌진을 소피아는 대검으로 막아 내고 있었다.

저 가녀린 몸이 미동도 하지 않는다. 중장비로 돌진한 하이린스 씨를 아무렇지도 않게 감당하고 있었다.

하지만 하이린스 씨의 좌우에서 나와 카티아의 추가 공격이 소피아를 덮쳤다.

내가 내리친 검과 카티아의 레이피어 찌르기가 동시에 소피아에게 도달했다.

직후 나는 자신에게 무엇이 일어났는지 일순간 이해하지 못했다.

시야가 빙글 돌면서 낙법도 제대로 취하지 못한 채 지면으로 나동그라진다.

혼란에 빠졌지만 곧바로 일어섰다.

손이 찌릿거리는 묵직한 통증.

나와 마찬가지로 바닥을 구른 카티아와 하이린스 씨, 그리고 대검을 휘두른 자세의 소피아를 보고 무엇이 일어났는지를 이해했다.

소피아가 대검으로 우리를 동시에 날려 보냈다.

게다가 단 한 번의 칼질로…….

제일 먼저 하이린스 씨를 날려버린 뒤 그대로 대검을 크게 휘둘러서 나와 카티아까지 날려 보냈다.

아직 일어서지 못하는 카티아의 바로 근처에 밑동이 뚝 부러진 레이피어가 굴러다녔다.

소피아는 나와 카티아의 무기를 노리고 대검을 휘두른 것 같았다.

카티아의 레이피어는 파괴됐고 내 검은 간신히 견뎌줬지만 그만큼 강한 충격이 손목에 대미지를 주었다.

솔직히 내가 검을 놓치지 않은 건 기적에 가까웠다.

아니, 애당초 소피아가 우리의 무기가 아닌 몸을 직접 노렸더라면?

양단되는 나와 카티아의 모습을 상상하고 말았다.

스스로 떠올린 장면에 소름이 끼쳤다.

결코 못 한 것이 아니었다.

소피아는 나와 카티아를 죽이지 않으려고 굳이 무기를 노려서 공격했을 뿐이다.

소피아를 향해 다시 한 번 선생님이 쏜 화살과 안나가 날린 마법이 날아들었지만, 미간을 노린 화살은 쓱 피해버렸고 마법은 피할 것도 없이 무효화되어버렸다.

"그러고 보니 하프 엘프, 좀 애매한 게 하나 있었네."

소피아의 시선이 안나에게 향했다.

그걸 가로막으면서 하이린스 씨가 일어나 방패를 들었지만 소피아는 신경 쓰지 않고 뭔가 고민에 잠긴 눈치였다.

나는 그 빈틈을 찌르기 위해 소피아를 향해 달려가 검을 휘둘렀다.

소피아의 저 태도가 결코 빈틈이 아닌 여유임을 잘 알면서도…….

허를 찔렀다고 생각한 공격도 별거 아니라는 듯 회피해버린다.

하지만 그쯤은 이쪽에서도 예상한 범위였다.

허공을 가른 검의 궤도를 곧바로 수정하고 회수하면서 소피아를 다시 베었다.

소피아가 지닌 대검은 크기와 중량 때문에 세세하게 휘두르기에는 어려웠다.

방금 목격했던 소피아의 힘을 활용한다면 그럼에도 상당한 속도를 낼 수 있겠지만 한계가 분명 있었다.

파워 승부로 승산이 없다면 잔재주를 부려서라도 스피드 승부로 몰고 가겠다!

검의 움직임을 가능한 한 예리하게, 그러면서도 힘을 과도하게 싣지 않도록 휘둘렀다.

최대한 찌르기를 연발하면서 대검을 방어에 사용하도록 억제한다.

아니나 다를까, 칼날의 길이가 긴 대검으로는 공격 횟수를 겨루는 승부에 적합하지 않은 듯 소피아도 검면을 써서 방어에 집중하기 시작했다.
그때 또다시 선생님의 지원 사격이 소피아에게 날아들었다.
이번에는 붙잡을 여유가 없었는지 소피아는 휙 뛰어서 화살을 피했다.
상대를 더더욱 몰아붙이기 위해 나는 공격을 거듭했다.
된다!
그렇게 생각한 다음 순간, 시야 한쪽에서 소피아의 다리가 움직이는 광경이 보였다.
이어서 복부에 충격.
"큭!"
충격을 받은 복부에서 밀려 나온 것처럼 입에서 공기가 새어 나왔다.
그대로 날려 가버렸지만 등을 부닥치는 충격에 휩싸이는 일은 없었다.
올려다보니 하이린스 씨의 얼굴이 보였다.
아마도 날아가던 나를 받아준 듯싶었다.
"괜찮냐?!"
"네, 덕분에 살았습니다."
별로 괜찮지는 않았지만 그렇게 말해 둔다.
아직 복부에서 욱신욱신 통증이 치솟았지만 곧바로 하이린스 씨의 품에서 빠져나왔다.
무엇을 당했는지는 명백했다.

걷어차였다.
설마 그 상황에서 발차기가 날아올 줄은 상상도 하지 못했다.
“나쁘지 않은 노림수이기는 했는데 네 검은 너무 정직하거든. 그러니까 이런 변칙 공격은 예상 밖이지?”
소피아가 아무런 경계도 하지 않으며 차라리 친근하게 들리기까지 하는 음성으로 물음을 던졌다.
나는 굳이 대답하지 않고 묵묵히 검을 다시 쥐었다.
소피아가 말하려는 바는 옳았다.
나는 훈련이나 마물과 전투 경험은 충분히 쌓았다고 자신하지만, 사람을 상대한 실전 경험은 적었다.
그래서 의표를 찌르는 공격에 약할뿐더러 전투 방법이 진부하기에 예측도 쉬울 것이다.
여기에서 나는 소피아와 벌어진 격차가 예상 이상으로 크다는 사실을 통감했다.
스테이터스뿐이 아니다.
실전 경험의 의미에서도 소피아는 나보다 훨씬 많은 수라장을 헤치고 다녔을 것이다.
그렇게 확신해도 될 만큼 대단한 실력을 이 짧은 시간의 공방으로 실감하고 말았다.
귓가에 타가와와 쿠시타니가 메라조피스와 싸우고 있는 소리가 들려왔다.
하지만 그쪽으로 시선을 보낼 여유 따위 없었다.
일순간이라도 소피아에게서 눈을 떼지 못한다.

떼어 내는 순간 끝장나버린다는 그런 예감이 들었으니까.

그런데도 나는 카티아의 시선을 알아차렸다.

지면에 웅크린 채로 무언가를 나에게 전달하려고 하는 시선을…….

나는 카티아의 의도를 알아차리고 그 순간을 대비하면서 의식을 곤두세웠다.

"으음. 어떻게 할까? 엘프는 선생님 말고 싹 다 죽여버린다고 치고, 하프는 어떻게 다뤄야 할지 모르겠네?"

소피아는 눈치채지 못했다.

우리와 싸우고 있는 와중인데도 뻔히 빈틈을 드러내면서 뭔가 고민을 하고 있었다.

그리고 카티아의 마법이 완성됐다.

그 순간 나는 달려 나갔다.

카티아가 발동시킨 것은 흙 마법.

소피아를 직접 공격하는 대신 지면을 뒤흔든다.

소피아의 마법 무효화 능력도 본래부터 있는 지면을 움직이는 마법에는 효과가 없는 듯 마법이 제대로 발동했다.

지면이 격렬하게 흔들리면서 소피아가 자세를 약간이나마 무너뜨렸다.

그 한순간의 틈을 찌른다.

이때를 놓치면 더는 우리에게 승기는 없다!

나의 결사적인 특공을 소피아는 미소 지으면서 맞이해줬다.

쓸데없는 발버둥질을 하는 우리를 비웃듯 그런 미소를 지으면서…….

다만 그 미소가 살짝 흐려졌다.

나를 앞질러서 선생님이 날린 화살이 소피아에게 날아들었다.

내 몸의 그림자에 가려져서 소피아에게는 화살이 보이지 않았을 테지.

사전에 협의하지도 않았건만 선생님도 카티아가 만들어 낸 틈을 함께 찔러주었다.

약간이나마 자세가 무너진 소피아에게는 그 화살을 피할 도리가 없었다.

하는 수 없이 대검으로 화살을 튕겨 내고, 휘둘렀던 검을 회수하며 나를 요격하려고 했다.

하지만 이번에야말로 소피아의 미소가 사라졌다.

대검이 하이린스 씨의 방패에 세차게 부딪치면서—.

방패 투척.

하이린스 씨가 소지한 방패는 단순한 방어구가 아니라 훌륭한 무기였다.

묵중한 쇳덩어리인 그 방패로 후려치면 훌륭한 둔기가 되고 투척하면 포탄으로 화한다.

불완전한 자세에서 선생님의 화살을 걷어 냈고 완력으로 회수한 칼은 하이린스 씨의 방패에 부닥쳤다.

소피아의 힘으로도 이번에는 충격을 다 감당하지 못하고 손에 들린 대검이 뒤쪽으로 크게 쏠렸다.

지금이야말로 완전하게 자세를 무너뜨린 소피아의 빈틈투성이 몸에 나는 검을 내리쳤다.

“이런 때는 목 같은 급소를 노려야지. 착한 걸까, 멍청한 걸까?”

어이없어하는 목소리가 들렸지만 나는 아무 대답도 하지 못했다.

내 검은 분명 소피아의 몸을 포착했었다.

하지만 소피아의 몸에는 어떤 상처도 입히지 못했다.

딱딱한 감촉에 막혔을 뿐.

밀착 상태나 다름없는 가까운 거리에서 소피아의 목덜미 부위를 봤을 때 전말을 파악할 수 있었다.

소피아의 목덜미는 금속질로 빛나는 무언가로 덮여 있었다.

마치 용(竜)이나 용(龍)이 지닌 딱딱한 비늘 같은 무언가였다.

“뭐, 일단 칭찬해줄게. 소용은 없었지만.”

소피아의 발차기가 또다시 나를 덮쳤다.

나는 제대로 방어도 하지 못한 채 가격당해서 방금 전과 마찬가지로 날려 갔고, 방금 전과 마찬가지로 하이린스 씨가 나를 받아줬다.

하지만 방금 전과 달리 나는 곧바로 하이린스 씨의 품에서 일어서지 못했다.

혼신의 힘을 담았다.

분명 죽이지는 않으려고 급소는 피했지만 그럼에도 온 힘을 다한 일격이었다.

그 일격은 소피아에게 어떤 피해조차 주지 못했다.

스테이터스로 뒤지고, 기량으로 뒤지고, 그럼에도 간신히 이끌어낸 절호의 기회.

하지만 무의미하게 끝났다.

단지 실패했을 뿐이라면 다른 기회를 만들어 내도 된다.

그러나 이번에는 그런 문제가 아니었다.

소피아에게는 마법이 통용되지 않는다.

바로 그 때문에 마법밖에 싸울 방법이 없는 안나는 손을 쓰지 못하고 있었다.

마법이 효과를 발휘하지 못한다면 물리 공격으로 상대할 수밖에 없지 않은가.

그럼에도 불구하고 내 혼신의 일격은 소피아에게 전혀 피해를 주지 못했다.

즉 마법도 물리 공격도 소피아에게는 통용되지 않는다는 뜻.

도대체, 어떤 공격도 효과가 없다니, 이렇게 무적의 방어력을 지닌 상대와 어떻게 맞서 싸우라는 말인가?

주체할 수 없는 탈력감이 처음으로 내게 덮쳐들었다.

Sophia Keren

소피아 케렌

본명 소피아 케렌. 사리엘라 국 케렌 영주의 외동딸. 일본의 고등학생이었던 기억을 지닌 전생자. 전세의 이름은 네기시 쇼코. 관리자, 그리고 마왕에게 가세한 전생자. 그 정체는 이 세계에서는 이미 명맥이 끊어졌었던 흡혈귀의 진조. 압도적인 힘을 과시하면서 몇 번이고 슌 일행의 앞을 가로막는다. 「주인님」이라고 부르는 존재를 따르고 있다. 본래는 인족의 영토에서 태어났고 마족과 관련이 없는 환경에서 생활했지만, 갓난아기 때 미궁의 악몽과 조우함으로써 인생이 격동의 변화를 맞이하게 되었다.

5 준동하는 책략

웬 아저씨가 기웃거리면서 자꾸 귀찮게 굴길래 얼떨결에 죽여버렸다.

에헷!

아이코~ 뭐, 살짝 좀 귀찮게 구는 정도면 용서해줄 텐데 말이야~. 그야 공격당하면 복수해주는 게 당연하잖아?

그 아저씨가 매일매일 얼굴을 내밀면서 할 말 못할 말 다 하다가 혼자 열불 내고 돌아가는 식으로 완전 민폐를 끼쳤거든.

아직 말을 완벽하게 알아듣지는 못해서 군데군데 미처 못 들은 부분도 있었지만, 아저씨의 말투만 봐도 되게 거만한 고자세로 「길러줄 테니까 따라와라」 요런 느낌이었어.

아니, 그런 소리를 하면 대체 누가 따라가려나?

머리 괜찮으세요?

게다가 이쪽이 멀뚱멀뚱 보고 있는데 뭐가 마음에 안 든다고 혼자 열불을 내는 거야.

아니, 왜 자기가 혼자 열불을 내는 거야?

전세에서 곧잘 나한테 시비를 걸어 댔던 그 애도 그랬지만, 왜 내가 어리둥절해서 쳐다보면 혼자 열불을 내는 걸까?

모르겠는걸.

뭐, 비슷한 느낌으로 매일 돌격해 왔던 아저씨거든. 그런데 세상에, 이제 진짜 지긋지긋하던 차에 부하를 보내서 습격하는 수단을 동원하더라니까?

물리적으로 납치해버리는 강경책을 쓰려는 심산이었나 본데, 불쌍한 건 실행을 맡은 사람들이지, 뭐.

나를 대체 뭔 수로 납치하겠다는 건데?

비장감을 풍기면서 그럼에도 나와 맞서려고 했던 건 프로 의식인지 뭔지 그런 건가?

뭐, 싹싹 전멸시켜드렸지만…….

하는 김에 흑막 아저씨를 사안으로 처치하고 종료.

그랬더니 도시에서 움직임이 나타났다.

아마도 그 아저씨, 다른 나라에서 그럭저럭 높은 사람이었나 봐.

그런데 이 도시에서 수수께끼의 돌연사를 당했으니까 자칫하면 국제 문제로 발전하여 이 도시가 속한 나라도 불리한 입장에 처한다던가.

영주 아저씨랑 부하 아저씨랑 둘이 난처한 표정으로 상의하더라고요.

앗~ 죄송해요.

저 때문에 괜히…….

그러나, 하지만! 후회는 하지 않는다!

받았으면 돌려줘야지!

그게 나의 규칙!

뭐, 못난 아저씨 한 명 죽었다고 무슨 큰 문제가 일어나겠어?

그렇게 생각했던 때가 제게도 있었습니다.

아저씨가 죽고 나서 며칠.

사태는 내가 예상하지 못한 방향으로 굴러가고 있었다.

전쟁 준비 중 Now.

어째서?!

대체 왜?!

끊임없이 이 도시로 모여들고 있는 병사들이며 기타 등등.

병참도 대량으로 운반되는 꼴에서 한판 붙어보자 분위기가 풀풀 풍긴다.

완전히 전쟁 벌일 의욕이 한가득이네요.

유일하게 머리를 쥐어 잡고 있는 사람은 이 도시의 영주.

영주로서는 전쟁을 어떻게든 회피하고 싶은 눈치였지만 그 바람이 허망하게도 전쟁 일직선 무드.

게다가 엄청나게 사기가 높다.

대체 왜 이렇게 된 걸까요~?

나는 관계없지만~.

응. 관계없을 거야.

신수님을 공격한 발칙한 놈들이다, 해치워버려라, 요런 목소리는 들리지 않아.

안 들린다면 안 들리는 줄 알아.

어휴, 맙소사~.

전쟁까지 벌어진 이유는 아무래도 내가 그 아저씨를 죽여버린 게 원인 같았다.

아저씨의 나라, 오우츠 국이라는 것 같던데, 그 나라랑 이 도시가 속한 사리엘라 국이라는 나라는 원래부터 사이가 안 좋았다던가.
종교의 차이 때문이라는데 자세한 사정은 모르겠다.
그런데 오우츠 국의 높은 사람이 죽어 나갔고—.
원인은 나.
그냥 평범한 마물에게 습격당해서 죽었다면 뭔가 손쓸 방법이 있었겠지만, 나는 현재 사리엘라 국 내부에서 신수님 대접을 받고 있잖아.
댁의 신수가 우리나라 사람을 죽였으니까 책임지쇼!
웃기는 소리, 그쪽이 먼저 신수님한테 손을 대지 않았냐, 앙?
어엉? 붙자는 거냐, 인마?
좋다, 이놈아. 따라 나와!
요런 느낌의 대화가 두 나라 사이에서 오고 가더라고.
뭐, 물론 저렇게 양아치 같은 말투는 아니었지만 농담 싹 빼고 요약하면 저런 느낌이었거든…….
핫핫하~.
바보 아니야?
그런 이유로 전쟁 벌이지 말라고.
왜 그러는데! 별일 아니잖아!
전쟁 벌이는 동기가 너무 소소해서 컬처 쇼크라고!
성질 참 난폭하다는 수준이 아니잖아.
전쟁이거든?
살짝 시비 좀 붙었다고 벌여도 되는 거야?
뭐, 외부인 주제에 내가 할 말은 아닐 수도 있고, 말해 봤자 아무 소용 없겠지만.

완전히 무관계자는 아니니까 뭐라고 할 말이 없네.

아니, 따지고 보면 나는 당사자인데도 외부인을 겸하는 미묘한 입장이구나.

으음~.

어떻게 할까.

아니, 전쟁을 벌이고 싶으면 좋을 대로 하시든가요. 휙 신경 끄고 싶어도 내가 원인으로 일어나는 거라서 살짝 미묘한 기분이거든.

아, 응.

알고는 있어.

분명 원인을 만든 건 나지만 결국 단순한 구실에 지나지 않는다는 걸.

돌이켜 보면 나를 자국으로 빼돌리는 중요한 임무를 못난이 아저씨한테 맡길 리가 없잖아.

그 아저씨, 아무리 생각해도 뭐든 문제를 일으키라고 이 나라로 보낸 버림패였거든.

뭔가 일어나면 구실을 잡아서 사리엘라 국을 침공한다.

미리 시나리오를 만들어 놓고 보냈겠지.

그 증거로 전쟁을 회피하기 위해 노력하던 영주가 도중에 포기했는걸.

오우츠 국에 이미 병력이 집결하는 중이라던가.

게다가 오우츠 국 한 곳뿐 아니라 동맹국 병사들까지…….

벌써부터 의욕이 가득이랄까.

맨 처음부터 전쟁을 벌이겠다고 작정하고 나선 상대한테 어떤 소리를 한들 전쟁을 회피하기는 불가능하겠지.

나는 전쟁을 개시하기 위한 미끼로 이용당했고…….

짜증!

전쟁을 어딘가에서 멋대로 벌인다면야 그러시는가요~ 쓱 넘기겠지만, 거기에 이용당하는 건 왠지 짜증이 솟구친다.

으음. 이 짜증을 어디에 쏟아 낼까.

그렇게 고민하던 중, 어라? 전쟁에 참가해버리면 되지 않나? 문득 번뜩이는 발상.

그렇잖아, 나를 미끼로 쓴 건 오우츠 국.

이번에 사리엘라 국과 전쟁을 벌이는 상대.

나는 신수님답게 사리엘라 국을 지키기 위해 전쟁에 참가하는 거지.

응, 아무 문제도 없네.

게다가 전쟁이 벌어지면 당연하게도 인간을 잔뜩 죽일 수 있잖아.

인간은 경험치가 마물보다도 풍부.

쏠쏠하다, 대단히 쏠쏠하다.

그렇게 생각하면 전쟁이 자연스레 경험치덩어리로 보이네?

마왕에게 대항하기 위해서는 아직도 내 힘은 많이 부족했다.

그 차이를 조금이라도 줄이기 위해 경험치를 잔뜩 벌어 둬서 나쁠 일은 전혀 없었다.

게다가 전쟁에서 활약하면 사리엘라 국 안에서 내 명성도 더욱더 높아진다.

생각하면 생각할수록 좋은 일이 잔뜩이라는 생각이 드는걸.

내가 여기에서 떨어져 있으면 엘프가 뭔가 행동을 벌일지도 모르겠지만, 뭐, 그건 그거고.

출발하기 전에 이 도시에 있는 엘프를 조용히 처리하고 가면 되는 거고.

완벽.

그야말로 완벽한 계획.

못된 표정으로 계획대로! 이렇게 한마디 읊고 싶어진다.

~~후후후~~.

결정을 내렸으면 망설이지 말라.

전쟁판으로 쓱 달려가볼까.

그런 느낌으로 찾아왔습니다, 전쟁터 현장입니다!

어디를 둘러봐도 사람, 사람, 사람, 사람의 파도로군요!

이 광경을 제 모자란 머리로 표현하자면 여름과 겨울에 열리는 일본의 자랑, 코믹 어쩌고저쩌고하는 전쟁터가 떠오른다고 설명드리죠!

참고로 나는 그 전쟁터에 참가한 적이 한 번도 없답니다!

의외라고 놀랄지도 모르겠지만, 내가 그렇게 사람으로 붐비는 곳에 갈 수 있다고 생각한 건가요?!

보나 마나 사람의 파도에 취해서 쓰러질 텐데!

그런고로 나는 현재 쓰러지기 직전!

이상, 중계 마칩니다!

……쓰러져도 될까?

아니, 진지하게.

병사들이 이동을 개시하길래 몰래 따라가봤더니 있어, 있더라고, 사람이 잔뜩.

완전 무장한 사람이 와글와글.

척 봐서 정확히 얼마나 많은 사람이 모여 있는지는 잘 모르겠지만, 양군 모두 만 단위의 군세를 동원했다.

뭐가 이리 많아?

예지 님의 탐지를 발동시켜서 보다 정확한 수를 산출했다.

사리엘라 국 측 42,000.

오우츠 국 연합 측 53,000.

그래, 그래~.

세키가하라 전투의 절반쯤 되는 규모구나.

핫핫하~.

뭐 이리 많아!

이게 현실이야?

이게 나를 미끼로 쓴 전쟁이라고?

그야말로 총 전력이라는 느낌으로 위험한 분위기가 흘러나오는뎁쇼.

아, 왠지 위장이 아픈 것 같은데 착각인가?

거미한테 위에 해당하는 기관이 있는지는 잘 모르겠지만.

으엑~.

왠지 상상했던 전쟁보다 몇 배나 더 큰 규모인데요.

그게, 이렇게 좀 조촐하고 아담한 옥신각신을 상상했었는데 뚜껑을 열어보니까 이런 꼴.

뭐라고 할까, 분위기 보다가 전쟁터에 난입해서 이얏하~ 예정이었던 게 여기에서 그걸 저질렀다가는 엄청나게 분위기 파악 못하는 녀석 취급을 받을 거 아냐.

어떻게 할까.

게다가 사람이 이렇게 잔뜩이면 진지하게 쓰러질 것 같은데.

이제라도 돌아갈까~.

그렇게 진심으로 고민하던 때에 양군이 전진을 개시.

전투의 함성이 멀리 떨어져 있는 내 몸을 찌르르 떨리게 했다.

괴, 굉장하다.

엘로 대미궁에서 이런저런 마물과 싸워 왔었지만 이렇게 인간끼리의 대규모 전쟁을 현장에서 직접 보는 건 처음.

스테이터스로 보자면 여기에 참가하고 있는 인간은 나보다 월등하게 아래이지만, 그럼에도 이만한 인원수가 모여 있으니까 박력이 달랐다.

양군이 맞부딪친다.

이대로 지켜보기만 하면 사리엘라 국은 패배한다.

병력의 수가 부족했다.

인간의 스테이터스 차이가 얼마나 되는지 모르겠지만, 단순히 인원수의 차이로 보자면 사리엘라 국의 패배가 훤히 내다보였다.

그런 데다가 전장으로 삼은 장소는 탁 트인 평야.

양군은 진형도 뭣도 갖추지 않고 마냥 정면으로 부딪치고 있었다.

척 보는 느낌으로 인원 차이를 뒤집을 만한 요소가 사리엘라 국에는 없었다.

후방에서 마법 공격이 화려하게 전장에 꽃을 피웠지만 그 규모도 오우츠 국 연합이 유리해보였다.

이대로 흘러간다면 사리엘라 국의 패배.

끄응.

여기에서 사리엘라 국이 패배한다면 굉장히 엄청나게 귀찮아질 것 같단 말이지.

오우츠 국은 절대로 나를 방관하지 않을 테고…….

전쟁의 미끼로 이용하기도 했고, 내세운 명목 때문에라도 아무것도 안 하는 일은 절대로 없다.

어떤 형태로 접촉할지 그것까지는 아직 모르겠지만 지금껏 누렸던 대로 존경받는 방식은 아닐 것 같아.

귀찮다. 엄청나게 귀찮다.

그 귀찮음을 회피하기 위해서는 사리엘라 국의 승리가 가장 간편한 해결책.

응. 꾸물꾸물할 상황이 아니었네.

에잇! 그래, 간닷!

여자는 배짱! 사람 눈을 신경 쓰면 지는 거다!

번쩍 뛰어서 양군이 격돌하고 있는 중간쯤의 공중에 자리 잡았다.

내 모습을 발견한 사람들이 위를 올려다보지만 신경 안 쓴다, 신경 안 쓴다!

신경 쓰면 진짜로 지는 거야!

주로 내가 기절한다는 의미로!

마법을 오우츠 국 연합의 군세를 향해 발사.

광범위 어둠 속성 공격 마법이 오우츠 국 연합에 꽂혀 들면서 단 번에 섬멸했다.

오오.

지금 일격으로 3천 명쯤 죽지 않았나?

오우츠 국 연합군의 진지에 사람 없는 공간이 떡하니 만들어졌다.

쥐 죽은 듯이 조용해지는 전장.

누구 할 것 없이 모두가 나를 올려다본다.

……저질렀나요?

위력이 좀 과했나?

땀나는 정적이 주변을 감쌌다.

정적 속에서 나한테만 연달아 들리는 레벨 업 소리.

역시 인간은 경험치가 많았다.

지금 한 방으로 레벨이 꽤 여러 번 올랐다.

내심 식은땀을 흘리면서 다음에는 어떻게 할까 고민하는 내 귓가에 정적을 깨는 소리가 울려 퍼졌다.

오우츠 국 연합군의 병사가 도망치고 있었다.

한 명이 도망치니까 곧바로 전염된다.

앞다퉈서 도망치는 병사들.

그때 퍼뜩 정신을 차린 것은 사리엘라 국의 병사들.

무방비하게 도망치는 오우츠 국 연합군의 병사를 허둥지둥 추격하러 나섰다.

대혼란.

일부는 우수한 지휘관 덕분인지 근근히 버텨 냈지만 그래도 전황은 단번에 사리엘라 국이 유리해졌다.

……계획대로!

그렇다고 치고 넘어가자. 응, 넘어가자.

내 일격으로 오우츠 국 연합의 전의를 좌절시키고 사리엘라 국을 승리로 인도한다.

당연히 그런 시나리오였거든!

그런고로 나는 여기에서 퇴장하도록 하자.

이 이상 주목의 시선을 뒤집어쓰는 건 정신 건강에 좋지 않아.

여기까지 전황이 기울어졌는데 설마 도로 역전당하지는 않겠지.

나는 한발 먼저 돌아가서 개선하는 병사 여러분을 기다려드릴게.

그렇게 생각하고 전이를 발동하려고 했다.

그런데 문득 내가 전이하기 전에 다른 무언가가 내 눈앞으로 전이해 오는 것이 감지됐다.

무언가가 온다.

방금 전하고는 다른 의미로 내심 식은땀을 흘렸다.

이 전이의 느낌에는 기억이 있었다.

엘로 대미궁 중층에서 화룡을 쓰러뜨린 직후에 마주쳤던 인물.

새카만 남자.

이런 타이밍에 뭘 하러 오는 거지?

하지만 내 예상은 배반당했다.

게다가 최악의 형태로―.

"한창 재밌을 때 미안해."

전이해 온 소녀는 그렇게 친근하게 말을 건넸다.

"일단 한 번 죽어줄래?"

생긋 웃고는 사형 선고를 내린다.

머릿속에 최대의 경보가 울려 퍼졌다.

당연했다.

눈앞의 상대는 지금까지 줄곧 나를 도망쳐 다니게 했던 존재.

마왕 아리엘이 그곳에 있었다.

단장 마왕과 관리자

오랜 세월을 살아오면서 죽을 뻔한 경험은 몇 번이고 겪었다.

그렇지만 이토록 불길한 상대와 싸운 적은 없었다.

내 부하 퀸 타라텍트에게서 구원 요청을 받고 처음으로 그 존재를 알았다.

권속 지배를 통해 퀸 타라텍트가 전해준 정보로는 자신이 낳은 새끼 중 한 마리에게 역으로 잡아먹힐 위기라고 했다.

무슨 영문이냐고 의문스럽게 여겼지만 상당히 절박한 기색을 내비치는 퀸의 태도 때문에 예사롭지 않은 사태임을 느꼈다.

마왕으로서 활동을 시작하는 중요한 시기였다 해도 소중한 권속의 부탁을 거절할 수는 없었다.

즉시 퀸이 있는 엘로 대미궁으로 가서 본인에게 상세한 상황을 들었다.

그 때문에 나는 곤혹스러운 지경에 빠지게 된다.

상대는 미리 들었던 대로 퀸이 낳은 새끼.

다만 퀸의 거처를 벗어난 뒤 독자적인 진화를 거쳐서 지배를 벗어나버렸다고 한다.

이런 특이 사례는 처음이었다.

하지만 절대로 불가능한 사태도 아니었다.

시스템의 버그는 요즘 들어 적어졌다고 하지만 가동 당초에는 그런대로 많았다.

이번 건도 그 버그의 일종이라고 판단하고 이상 개체 하나만 처치하면 전부 다 수습되겠거니 생각했다.

사태를 너무 쉽게 봤다.

독자적인 진화를 이루어 봤자 대단한 건 없다고 얕보고 말았다.

그게 잘못된 판단임을 깨달은 때는 거의 곧바로—.

나는 퀸이 내게 구원 요청을 보냈던 의미를 제대로 이해하지 못했던 거다.

"찾았다."

그 녀석을 발견했을 때 나는 그 녀석이 예상했던 이상으로 위험한 존재라는 사실을 통감했다.

『감정이 방해되었습니다』

즉시 감정한 결과가 모든 것을 여실하게 대변해줬다.

감정을 방해할 수 있는 자는 지배자뿐.

지배자 스킬을 지닌 데다가 시스템과 연관이 있는 지배자.

퀸마저도 이르지 못했던 지배자의 지위에 그 이분자는 이미 다다랐다.

"만나서 반가워. 할머니야."

농담을 건네면서 우호적인 태도로 접촉했다.

"미안하지만 본론만 말할게. 퀸한테 하는 공격을 멈춰줄래?"

그렇게 묻자 그 녀석은 고개를 기울인 다음 다리를 좌우로 흔들었다.

거절.

고개를 기울이는 동작은 어째서 그런 짓을 해야 하는지 수긍할 수 없다는 표시일까?

"그렇구나. 그러면 어쩔 수 없겠네."

지배자를 진영에 끌어들이자는 생각도 아주 없지는 않았다.

하지만 이 녀석은 내버려 두면 위험하다고 확신한다.

상대가 거부하겠다면 여기에서 처단할 수밖에…….

"그럼 짧은 만남이었지만, 잘 가."

팔을 휘둘러서 몸을 깨부수고 날려 보냈다.

지배자라고는 해도 태어난 지 그리 오랜 시간이 흐르지 않은 개체.

내 공격을 견딜 리 없다. 그 녀석은 맥없이 죽어버렸다.

분명히 죽었을 텐데.

하지만 퀸은 여전히 공격받고 있었다.

혼을 침식하는 방식의 스킬로는 불가능한 공격.

이미 죽었을 텐데도 공격이 멈추지 않았다.

어떤 수를 썼는지 모르겠지만 그 녀석은 죽지 않았다.

그다음부터는 술래잡기.

전이 마법을 자유자재로 활용하는 이분자를 상대로 압도적으로 불리한 상태에서 이리저리 쫓아다녔다.

게다가 그 이분자에게서 아무래도 이쪽의 행동을 꿰뚫어 보는 낌새가 느껴졌다.

그런데도 이쪽은 권속 지배를 갖고 있는 퀸으로도 대략적인 위치밖에 파악할 수 없었다.

절대로 따라잡지 못하는 술래잡기만큼 허망한 짓은 없었다.

쓸데없는 노력이라고 알고 있는데도 멈추지 못했기에 터무니없이 피로했다.

그러던 중 퀸의 부하뿐 아니라 내 부하인 퍼펫 타라텍트까지 희생됐다.

이 이상 그 녀석과 교전을 계속하는 것은 위험.

그럼에도 불구하고 제일 중요한 퀸은 공격에 계속 노출되어 있었고 도망치기도 불가능했다.

그리고 퀸이 죽었다.

도중부터 그렇게 되리라고 각오는 했었지만 실제로 부하 중 하나를 잃어버리게 되자 마음에 구멍이 뻥 뚫렸다.

오랜 세월을 함께 싸워 왔던 권속 중 하나를 잃어버렸다.

그 상실감은 컸다.

나는 퀸이 사라진 엘로 대미궁 최하층으로 갔다.

최하층의 어디를 찾아봐도 퀸은커녕 시체조차 없었다.

영혼이 떨렸다.

오래도록 느낀 적 없었던 강한 분노가 마음을 불살랐다.

용서 못 한다.

절대로 용서 못 한다.

퀸에게 작용하던 혼의 침식이 나한테까지 엄니를 드러내고 있는 상황하고는 관계없이 그 녀석은 처단할 테다.

다행히 퀸 때보다 공격의 위력은 낮았다.

다 죽어 가는 나의 영혼으로도 견딜 만했다.

『꽤 고전하는가 보군.』

최하층에서 내게 염화로 말을 건네온 자는 지룡(地龍).

이 지역의 수호를 명령받은 지룡의 수장, 지룡 가키아.

등 뒤로 이 지역에서 머무르는 지룡 중에서도 강력한 녀석들을 거느리고 있었다.

그리고 놈들에게서 적대적인 의사가 느껴졌다.

“뭘 하려는 걸까? 너희들이 내게 간섭할 작정이라면 협정 위반이라고 생각하는데?”

『그것은 우리의 주인과 귀하 사이에서 체결된 약정. 우리는 주인의 명령이 있다면 그에 따르겠지만, 공교롭게도 귀하와 적대하지 말라는 지시를 들은 적은 없군.』

지룡의 주인, 규리에를 머릿속에 떠올렸다.

아무래도 규리에는 부하 단속을 할 줄 모르나 보다.

“궤변이네. 그래서 뭐? 주인의 의향을 저버리면서까지 나랑 적대하는 이유는 뭔데?”

『옛것은 슬슬 도태되어야 한다고 생각하지 않나?』

“무슨 뜻이야?”

『새로운 바람이 불고 있다. 태고의 신수여. 이제 슬슬 우리 같은 옛것은 세계에서 퇴장해야 하지 않겠나?』

이 녀석이 말하는 새로운 바람 어쩌고는 그 이분자를 두고 하는 말일까?

“웃기는 소리네. 그럼 새로운 자한테 전부 맡기겠다고? 여태 맡긴 결과가 지금 상황이잖아. 그래, 나 같은 옛 존재가 굳이 설치고 다

녀야 될 만큼 말이야."

그렇다면 농담이 아니다.

이 녀석들은 그 이분자가 태어난 이유를 알고 있을까?

어떻게 생각해도 그런 이분자가 자연 발생할 리 없었다.

모종의 이유가 있어서 태어났다고밖에 생각되지 않았다.

이 녀석들은 이유를 알고 있는 거야?

『태고의 신수여. 귀하가 어째서 그자를 노리는지 우리로서는 이해되지 않는다. 이해가 되지는 않지만 귀하가 궁지에 몰렸다는 것은 헤아릴 수 있군. 그자가 귀하를 궁지로 몰았다는 것인가? 아니면 전부 다 우리의 착각인가?』

확정.

이 녀석들은 그 녀석의 존재를 알고 있다.

알고 있으면서도 기대하고 있다.

그런 존재에게…….

『그자는 우리의 동포를 격파한 강자. 이제 와서 귀하가 개입하여 섣불리 해쳐도 되는 존재가 아니다.』

"용종(龍種)은 이렇다니까."

용종, 특히 지룡종은 강함에 무게를 두고 강자에게는 누구라 해도 경의를 보낸다.

자신들의 동족을 도륙한 상대라 해도…….

『강자라 함은 그것만으로도 귀중한 존재. 그자는 특히 단기간 만에 우리의 동포를 격파하는 경지에 올랐다.』

귀중하다?

그게?

"맙소사~."

입을 뚫고 나온 말.

그 말에 나 자신이 허를 찔렸다.

내가 지금 뭐라고 말했지?

자신의 사고에 마치 다른 사람의 사고가 흘러들고 있는 듯한 기묘한 감각.

분명하게 침식당하고 있다.

내 영혼에 공격을 펼치고 있는 그 이분자는 착실하게 나를 안쪽에서부터 좀먹고 있었다.

내가 잡아먹히고 있다.

폭식을 관장하는 내가.

그 사실을 깨닫고 나도 모르게 머리를 아무렇게나 막 긁고 쥐어뜯었다.

"그래서? 결국 너희들은 물러날 생각이 없다는 거지?"

난폭하게 내뱉은 이유는 솟구치는 초조함을 토해버렸기 때문이다.

『물론. 스러져야 하는 옛것에는 우리도 포함된다. 태고의 신수를 잠시나마 저지하는 것. 더할 나위 없는 유종의 미를 장식하는 데 적합한 무대일 테지.』

"제멋대로 도취되든지 해. 나는 단지 모든 것을 물어 찢을 뿐이니까."

꺼낸 말은 반드시 실행한다.

나는 지룡 놈들을 물어 찢기 위해서 한 걸음 내디뎠다.

그게 벌써 꽤 오래전의 일.

낮도 밤도 없는 미궁 안에서는 시간 감각이 마비돼버리기 때문에 싸우기 시작하고 나서 얼마나 긴 시간이 지났는지 모르겠다.

『훌륭하다.』

지룡 가키아가 쓰러졌다.

"내가 할 말이거든?"

훌륭했다.

압도적인 전력 차에도 아랑곳하지 않고 가키아를 필두로 한 지룡은 나를 저지해 냈다.

현재도 교전 중인 특수한 상대를 빼면 직접 대결에서 이토록 애를 먹은 경험은 꽤 오랜만이었다.

『여한은 없도다.』

가키아의 눈에서 빛이 사라졌다.

오랜 시간을 살아왔던 용이 그 생애를 마쳤다.

털썩 쓰러진 가키아의 주검을 바라본다.

가키아하고 별다른 교류를 나눈 적은 없었다.

하지만 옛 시대부터 존재했던 용이 멸망했다는 사실에서는 뭐라 말할 수 없는 감상 비슷한 것이 느껴졌다.

또 하나, 옛 존재가 사라졌다고…….

그게 내 손으로 이루어진 일이라면 더더욱.

시시한 감상을 떨쳐 냈다.

지금의 내게는 반드시 완수해야 하는 사명이 있었다.

우선은 가키아의 주검을 먹어 치우고 그다음 다른 지룡도 먹어야 한다.

최하층을 이리저리 뛰어다닌 탓에 도중에 탈락했던 용의 주검은 군데군데 흩어져버린 상태였다.

귀찮지만 회수해서 꼭꼭 먹어 치워야지.

식사를 남기는 것은 내 가치관에 반한다.

잠깐.

이상한데.

나한테 그런 가치관이 있었던가?

응~?

뭐, 괜찮겠지.

아니.

괜찮지 않아.

이래서는 괜찮지 않아.

사고가 과거의 자신으로부터 상당히 동떨어졌다.

뭔가가 내 영혼과 뒤섞여 있다는 감각.

전투를 처음 시작하기 전에도 느꼈던, 그 이분자 때문에 발생한 혼의 침식.

그게 전투의 와중에 꽤 진전된 것 같았다.

그럼에도 불구하고 위화감이 있었다.

지룡들과 싸우기 전에는 공격받고 있다는 감각이었지만 지금은 융합됐다는 감각으로 바뀌어 있었다.

하나가 되려고 하고 있다.

좋은 일인지 나쁜 일인지 판단이 되지 않았다.

다만 그 이분자가 어떠한 존재인지에 대한 기억의 일부가 내게도 흘러들어 왔다.

이세계, 전생, 그리고 이쪽 세계에서 벌인 생존기.

부분부분이기는 하지만 그 이분자가 어떠한 경위로 퀸에게 대항했는지 사정은 이해할 수 있었다.

이해된다고 용서할 생각은 털끝만큼도 없지만…….

지금의 내 상태를 잘 모르겠다.

나는 나 자신이어야 하는데도 내가 아닌 무언가가 조금씩 섞여 있는 탓에 내가 아닐지도 모르겠다는 생각이 솟구친다.

기분 나빴다.

그런데도 문제없이 나로서 기능하고 있다.

나는 이미 자신을 제대로 유지하고 있는지조차 알지 못했다.

그런데도 그다지 불안하지 않았다.

뭐, 어떻게든 되겠지~ 이런 느낌으로 무사태평한 사고밖에 솟지 않았다.

드디어 성격까지 침식에 의해 바뀌었는지도 모르겠다.

나는 나 자신이어야 한다고 생각할 뿐 이미 다 잡아먹혔는지도 모르겠다.

그렇다 해도 뭐, 어때, 라고 생각해버리는 자신이 스스로도 무서웠다.

고민만 해 봐야 소용이 없다.

아무래도 나의 내면에 지룡을 먹지 않는다는 선택지는 없는 듯했다.

실제로 배가 고프기도 했고 폭식의 효과를 생각하면 먹는 쪽이 좋은 건 사실이었다.

그렇다면 망설일 필요는 없었다.

"잘 먹겠습니다."

"잘 먹지 마라."

혼잣말에 대답이 돌아왔다.

고개를 돌려 본 곳에서는 규리에가 난처한 얼굴을 하고 서 있었다.

검은 남자, 관리자 규리에디스트디에스.

이 세계의 시스템을 관리하는 신의 한 사람.

"그래, 지금의 너는 어느 쪽이지?"

규리에의 물음에 나는 고민했다.

"규리에가 보기에는 어느 쪽 같아?"

고민한 끝에 오히려 되물어야 했다.

질문을 질문으로 답하는 형태였지만 어쩔 수 없었다.

규리에가 물은 질문의 대답을 나 자신도 알 수 없었으니까.

"둘 다이기도 하고 둘 다 아니기도 하군. 지금의 너는 지나치게 섞인 탓에 어느 한쪽이라고 짚어서 말할 도리가 없는 상태다. 다만 아무래도 의식은 아리엘 쪽에 가까운 듯싶군."

"아~, 역시 그렇구나."

쓴웃음을 지으면서 머리를 긁었다.

예상은 이미 하고 있었지만 새삼 다른 사람에게 지적당하니까 그렇구나~ 라는 기분이었다.

"말버릇은 그것에게 좀 더 가깝군."

"동감. 참고로 말해주자면 사고방식도 그쪽에 가까운 것 같네."

안 그러면 이렇게 낙관적인 기분이 들지는 않을 테니까.

이전까지의 나는 신중하고 소심한 성격이었다.

내가 나 자신이 아니게 되어 가는 심각한 체험을 현재 진행형으로 하고 있는데도 아직껏 정신적으로 무너지지 않았다는 것이 좋은 증거였다.

"그래서 이제부터 너는 어쩔 셈이지?"

"모르겠어."

정말로 모르겠다.

이렇게까지 혼이 뒤섞여버린 상태에서 상대의 본체를 쓰러뜨려도 이미 뒤늦은 일이겠지.

그리고 최대의 문제는 정작 본체를 쓰러뜨릴 수단이 내게는 떠오르지 않는다는 점이었다.

쓰러뜨려도 수수께끼의 부활로 되살아나는 데다가 애당초 전이를 갖고 있기 때문에 포착하기도 쉽지 않다.

전에는 접촉해서 전투까지 벌였지만 단지 운이 좋았을 뿐. 그리고 본체가 좀 바보라서…….

술래잡기를 해도 잡을 수 없고 설령 잡는다 해도 쓰러뜨릴 수 없다.

쓰러뜨린다 해도 이미 이전의 나로 돌아가지는 못하겠지.

이 이상 침식이 진행되지 않는다는 보장마저도 없었다.

사면초가였다.

"솔직히 나는 이제 두 손 들었어. 내가 나로 남을 수 있을지는 반반쯤 되겠지만, 그렇게 남은 나를 나라고 해도 될지는 잘 모르겠네.

그런 의미로 아리엘이라는 존재는 이미 변질돼서 사라졌다고 말할 수 있을 거야."

죽었다고, 그런 표현까지는 하지 않는다.

내게는 또렷하게 아리엘의 기억과 의지가 남아 있었다.

하지만 사고방식은 예전과 달랐다.

이런데도 과연 나라고 부를 수 있을까?

대답이 나오지 않는 난제였다.

"규리에, 전생자가 뭐야?"

대답이 나오지 않는 난제는 제쳐 놓고 나는 규리에가 알고 있을 문제를 물었다.

"관리자 D에 의해 이 세계로 초대받은 손님, 이것이 가장 적당한 표현이겠군."

"초대받았다고? 흐음?"

그 인식에는 대단히 반대하고 싶었다.

관리자 D라는 존재에 대해서 나는 규리에한테 전해 들은 것밖에 알지 못했다.

규리에를 상회하는 거대한 힘을 지닌 신이라고…….

그 신이 이런 시기에 다른 세계에서 굳이 새로운 혼을 맞아들였다.

진짜 이유는 지룡 가키아가 말했던 것처럼 이 세계에 새로운 바람을 불러들이기 위함이 아니었을까?

멸망으로 향하고 있는 이 세계를 바꾸기 위해…….

"뭐, 관리자 D의 의도가 뭐든 간에 내가 알 바는 아니야. 뒷수습은 스스로 한다. 그게 전부니까."

나는 그 이분자와 다시 한 번 싸우겠다.

단지 그뿐.

"규리에가 보기에 내가 남을 가능성을 어느 정도라고 봐?"

"반반이로군. 혼의 분리는 내 손으로도 이미 불가능한 수준에 이르렀다. 어느 쪽이든 모종의 형대로 너라는 존재는 남겠지만, 그것이 어떠한 형태가 될지는 나로서도 상상이 되지 않는군."

"그래."

"아무래도 너의 영혼에 달라붙어 있는 쪽도 자신의 의사로 융합을 멈출 수 없는 지경에 이른 듯하다. 어느 쪽의 사고가 바깥으로 나올지도 모르겠군. 어쩌면 섞이고 섞인 끝에 전혀 다른 존재로 전락할 가능성마저 있다."

그렇게 되지 않기를 기원하자.

되도록이면 남고 싶다는 마음도 있고 저항할 만큼 저항해야지.

"그렇군. 그럼 내 부하가 폐를 끼친 위자료다. 그것이 있는 곳으로 보내주마."

뜻밖의 제안이었기에 순간 어리둥절하고 말았다.

"괜찮아? 관리자가 대놓고 편을 들어줘도 돼?"

"괜찮지는 않지. D에게 관리자는 손을 대지 말라는 말까지 들은 상태다. 나는 간접적이라 해도 전생자를 궁지에 몰았다는 탓에 D에게 제재를 당할 수도 있겠군."

아무래도 나를 거들어주는 것은 규리에한테도 상상 이상으로 위험한 다리를 건너는 행위 같았다.

"그러면……."

"그렇다 해도 옛 친구의 딸을 도와주고 싶어서 말이다."

내 말을 가로막고 규리에는 결연하게 단언했다.

"멋 부리시네. 왜 그 단호한 구석을 사리엘 님한테는 발휘 못하는 거야."

"마음대로 말해라."

규리에가 전이 마술을 전개했다.

"살아서 돌아오도록."

"노력해볼게."

승리하든 패배하든 간에 내가 나 자신으로 남을지 어떨지도 모르는 상태.

그렇다 해도 이기지 못하면 나아갈 수 없었다.

규리에의 전이 마술이 발동하면서 나를 다른 장소로 날려 보냈다.

날아간 곳은 어딘가의 전장.

아무래도 눈앞의 이분자는 인간을 상대로 날뛰고 있는 것 같았다.

"한창 재밌을 때 미안해."

방해해버렸으니까 어쨌든 사과한다.

"일단 한 번 죽어줄래?"

그리고 선전 포고를 했다.

아, 그러고 보니 지룡 먹어치우는 것을 잊어버렸네.

Ariel the Origin Taratect

아리엘

태고의 신수이자 마왕이며 폭식의 지배자. 진정한 정체는 거미형 마물 타라텍트종의 정점에 서는 오리진 타라텍트. 모든 타라텍트종은 그녀에 의해 탄생한 권속이자 분신이다. 또한 권속들과는 혼으로 연결되어 있다. 하지만 그중 한 개체가 이계에서 온 전생자였다는 사실로 인해 반역을 당하게 된다.

혼으로 연결되어 있다는 사실을 이용당하여 반격을 받게 됐고 혼을 잡아먹히는 전대미문의 공격에 노출되었다. 그에 저항한 결과 공격자의 혼과 서로를 잡아먹는 형태가 되어 두 혼이 뒤섞여버렸다.

6 거미 VS 마왕 VS 용사

노오오오오오오오오!

어째서 이런 일이?!

눈앞에는 나의 천적, 마왕.

마왕이 나를 습격하면서 전장은 아비규환의 파괴의 소용돌이에 휩쓸렸다.

이미 사리엘라 국이니 오우츠 국 연합군이니 구별할 것도 없이 나와 마왕의 전투의 여파 때문에 엉망진창으로 당하고 있었다.

전투?

일단은 전투.

일방적인 방어전이지만 그래도 전투는 된다.

전에 한 대 맞고 조각났을 때와 달리, 나는 마더를 흡수해서 능력치가 엄청 많이 올랐으니까.

한 방에 산산조각으로 부서졌던 그때하고는 다르단 말씀!

그럼에도 방어만 해야 되지만!

단발의 빛 마법을 마왕을 향해 날렸다.

마왕이 신룡 결계를 광역으로 펼쳐 둔 탓에 고도의 마법은 발동이 불가능한 상태.

전이도 불가능하고 그 밖의 고위 공격 마법도 발동이 어려웠다.

가능한 것은 간단한 공격 마법뿐.

그래 봤자 대부분의 속성에 무효 내성을 갖고 있는 마왕에게는 먹히지 않았다.

유일하다고도 말할 수 있는 수단은 도시에서 치료 활동 중 습득한 빛 계열의 마법뿐.

정작 빛 마법도 직격해 봤자 대미지 1밖에 안 들어가고 금방 재생되지만 말이야!

빛 탄환을 맞으면서도 개의치 않고 돌진하는 마왕의 전진을 저지하기 위해 흙 마법으로 벽을 만들어 냈다.

아무래도 원래부터 있는 지면을 조종하는 흙 계열의 마법은 신룡 결계로도 발동을 방해하지 못하는 듯했다.

흙으로 된 벽이 솟구치면서 돌진하는 마왕의 앞을 가로막는다.

하지만 그 벽이 꿀꺼덕하는 소리와 함께 소실.

마왕은 그대로 입가를 우물우물하면서 돌진했다.

꿀꺼덕, 우물우물하던 마왕이 뭔가를 삼키자 마왕의 SP가 회복된다.

방금 전부터 계속 이런 식이라고!

뭘 해 봤자 아무 의미도 없이 마왕의 SP만 채워줄 뿐!

모든 원흉은 마왕이 갖고 있는 사기 스킬, 폭식의 효과였다.

『폭식: 신에 이르기 위한 n%의 힘. 모든 물질과 현상을 포식하고 순수 에너지로 저장할 수 있다. 또한 W의 시스템을 초월하여 MA 영역의 간섭권을 획득한다』

『폭식의 지배자: 습득 스킬 「부천 LV 1」「승화」. 습득 조건: 「폭식」을 습득. 효과: HP, MP, SP의 각 능력 상승. 능력치 강화계 스킬의 숙련도를 추가 획득. 지배자 계급 특권을 획득. 설명: 폭식을 지배하는 자에게 수여하는 칭호』

요컨대 마왕은 뭐든 먹을 수 있다.

흙이든 뭐든 물질이라면 뭐든지…….

그뿐 아니라 마법처럼 아예 눈에 보이지도 않는 현상까지!

나는 마왕의 신룡 결계에 대항하기 위해 용(龍) 결계를 전개하고 있었다.

이걸로 신룡 결계를 중화해서 어떻게든 마법을 쓸 수 있는 상황으로 끌고 가려고 시도했지만 그게 안 된다.

우선 마왕의 신룡 결계에는 출력으로 뒤떨어지는 데다가 내가 펼친 용 결계를 마왕이 먹어버리기 때문이었다.

형체가 없는 현상까지 먹어서 자신의 힘으로 환원하는 능력.

안 그래도 치트나 다름없는 능력치를 갖고 있는 마왕에게 더더욱 치트 같은 스킬이 더해지니까 최강으로 보인다.

실제로 이쪽은 손쓸 수단 없음이라고!

젠장!

이딴 괴물을 상대로 대체 뭘 어쩌라고!

마왕이 팔을 휘둘러 내 몸을 콱 후려쳤다.

꾸웩?!

입에서 뭔가 액체가 나왔다!

피잖아, 바보 자식아!

내 몸은 우스꽝스러울 만큼 화려하게 뻥 날려 가서 그곳에 있었던 병사들과 함께 데굴데굴 굴러갔다.

괜히 휘말린 병사들의 몸이 다진 고기가 되어버린다.

나도 방어력이 낮았다면 같은 신세가 됐겠지.

스테이터스는 위대하다.

자신의 높은 능력치에 감사할 틈은 더 이상 없었다.

굴러가는 내게 추가 공격을 가하기 위해 마왕이 상공에서 내려왔다.

마왕의 다리를 허둥지둥 피했는데도 밟아서 구멍을 뚫어 놓은 지면이 폭발하며 또다시 여파에 휩쓸려 뺑 날려 간다.

지면에 날아 차기를 먹였더니 지면이 폭발했다.

뭔 소리를 하는지 모를 것 같은데 나도 뭔 일인지 모르겠거든.

저기요, 마왕 씨? 혹시 등장할 이야기를 잘못 찾은 거 아닌가요?

판타지스러운 이야기에 소년 만화의 등장인물이 튀어나왔다는 느낌이 들지 않으세요?

마왕이 만들어 낸 크레이터를 몸을 굴리면서 벗어났다.

이미 전쟁이 어쩌고 할 상황이 아닌 탓에 사리엘라 국의 병사도 오우츠 국 연합군의 병사도 정신없이 도망칠 뿐…….

진짜 어쩌다가 이렇게 됐담?!

나도 대미지를 먹고 있지만 그래도 이렇게 살아남을 수 있는 이유는 주위에 인간이 있으니까.

아무래도 여파로 죽어 나가는 인간 몫의 경험치도 들어오는 것 같거든.

그 덕분에 레벨 업 회복이 발생했다.

미안하오, 이름도 모르는 병사 제군들!

자네들의 죽음 덕분에 나는 살아남았소이다!

고맙소!

그렇지만 레벨 업에 의한 탈피 회복도 완전하지는 않았다.

능력치의 숫자가 너무 커진 탓에 완전 회복이 이루어지지 않았고 껍질이 벗겨질 때마다 조금이나마 빈틈이 생긴다.

게다가 이제는 어쩔 수 없이 주위에서 인간이 사라지기 시작했다.

이대로 계속된다면 레벨 업 회복도 따라오지 못하게 되고 내 패배가 결정된다.

그 전에 무슨 수를 내서 도망쳐야지!

“괴물, 내가 상대하겠다!”

초조한 내 귀에 용감한, 그렇지만 앳된 남자애의 목소리가 울려 퍼졌다.

솔직히 그런 여유는 없었는데도 왠지 모르게 신경 쓰여서 힐끗 목소리의 주인을 돌아보고 확인했다.

두 번 봤다.

어라, 왜 어린애가 이런 데 있는 거야?

뭔가 질 좋은 옷을 입었지만 장소를 잘못 찾은 듯한 아이가 그곳에 있었다.

덜덜 떨면서 검을 쥐고 내 앞으로 가로막고 나선다.

어라? 뭐지, 이게 무슨 상황?

누가 알려줘!

“용사?”

대답을 가르쳐준 것은 세상에, 마왕.

시선은 어린애한테 향하고 있다.

어안이 벙벙한 상태로 어린애를 감정.

그랬더니, 어이쿠. 이 소년은 놀랍게도 용사였다.

〈인족 LV 14, 이름: 율리우스 재건 애너레이트

스테이터스

HP: 476/476(녹)　　MP: 497/497(청)

SP: 455/455(황)　　: 401/455(적)

평균 공격 능력: 469 (상세)　　평균 방어 능력: 465 (상세)

평균 마법 능력: 488 (상세)　　평균 저항 능력: 476 (상세)

평균 속도 능력: 435 (상세)

스킬

「마력 감지 LV 10」	「마력 정밀 조작 LV 1」	「마투법 LV 9」
「마력 부여 LV 8」	「대마력격 LV 1」	「MP 고속 회복 LV 1」
「MP 소비 대완화 LV 1」	「검의 재능 LV 7」	「파괴 강화 LV 6」
「참격 강화 LV 2」	「타격 강화 LV 1」	「기투법 LV 4」
「기력 부여 LV 2」	「집중 LV 9」	「명중 LV 5」
「회피 LV 5」	「빛 마법 LV 10」	「성광 마법 LV 1」
「시각 강화 LV 9」	「청각 강화 LV 8」	「후각 강화 LV 6」
「미각 강화 LV 2」	「촉각 강화 LV 5」	「생명력 LV 9」
「마력 기관 LV 2」	「순발력 LV 8」	「지구력 LV 8」
「강력 LV 9」	「견고 LV 9」	「도사 LV 2」
「호부 LV 1」	「질주 LV 7」	「용사 LV 3」

스킬 포인트: 20

칭호

「용사」　　〉

마왕 다음은 용사냐!

어라, 근데 능력치가 이 정도면 되게 약하지 않아?

아니, 뭐, 어린애치고는 훌륭하지만 말이야.

응, 여기저기에 있는 병사들보다 훨씬 준수한 편이야.

하지만 능력치만 그렇단 말이지.

스킬이 별로 훈련돼 있지 않은 이유는 어린애라서 그런가?

아차, 침착하게 분석할 때가 아니었지!

마왕은?

어라? 어째서인지 꼬마 용사를 경계하고 있네?

왜?

기묘한 삼자 견제가 발생하면서 나와 꼬마 용사와 마왕이 서로 간에 못 움직이고 교착 상태에 놓였다.

왜 마왕이 꼬마 용사를 경계하는지 모르겠다.

살금살금 예지 님을 기동, 용사로 검색해본다.

『용사: 칭호의 숨겨진 효과, 마왕을 타도할 수 있는 힘을 일시적으로 부여』

이거구나~!

시스템의 편의주의가 납시었도다!

마왕은 이 숨겨진 효과를 경계해서 꼬마 용사에게 섣불리 손을 못 대는구나!

타도할 수 있다는 표현을 보면 확실하게 승리한다는 보장은 없는 것 같지만, 아무튼 마왕에게 대항할 패가 하나 있다는 거네!

꼬마 용사의 스테이터스는 내가 보기에는 진짜 빈약했지만 그건 마왕이 보기에도 마찬가지.

하지만 마왕은 이 아리송한 용사의 숨겨진 효과를 겁내고 있다.

그걸 이용해서 상황을 좋은 방향으로 끌고 갈 수 없을까?

어떻게 하면 좋을지 고민하면서 삼자 견제가 계속됐다.

상황을 움직인 것은 나도 아니었고 마왕도 아니었고 꼬마 용사도 아니었다.

상공에서 내리쏟아지는 거대한 화염.

어느 쪽 군이 발사했는지 모르겠지만 꼬마 용사도 나랑 마왕과 함께 처치할 작정인가?!

물론 저런 마법이 마왕의 신룡 결계를 돌파할 리 없었다.

하지만 꼬마 용사는 알지 못하는 사실이어서 시선이 상공의 거대한 불덩어리에 못 박혔다.

그 틈에 마왕이 움직였다.

마왕이 나를 목표로 마법을 발동시킨다.

위험하다!

저 마법은 위험해!

마왕이 발동시키려고 하는 건 심연 마법.

영혼마저도 소멸시키는 마법.

심연 마법은 단순한 공격 마법이 아니었다.

숨겨진 효과는 혼의 분해.

혼을 산산조각으로 깨부숴서 다음번 전생을 허락하지 않는 궁극의 처형 마법.

거기에 당하면 불사를 갖고 있는 나조차 혼이 부서져서 죽는다.

그렇다고 도망칠 타이밍도 아니었다.

나는 각오를 다지고 하늘에 운을 맡겨야 하는 수단을 취했다.

마왕이 심연 마법을 발동하면서 이 세상의 어둠 전부를 응축시킨 것 같은 암흑이 나를 덮쳤다.

차마 피할 엄두도 내지 못한 나의 몸은 어둠 속으로 집어삼켜져서 저항조차 못한 채 맥없이 소멸됐다.

S6 최악의 재회

어떻게 하면 되지?

어떻게 하면 소피아를 물리치고 승리할 수 있지?

그 전에, 어떻게 하면 소피아에게 대미지를 입힐 수 있지?

정말로 내가 소피아를 이길 수 있나?

하이린스 씨의 품속에서 고민하던 내 시선을 페이의 커다란 등이 가로막았다.

"어라? 구경은 이제 끝이야?"

소피아의 그 말로 방금 전까지 공방에서 페이가 전혀 행동하지 않았음을 떠올렸다.

용(竜) 형태인 채로는 몸이 너무 커다래서 우리와 연계를 취하기 어려우니까 손을 쓰지 않았을 것이라고 일순간 생각했지만, 그런 이유가 아닌 모양이었다.

『그러게.』

염화로 들려오는 목소리가 왠지 모르게 페이답지 않은 음색이었다.

『아무튼 항복할 테니까 목숨만 살려주지 않을래?』

그 말에 나는 차마 믿기지 않는 심정으로 페이의 등을 응시했다.

페이답지 않았다.

정말로 페이답지 않은 말이었다.

페이는 전세 때부터 그랬지만 지는 것을 싫어하는 고집쟁이였다.

싸우기 전부터 패배를 인정하는 발언을 하다니 믿기지 않았다.

그러면서도 상반된 감정이 되겠지만 동시에 왠지 모르게 페이답다는 생각도 들었다.

페이는 저래 봬도 친구를 아낄 줄 알았다.

내가 꼼짝 못하고 나가떨어지는 장면을 보고 승산 없음으로 판단해서 백기를 들었을 수도 있었다.

우리를 살리기 위해…….

"흐음."

페이의 항복 선언에 소피아는 고민하는 시늉을 보였다.

얼굴에는 흥미롭다는 미소가 떠올라 있다.

"너는 알고 있었구나. 나하고 싸우면 어떻게 될지."

『뭐, 그렇지.』

소피아의 물음에 페이는 긍정했다.

페이는 우리가 무엇을 어떻게 해 봤자 소피아를 이기지 못한다고 싸우기 전부터 알고 있었다는 뜻이다.

"감정? 그건 아니겠네. 용의 감이야?"

『비슷비슷해. 감각적인 느낌이라서 나도 남한테 설명하자면 어렵지만 말이야.』

페이는 소피아의 힘을 알고 있었다.

분명 페이는 처음 왕도에서 소피아를 본 순간 싸우지 않고 도망치는 길을 선택했다.

그때부터 승산이 없음을 알고 있었겠지.

"승산이 없는 줄 알면서도 왜 친구들을 말리지 않았던 거야?"

소피아가 당연한 질문을 꺼냈다.

『말해도 슌은 안 들어줄 테니까.』

그리고 페이가 돌려준 대답은 이보다 더할 수 없을 만큼 힘 빠지는 내용이었다.

나 때문인가?

분명 페이가 승산이 없다고 말했더라도, 그럼에도 나는 싸워야 한다고 밀어붙여서 싸우는 길을 선택했을 것이다.

그리고 그 결과는 이렇다.

페이는 이 결과를 예측해서 백기를 올릴 타이밍을 가늠하고 있었다는 것인가.

한심하다.

승산 없는 전투에 친구들을 끌어들였고, 친구가 나서서 목숨을 살려 달라고 애원하고 있다.

너무나도 한심해서 죽고 싶어진다.

“뭐야, 그게?”

소피아가 진심으로 이해 못하겠다는 듯이 의아한 표정을 지었다.

내 상황을 이해하는 동료들이 아니면 알아주지 못할 것이다.

『남자의 자존심이라는 거야.』

“흠, 자존심이라.”

페이의 말을 들은 소피아의 반응은 의외로 진지했다.

좀 더 비웃거나 바보 취급하는 반응을 돌려줄 줄 알았다.

“목숨과 긍지란 말이지? 때로는 목숨보다 긍지를 위해 싸우는 경우도 있다는 거네. 나는 그런 짓은 한 적 없지만.”

곰곰이 진지하게 중얼거리는 소피아.

"좋아. 그 긍지를 봐서 목숨은 살려줄게. 애당초 전생자는 처음부터 살려 둘 계획이었지만."

소피아가 장난질을 성공시킨 어린애 같은 얼굴로 웃었다.

저것만 보면 본래의 예쁜 얼굴 덕분인지 실로 모양이 났지만 지금의 내게는 분한 심정을 자극하는 효과밖에 없었다.

"그건 고맙군그래. 부탁한 적은 없지만."

타가와의 목소리와 동시에 메라조피스가 소피아의 발밑으로 나가떨어졌다.

몸은 이미 너덜너덜한 상태.

그런데도 상처에서는 피가 아니라 검은 아지랑이 비슷한 것이 나오고 있었다.

"어머나? 혹시 진 거야?"

"드릴 말씀이 없습니다."

메라조피스가 쓰러지고도 공손하게 머리 숙였다.

"본체라면 또 몰라도 분신으로 우리를 막을 수 있을 줄 알았냐?"

타가와가 지긋지긋하다는 듯 쏘아붙이면서 메라조피스를 노려봤다.

아무래도 눈앞에 있는 메라조피스는 본체가 아닌, 모종의 스킬로 만들어 낸 분신인 듯했다.

방금 전 쿠사마의 분신과는 달리 타가와와 쿠시타니 두 사람을 상대로 싸울 만한 힘을 지닌 분신을 만들어 냈다.

타가와와 쿠시타니도 멀쩡한 상태는 아니었다.

마도(魔刀)에 자전을 휘감은 타가와의 갑옷에는 군데군데 피가 배어난 곳이 있었다.

바람을 두른 지팡이를 들고 있는 쿠시타니는 부상은 보이지 않았지만 어깨를 들썩이고 있었다.

그 모습이 메라조피스의 분신과 치른 전투의 격렬함을 대변해주고 있었다.

분신 상대로 이 꼴이다.

그러면 본체는 얼마나 강하다는 거지?

"아가씨를 제대로 지켜드리지 못하는 불민한 저를 부디 용서해주십시오."

"메라조피스는 언제나 나를 지켜주고 있잖아. 불민하다니 전혀 그렇지 않아."

표정을 바꾸지 않은 채, 그럼에도 진심으로 분한 목소리를 쥐어짜는 메라조피스.

그런 메라조피스에게 이제껏 본 적 없는 부드러운 표정으로 위로의 말을 건네는 소피아.

나는 저 두 사람의 관계를 잘 몰랐지만, 그럼에도 방금 전 대화만으로 서로가 신뢰를 주고받는 주종이라는 사실은 짐작할 수 있었다.

"그렇지. 이쪽은 이제 됐어. 너는 군대의 지휘에 집중하도록 해."

"분부대로 하겠습니다."

소피아의 지시를 들은 메라조피스의 몸이 지면에 녹아드는 형태로 사라져 없어졌다.

"본체는 지금쯤 일군을 이끌고 침공 중이야. 혹시 대전을 바란다면 그쪽으로 가도 되는데?"

"그래, 나중에 그러도록 하지. 하지만 먼저 너를 쓰러뜨려야겠다."

타가와와 쿠시타니가 소피아와 대치했다.

설마 소피아와 싸울 작정인가?

타가와도 쿠시타니도 분명 강하다.

하지만 스테이터스는 나와 별반 차이가 없다고 할까, 아니, 나보다 낮은 수준이었다.

그래서는 소피아에게 승리할 수 없었다.

그 사실을 두 사람이 모를 리 없었다.

그럼에도 타가와와 쿠시타니의 눈에는 투지가 깃들어 있었다.

"페이, 미안해. 역시 포기 못 하겠어."

그런 두 사람에게 촉발된 나는 하이린스 씨의 품속에서 떨어져 일어섰다.

그렇다.

이길 도리가 없다는 건 처음부터 알고 있었다.

그때 왕도에서 도망쳤을 때부터—.

그럼에도 그때부터 쭉 고민했었다.

어떻게든 넘어서야 한다고.

승산은 보이지 않는다.

그렇다 해도 맞서 싸워야 한다.

이것은 그런 싸움이었다.

율리우스 형님이었다면 이런 때 절대로 뻔뻔하게 도망치지 않는다.

그렇다면 나도 도망칠 수 없었다.

『어쩔 수 없겠네.』

내 각오를 감지했는지 페이가 전투태세로 들어갔다.

우리가 또다시 임전 태세를 갖추는 것을 확인하고 소피아는 생긋 미소 지었다.

"흐응. 그러면 조금 더 놀아……."

"그럴 시간은 없어."

그 순간 나는 무엇이 일어났는지 이해할 수 없었다.

타가와가 피를 흘리면서 쓰러졌고 쿠시타니가 마찬가지로 지면으로 나동그라졌다.

그리고 털썩 쓰러진 두 사람의 앞에 방금 전까지는 없었던 남자의 모습이 나타났다.

그 결과를 받아들이는 데만 몇 초의 시간을 필요로 했다.

무엇이 일어났는지를 뇌가 추측하고 파악할 때까지는 더욱더 시간이 걸렸다.

남자가 위에서 떨어졌고 우선 타가와를 베었다.

타가와도 즉각적으로 막아 냈지만 방어하기 위해 내민 검과 함께, 용의 소재로 만든 마검째 베여 나갔다.

바닥으로 쓰러진 타가와의 몸 가까운 곳에 두 동간 난 마검의 칼끝이 굴러다녔다.

타가와를 베어 넘긴 남자는 그다음 쿠시타니의 머리를 한쪽 손으로 붙잡고 냅다 지면에 내동댕이쳤다.

그렇게 타가와와 쿠시타니가 전투 불능에 빠졌다.

두 사람이 고작 한순간에…….

"어머? 빨리 왔네?"

"내가 빨리 온 게 아니라 소피아가 늦은 거야."

그 녀석은 타가와와 쿠시타니를 제압한 사실은 마치 없었던 것처럼 온화한 말투로 소피아와 대화를 나눴다.

하지만 쓰러진 두 사람의 모습과 그 녀석에게서 풍기는 험악한 살기가, 방금 전에 발생한 일이 환상이 아니었음을 알려주고 있었다.

온화한 말버릇과 보기만 해도 공포를 느끼게 할 정도로 강렬한 기세는 서로 간의 괴리가 극심했다.

소피아의 기세를 강자의 여유라고 한다면 이 남자의 기세는 훤히 드러난 칼날.

“죽이지는 않았지?”

“죽지는 않았어. 다만 더 이상 시간을 들이는 건 좋지 않으니까. 잠시 입을 다물려 놓았을 뿐이야.”

다만 내가 이 남자의 등장에 놀란 이유는 그게 아니었다.

타가와와 쿠시타니를 한순간에 쓰러뜨린 전투력도 아닐뿐더러 험악한 기세에 짓눌렸기 때문도 아니었다.

나는 그 녀석이 이 자리에 나타났다는 사실 자체에 놀라고 있었다.

“음, 오랜만이네. 혹시 너무 오랜만이라서 잊어버렸어?”

남자가 고개를 돌리고 친근하게 말을 건네온다.

잊을 리 없었다.

전세의 기억은 시간이 흐름에 따라 옅어졌지만 그럼에도 그 녀석의 얼굴은 또렷하게 기억하고 있다.

나는 줄곧 이 녀석의 행방을 찾고 있었다.

그리고 선생님의 말에서 어렴풋이 각오하고 있었다.

이렇게 되지 않을까 하고—.

그것이 현실이 되어 눈앞에 나타났다.

"쿄야."

나와 카티아의 전세의 친우, 사사지마 쿄야.

그 녀석이 우리의 눈앞에 모습을 드러냈다.

소피아와 마찬가지로 관리자의 편이 되어…….

7 재생

꾸웨엑!

마음속으로 의미 불명의 비명을 질러 대면서 눈앞의 껍질을 부쉈다.

몸의 움직임이 딱딱했다.

얇은 껍질을 깨는 것마저도 애를 먹어야 했다.

가까스로 껍질을 깨고 바깥세상으로 나오는 데 성공했다.

주위를 둘러보니 그곳에는 알 비슷한 둥근 것이 잔뜩이었다.

그중 하나에서 내가 튀어나왔다.

이 세계에 전생한 직후와 비슷한 전개였지만 내 주변에 있는 알은 아직 부화하지 않았다.

다만 달그락달그락 들썩거리고 있으므로 조만간에 부화하겠지.

자, 여기는 어디냐면 엘로 대미궁의 상층과 중층의 사이.

즉 원래 나의 마이 홈이 있었던 장소.

이 장소는 이미 마더에게 알려졌던 만큼 마왕도 충분히 알 법한 곳이었지만 경황이 없어서인지 도망칠 장소로 선택하고 말았다.

그만큼 이곳은 추억이 깊은 장소였다는 뜻이다.

내가 마왕의 심연 마법으로부터 어떻게 도망쳤느냐면, 간단히 말해서 몸을 버리고 재생했다는 표현이 가장 알맞을 것이다.

제대로 설명하라고?

음. 그래도 실제로 그렇게 했는걸?

우선 내가 한 행동은 마더에게서 약탈한 산란 스킬.

이 스킬, 이름대로 알을 낳는 스킬인데 알이 부화돼서 태어난 새끼들은 권속으로 부릴 수 있거든.

내가 그 스킬을 시험해봤는데, 음, 알이잖아?

부화할 때까지 시간이 걸리더라고.

그런고로 대량 생산한 알을 엘로 대미궁의 예전 마이 홈이 있던 장소에 잘 보관해 뒀다는 말씀.

다만 이 스킬은 내가 혼자 알을 낳았다는 시점에서 알아차렸겠지만 새끼를 배고 낳는다기보다는 자신의 분신을 만들어 내는 쪽에 가까웠다.

자아를 지닌 열화 카피를 낳는 스킬.

마더에게서 태어나는 스몰 레서 타라텍트 애들은 너무 열화된 것 같지만…….

그래서 열화 카피를 낳는 스킬이니까 잘만 한다면 병렬 의사를 이식하는 것도 가능하지 않을까? 그런 발상을 떠올렸지.

아마도 그런 활용은 이 스킬의 설계에서 벗어난 방식 같지만, 나는 병렬 의사를 활용할 때 이미 스킬의 제약을 넘어서 실컷 써먹은 전적이 있잖아.

밑져야 본전이니까 시도해도 좋지 않을까 싶어서 해봤지.

솔직히 지금의 병렬 의사들은 마더의 혼을 잡아먹은 영향 때문인지 근본이 되는 나하고 의견이 어긋나기 시작한 상태였다.

뭐라고 할까, 이전까지의 병렬 의사는 어디까지나 내가 잔뜩 있다는 감각이었다.

그것도 평범한 사람이 보면 상상이 안 되겠지만 실제로 그런 느낌이었으니까 어쩔 수 없는걸.

하지만 지금의 병렬 의사는 달랐다.

왠지 내 안쪽에 다른 사람이 있는 것 같은 거북함이 느껴진다.

가능하면 쫓아내고 싶었다.

병렬 의사 스킬을 오프로 돌리면 해결되는 문제일 수도 있겠지만 정말 그랬다가는 병렬 의사를 죽이는 셈이니까 별로 내키지 않았다.

게다가 오프로 돌린 순간 내가 병렬 의사 쪽으로 끌려들어 갈 가능성도 있었다.

그리되기는 싫었다.

그런 이유로 이 알에서 태어나는 새끼들에게 병렬 의사를 이식하자고 생각했다.

이미 태어나기 전부터 권속 지배의 영향으로 혼의 연결은 만들어져 있으니까 말이야.

하려고 마음먹으면 가능할 것 같았다.

그렇지만 그걸 실행하기 전에 전쟁이 났거든.

전쟁 자체는 아무래도 좋다고 치고 왜 거기에서 마왕이 등장하는 거냐고?

맙소사~.

그래서 마왕한테 당할 것 같던 그때 번쩍 떠올랐다.

병렬 의사를 이식 가능하다면 나를 통째로 이식하는 것도 가능하지 않을까?

일부를 이식하느냐 전부를 이식하느냐의 차이밖에 없으니까.

그렇다면 전부 이식해버려서 도망칠 수도 있지 않을까?

그래서 시험한 결과 나는 이렇게 재생에 성공했다.

본래 몸은 분명 마왕의 심연 마법으로 산산조각이 났을 것이다.

그렇지만~! 나의 의사는 이렇게 다른 육체로 부활을 이루어 냈도다!

크크크.

육체는 불사 스킬로, 혼은 알 부활로. 양쪽 다 불멸!

푸하하하하! 더 이상 나를 죽이는 것 따위 불가능!

뭐, 기습적으로 심연 마법을 당하거나 하면 그때는 끝장이니까 과신은 금물이지만…….

아아~ 이런, 이런.

연습도 없는 실전이었는데 잘 풀려서 다행이지 일이 꼬였으면 지금쯤 죽어버렸겠네~.

아아~, 무서워라, 무서워라.

그건 그렇고 이제부터는 어떻게 할까.

우선은 지금 몸을 확인해야지.

내 몸은 현재 막 태어나서 따끈따끈.

그리고 또 원래 몸보다 엄청나게 작아졌다.

사람의 손바닥에 얹어도 될 만큼, 지구의 평범한 타란툴라 사이즈.

내 원래 몸으로는 마더처럼 큼지막한 알을 못 낳았던 것이 원인이다.

어쩔 수 없지. 물리 법칙으로 생각해도 자신과 비슷한 사이즈의 알을 대체 어떻게 낳으라는 거야?

마법이 존재하는 세계에서 물리 법칙이 대체 뭐냐는 소리는 안 하련다.

그런고로 내가 낳은 알은 달걀보다는 살짝 큰 크기였다.

타조보다는 작으려나?

조그마한 알에서 태어난 지금의 내 몸뚱이도 그에 따라 작아졌고…….

그럼 능력치는 어떻게 되는 거지?

풉?!

감정으로 내 스테이터스의 수치를 보고 뿜었다.

모든 능력치 3.

3.

잘못 본 게 아니라 진짜로 그냥 3.

일단 최고치는 전 수치 그대로면서 능력치의 옆에 저하 중이라는 글자.

몸이 확 바뀌버렸으니까 일시적으로 능력치가 떨어졌다는 뜻일까?

스킬은 그대로 있지만 지금 이 상태로는 전투 같은 건 어림도 없었다.

진짜 좀 위험할지도?

식사 확보마저도 만만치 않을 것 같은데?

일단 공간 마법의 공간 수납에다가 식량을 확보해 놓았지만 MP가 부족해서 마법을 발동하는 것도 불가능했다.

적어도 마법을 발동할 수준까지 최대 MP가 회복되어준다면 손쓸 방법이 생기겠지만, 그때까지는 공복으로 굶어 죽을 걱정부터 해야겠구나.

최악의 경우는 여기에 있는 알의 내용물을 먹을까?

마더도 같은 짓을 했는데, 뭘. 내 새끼지만 내가 살아남기 위해 희생시키도록 하자. 응.

뭐, 그건 최종 수단으로 남겨 두고—.

달리 취할 수 있는 수단.

있기는 있다.

다만 굉장히 위험한 도박이 되지 않으려나?

스테이터스에 기재되어 있는 내 레벨은 50.

그리고 진화가 가능하다는 문자.

진화 대상은 염원하던 아라크네.

하고 싶다. 엄청나게 진화하고 싶다.

하지만 진화하면 SP를 대량으로 소비하잖아.

지금의 내 SP는?

3이랍니다.

진화 중 굶어 죽는 것 확정.

진화가 완료되면 능력치도 원래대로 회복돼서 공간 수납으로 식량을 꺼낼 수도 있겠지만, 애당초 이 빈약한 몸뚱이가 진화를 견뎌 줄 수 있을지조차 확신이 안 선다.

그러니까 이건 도박이 되겠다.

으음. 어떻게 해야 하나.

진화에 성공하면 능력치도 회복될 테고 만사 해결인데 말이야.

정작 진화가 성공 가능한지 여부를 모른다는 이 딜레마.

진짜 어째야 하나 모르겠네~.

아차, 끙끙 고민하던 때에 공간의 일렁임을 감지.
누군가가 이곳으로 전이해 오려고 한다!
핏기가 싹 가셨다.
마왕이 나를 쫓아왔다?
그렇다면 지금의 내게 승산은 없었다.
알 부활을 하려고 해도 이곳에 있는 알을 전부 깨뜨리면 의미가 없고…….
그렇게 되면 이번에는 진짜로 죽는다.
살해당한다.
하지만 내 예상과 달리 전이로 나타난 자는 마왕이 아니었다.
공간을 넘어서 나타난 남자.
홀쭉한 몸과 일체화된 듯한 갑옷.
전신을 물들이는 흑색.
한 번뿐이지만 저 새까만 남자와 만난 적이 있었다.
엘로 대미궁의 중층에서 화룡(火龍)을 쓰러뜨린 다음 마주쳤던 남자.
그자의 정체는 관리자 규리에디스트디에스.
이 세계를 관리하는 신.
"놀*군, 정*. 설*하니 살아*을 줄이*."
아직 전부를 알아듣지는 못하지만 나도 이쪽 세계의 말을 꽤 익혔다.
벌레 먹은 부분은 상상으로 채워 넣었다.
이 녀석, 내가 살아남았다고 놀라고 있네?

아! 맞아!

마왕은 분명 공간 마법을 갖고 있지 않았는데!

그런데도 전이로 나타났다는 것은 이 녀석이 손을 썼기 때문 아니야?!

그렇다면 즉 이 녀석도 적!

"경계하* *아도 된다. 이제 와서 그대를 *치려는 의도는 **니까."

관리자 규리에디스트디에스, 길다, 규리규리라고 불러주겠어.

규리규리에게서 적의가 보이지 않았다.

일단 나를 죽일 의도는 없다고 받아들여도 오케이?

『이러면 의사가 통하나?』

불현듯 음성이 아닌 머릿속에 직접 울려 퍼지는 목소리가 들려왔다.

하늘의 목소리(일단은) 같은 느낌이었다.

게다가 틀림없이 일본어로 들리고 있었다.

나는 말없이 고개를 끄덕거렸다.

『D가 만든 스킬의 번역 기능에 간섭했다. 이걸로 내 염화가 너에게는 그쪽의 언어로 들릴 것이고, 네 말도 내게는 이쪽의 말로 들릴 것이다.』

와.

별난 기술도 있구나.

그걸 응용하면 상시 번역도 가능하지 않을까?

『참고로 이 기능은 내가 강행 수단으로 실행 중이다. 본래의 스킬 기능은 아니니 네가 따라 하기는 어려울 테지.』

아, 그렇습까.

유감이네요.

그러면 우선 묻고 싶은 것부터 물어볼까.

그렇게 생각했지만 말솜씨가 없는 나는 느닷없이 말할 기회를 준다 해도 말이 안 나온답니다!

『너는 이상하게 여겼을 테지. 내가 아리엘을 부추겼던 것을. 그런데도 이렇게 대화를 바라고 있는 것을. 우선 그 대답부터 이야기하겠다.』

아, 감사요.

이쪽의 요구를 얘기하지 않아도 헤아려주는 유능한 규리규리 님에게 감사감사요.

『나와 아리엘은 꽤 오래전부터 면식이 있었다. 깊은 인연이 있다고 볼 수 있지. 그래서 아리엘에게 단 한 번 조력을 했다. D는 전생자에게 손대지 말라고 못을 박았지만, 내가 직접 손을 쓴 것은 아니니까.』

저기요?

사람들은 그런 소리를 억지 변명이라고 하거든요?

뭐, 규리규리의 심정도 이해가 아주 안 되지는 않거든?

아는 사람이 곤란해하고 있으면 그야 도와주고 싶어지겠지.

하지만 이쪽은 그거 때문에 죽을 뻔했다고!

아, 그러셨어요, 하고 넘어갈 거라 생각 마라!

『네 분노는 지당하다. 그러니까 사죄를 대신하겠다는 것은 아니다만 이것을 받아주겠나?』

규리규리가 이공간에서 무언가를 꺼내 놓았다.

크다!

거대한 용(龍)의 시체, 게다가 한둘이 아니었다.

『너를 위해 싸운 자들이다. 너의 혈육이 될 수 있다면 여한이 없을 테지.』

규리규리의 눈에는 애수가 어려 있있다.

무슨 소리인지 의미를 모르겠지만 어쨌든 먹어도 된다는 뜻이겠지?

『내가 아리엘에게 힘을 빌려주는 것은 이번이 마지막이었다. 이후 전생자가 관련된다면 나는 간섭하지 않겠다고 맹세하마.』

오호.

참 좋은 소식이네.

그렇다면 앞으로 마왕이 느닷없이 전이로 튀어나오는 일은 없다는 거지.

예지 님의 마킹 기능으로 마왕의 위치를 상세하게 확인해 두면 이후 기습을 받을 일은 없다고 봐도 되겠다.

『이것이 개인의 감정으로 사태에 간섭한 내 나름대로의 성의다.』

음. 솔직히 받은 피해를 감안하면 수지가 안 맞는 것 같지만 어쩔 수 없네.

이 이상 뭔가를 요구해서 비위를 거슬러도 곤란하다.

『그리고 이제부터 하는 말은 나의 어리광이다.』

음?

『아리엘을 건드리지 말고 물러나줄 수는 없겠나?』

으음?

마왕을 건드리지 말아 달라고?

내가 언제는 건드렸던가?

오히려 나한테 달려드는 건 마왕이잖아.

나로서는 마더가 죽은 지금 마왕하고 연결도 끊어졌고, 이제는 좀 내버려 두라는 게 본심인데…….

『나 스스로도 염치없는 소리를 입에 담고 있다는 것은 이해하고 있다. 그러니까 네가 이 제안을 거절해도 나는 아무 항의도 하지 않겠다.』

아~ 으~ 응?

마왕을 건드린다, 건드렸다, 건드리다…….

아!

혹시 그 녀석인가?!

전직 몸 담당이었던 병렬 의사!

그렇다! 그 녀석이 지금 마왕한테 가 있었어!

홀딱 잊고 있었네!

마더를 공략하고 있는 와중에 갑자기 나타났던 마왕.

마왕에게 대항하기 위해 병렬 의사 하나가 마왕의 혼을 침식하겠다고 넘어갔었지.

그게 전직 몸 담당.

하지만 마더가 죽어서 나와 마더의 연결이 두절됐다.

그리고 마더를 경유하고 있었던 마왕도 역시 연결 고리가 동시에 끊어졌고, 그 때문에 마왕한테 출장 나갔던 전직 몸 담당은 나한테 다시 못 돌아오게 됐었다.

이쪽에서 연락할 수단도 없는 탓에 완전한 고립 상태.

전직 몸 담당이 그 후 어떻게 됐는지 잘은 모르겠지만, 아마도 규리규리의 말을 믿어보자면 고립무원의 상태인데도 분발해서 마왕과 싸우고 있는가 보다.

어째 이런 일이…….

마왕이 아직껏 나를 쫓아다니는 이유는 틀림없이 마디를 죽인 원한 때문인 줄 알았는데, 전직 몸 담당의 공격이 안 멈추니까 본체인 나를 죽이려고 했던 것인가!

그렇다면 어이쿠! 전직 몸 담당, 전부 네놈 때문이었냐!

아, 이러면 안 되지.

전직 몸 담당에 대한 분노는 잠시 접어 두도록 하자.

그 녀석도 나름대로 못 돌아오는 상황에서 죽을힘을 다해 싸워줬으니까.

일단 규리규리에게 뭐라고 대답하면 될까?

지금은 솔직하게 대답하는 편이 좋을 것 같다.

『무리예요.』

응. 무리랍니다.

전직 몸 담당이랑 연락도 못 하는 데다가 회수할 방법이 아예 없거든…….

나한테 물러나 달라고 부탁해 봤자 들어줄 능력이 없는 걸 어떡하겠어.

이러한 사정을 횡설수설하면서 전달했다.

설명하는 데 시간이 걸렸지만 용서해 달라.

나는 다른 사람과 대화만 해도 꽁꽁 얼어붙을 만큼 말주변이 없단 말이야.

『그런가. 그쪽의 사정도 모른 채 무리한 부탁을 했군. 미안하다.』

아녜요~.

이쪽도 귀중한 정보를 전달받았으니까 비긴 걸로 합시다.

이대로 쭉 도망치면 혹시 전직 몸 담당이 마왕을 쓰러뜨려줄지도 모른다는 훌륭한 정보를 넘겨줬으니까. 후후.

『한 가지 더 부탁이 있다만.』

음? 또 뭔가 있는 거야?

『앞으로 인족과 관련되지 말아주었으면 한다. 가능하다면 어딘가에서 조용히 살 수는 없겠나?』

엥?

『너와 관련된 대략의 경위는 D에게서 들었다. 이쪽 세계의 사정에 휘말린 것은 고개 숙여 사죄하마. 미안하다. 그럼에도 네가 이 세계의 흐름에 이 이상 관련되지 않기를 바란다. 무례한 요구라는 것은 충분히 잘 알고 있다. 하지만 지금의 너는 이 세계에서도 이미 손에 꼽힐 만한 힘을 지니고 있지. 네가 무언가 행동을 일으키면 무시하지 못할 커다란 물결이 발생한다. 그리된다면 이세계에 커다란 혼란을 가져오겠지. 거듭거듭 말하겠지만 무례한 요구를 하고 있다는 사실은 통감하는 바이다. 다만 잠시 고민해줄 수는 없겠나?』

저 말에서는 규리규리의 진지한 심정이 고스란히 담겨서 들렸다.

『내게 대답을 들려줄 수 있겠는가?』

으음.

이렇게 성실하게 대해주면 나도 제대로 대답하는 게 좋겠지.

『거절이에요.』

규리규리한테는 미안하지만 들어줄 수 없는 말이었다.

규리규리의 말은 요컨대 이 세계의 미래는 이 세계의 주민들에게 맡기고 어딘가에서 틀어박혀 살라는 소리.

하지만 이 세계의 주민들이 한심한 짓만 했으니까 지금 이 세계가 멸망의 위기에 처해 있었다.

그렇다면 이 세계의 주민을 믿고 덜컥 맡길 수는 없는 노릇이었다.

지금은 마왕의 추적에 대처하느라 힘에 부치지만 나는 내 나름대로 행동을 일으킬 작정이었다.

그러려면 은둔한다는 선택지는 말도 안 된다.

『정말 안 되겠나?』

생각에 잠겨 있었던 규리규리는 마지막으로 확인하려는 듯 그렇게 물었다.

나는 고개를 끄덕이면서 답했다.

『그렇군.』

규리규리는 하늘을 우러렀다.

『다른 세계의 존재가 보기에 내가 하는 일은 우스꽝스럽게 보이는가?』

규리규리는 주름이 지도록 미간을 찡그리면서 물었다.

그 얼굴은 울먹이려는 듯했고, 몹시 지쳐 있었고, 고뇌하고 있었고, 그럼에도 기필코 걸어 나아겠다는 각오를 다진 남자의 얼굴이었다.

나는 그 물음에 대답하지 않았다.

어쨌든 남의 일이니까.

다만 이 말만큼은 해준다.

『그대가 바라는 대로 하도록 하라.』

결국 그런 게 아닐까?

자신이 믿는 길을 힘차게 나아가는 것.

정답 없는 문제와 맞닥뜨려서 할 수 있는 건 그게 전부다.

『그런가. 그렇겠군.』

규리규리는 조금 놀라는 표정을 지은 뒤 그렇게 중얼거렸다.

『그렇다면 나는 내가 해야 할 일을 수행하겠다. 그렇다지만 너에 대해서는 D가 못을 박아 두었지. 앞으로 당분간 내가 너를 해칠 일은 없다. 하지만 각오는 하도록. 네가 하려는 일이 나와 서로를 용납하지 않는 결말에 이르려고 한다면 나는 네 앞을 가로막을 테니까.』

그렇겠지.

그래도 되도록이면 그리되지 않기를 기원할 거야.

『오늘은 이만 물러나겠다. 잘 지내거라.』

그렇게 규리규리는 전이로 떠나갔다.

S7 적의를 드러내는 오니

카티아와 재회했을 때 우리는 서로를 보면서 감동했었다.

영문도 알지 못한 채 이세계에서 갓난아기부터 다시 시작하는 체험을 강제당했기에 불안하기만 했다.

그런 와중에 재회한 전세의 친우.

나도 카티아도 자신은 혼자가 아니라고 서로를 의지할 수 있었다.

지금은 기억 속에만 있는 지구에서 쌓은 추억이 내 망상이 아니라는 사실을 카티아의 존재로 확신할 수 있었으니까.

그와 동시에 이 세계에서 제2의 인생을 착실하게 보내자는 각오도 다질 수 있었다.

그 후 페이와 만났고, 선생님이나 유리, 거기에 유고와 재회를 이루면서 옛날 지구에서 쌓은 인연을 실감할 수 있었다.

이 세계에는 전세의 반 친구들이 있다.

그렇다면 쿄야도 분명 어딘가에 있을 것이다.

그리고 언젠가 재회할 수 있다.

쿄야와 재회한다면 그때 나는 지구에서 쌓은 추억 이야기로 꽃을 피우면서, 지금껏 이 세계에서 어떤 식으로 살아왔는지 서로 대화를 나눌 것이라는 장면을 꿈꿨다.

하지만 그리되기는 이미 그르쳤음을 눈앞의 광경이 대변해주고 있었다.

"그래, 기억해주고 있구나. 이미지가 살짝 변했으니까 못 알아보는 줄 알았어."

친근하게 말을 건네는 쿄야.

하지만 발밑에는 타가와와 쿠시타니가 맥없이 쓰러져 있다.

쿄야의 말을 믿는다면 죽지는 않았을 테지만 그렇다 해도 저 행동의 의미는 뒤집을 수 없었다.

쿄야는 우리의 적이다.

"쿄야, 정말로 쿄야가 맞아?"

나도 모르게 뻔히 아는 사실을 묻고 말았다.

"맞아. 일말의 거짓 없이 사사지마 쿄야 본인이야. 오랜만이네. 슌, 카나타."

부정해주기를 바라는 심정과 긍정받았다는 확신.

확신은 역시 현실이 된다.

눈앞의 남자는 사사지마 쿄야가 틀림없다고 내 직감이 소리치고 있었으니까.

전세 시절부터 변하지 않은 온화한 말투도, 저 얼굴도…….

모든 것이 내 전세의 기억을 자극했다.

얼굴만 비슷하게 꾸민 가짜나 환상이 아니라는 사실은 틀림없었다.

쿄야의 얼굴은 전세의 모습과 변화가 없었다.

그 이유는 이마에 있었다.

두 개의 뿔.

마치 오니(鬼)처럼 두 개의 뿔이 이마에 나 있었다.

인족도 마족도 아닌, 아마도 인간에 가까운 마물.

페이도 그랬지만 마물로 태어났다가 인간의 모습을 취했을 때는 전세와 같은 얼굴을 지니게 되는지도 모르겠다.

전세의 시절과 다른 부분도 물론 있었다.

전세의 쿄야는 키가 작았지만, 지금의 쿄야는 상당한 장신으로 강철같이 탄탄한 근육이 온몸을 감싸고 있었다.

호리호리한 몸인데도 칼집에서 빼낸 칼날을 방불케 했다.

결코 부러지지 않고 닿는 대상 전부를 양단할 것 같은 칼날을…….

"대체 왜?"

무의식중에 그렇게 의미 없는 말이 입에서 새어 나오고 말았다.

"응? 당연한 걸 묻네. 엘프를 멸망시키러 온 거야."

"뭐?!"

하지만 내 의미 없는 말에 쿄야는 성실하게 대답을 꺼내서 들려줬다.

나 자신조차 내 입에서 나온 말이 무엇에 대한 질문인지 알 수 없었는데도…….

그리고 쿄야의 입에서 나온 대답은 이미 예상했었던 나를 경악시켰다.

"오히려 나는 어째서 슌이나 다른 애들이 엘프에게 협력하는 건지 이해가 안 되거든. 어차피 엘프의 감언이설에 속아 넘어가서 그러는 것이겠지만."

"무슨 소리야?"

반사적으로 나는 쿄야에게 되묻고 있었다.

지금까지 의문으로 여기지 않았을 리 없었다.

카티아는 끊임없이 선생님의 의향을 의심했었고 소피아도 의미심장한 언동을 거듭했다.

다만 그럼에도 유고가 저지른 짓은 용서할 수 없었을뿐더러 뒤에서 사태를 조종했던 소피아와 그 일당을 신용하는 것은 도저히 불가능했다.

그렇지만 오늘 내 앞에 나타난 사람은 다른 누구도 아닌 전세의 친우.

들을 가치가 있지 않을까?

"무슨 소리냐니, 정말 아무것도 모르는구나. 엘프는 세계의 해악이거든? 그런 족속을 지키려고 하는 건 제정신이 아니야. 지금이라도……."

"속으면 안 돼요!"

쿄야의 말을 선생님이 가로막았다.

"관리자가 무엇을 획책하는지는 모르겠지만요, 결국은 터무니없는 짓이에요! 슌, 그들이 왕국에서 무슨 짓을 저질렀는지 설마 잊어버리지는 않았겠죠!"

선생님의 말도 지당했다.

유고를 부추겨서 왕국을 뒤집어엎은 사실은 바뀌지 않는다.

그만한 악행을 저질러 놓고 엘프를 가리켜서 해악이라고 표현할 자격이 있는 걸까?

"그건……."

"게다가!"

뭔가를 말하려고 했던 쿄야를 선생님이 또 가로막았다.

"용사 율리우스를 살해한 것은 마족군이에요! 그렇잖아요?! 마족군 제8 군단장 라스!"

선생님이 가리키는 방향에는 쿄야가 있었다.

즉 쿄야가 마족군의 간부라는 의미인가?

라스라는 이름을 지닌?

그 사실에 나는 충격을 받았다.

소피아가 마족군에 소속돼 있다는 사실을 감안하면 이상하게 여길 일은 아니었는데도 쿄야가 그렇다니까 충격의 정도가 달랐다.

율리우스 형님을 죽음으로 몰아넣은 마족군.

그곳에 친우가 소속돼 있다.

현기증 비슷한 아찔함이 덮쳐들었다.

"설득은 무리 같네."

"주인님도 말씀하셨잖아. 선생님은 완전히 속아 넘어가서 우리가 하는 말은 안 들을 거라고."

안타깝다는 듯 중얼거리는 쿄야의 모습을 보면서 나의 내면에서는 엘프에 대한 의구심이 치솟았다.

소피아의 말에 동요를 나타낸 사람은 나뿐이 아니었다. 선생님도 눈이 휘둥그레졌다.

눈빛에 얼마간의 망설임이 엿보였다.

선생님 본인도 엘프의 전부를 신용하지는 않는 건가?

선생님의 곁에서는 안나가 어쩔 줄을 몰라 하면서 당황하고 있었고 카티아와 하이린스 씨는 쿄야와 소피아, 거기에 선생님을 주의 깊게 관찰하고 있었다.

페이는 내게 등을 돌리고 있어서 표정이 보이지 않는다.

어떻게 하면 되지?

어떻게 움직이는 것이 정답이지?

하지만 나의 그런 고민을 무시하고 사태는 움직였다.

상공에서 덮쳐든 빛 마법이 쿄야와 다른 이들을 집어삼켰다.

"뭐야?!"

마법의 발사 지점인 위쪽을 봤다.

그곳에서 상공에 떠올라 있는 엘프들의 모습이 보였다.

"용사님! 당장 마을로 돌아가주십시오!"

엘프 한 명이 소리 높여 외쳤다.

"당신들! 이게 대체 무슨 짓이죠?!"

카티아가 엘프들을 비난했다.

쿄야의 바로 곁에 타가와와 쿠시타니가 쓰러져 있었다.

카티아도 비교적 쿄야나 소피아와 가까운 위치였기 때문에 하마터면 엘프들의 공격 마법에 휩쓸릴 뻔한 상황이었다.

이 녀석들은 그리될 줄 뻔히 알면서도 공격을 펼쳤다고밖에 여겨지지 않았다.

"용사님, 마을로 마왕이 향하고 있습니다! 마왕에게 대항할 수 있는 사람은 용사 칭호를 갖고 있는 당신뿐입니다!"

카티아의 비난을 무시하고 엘프가 거듭 내게 고함질렀다.

마왕이 엘프의 마을에 나타났다고?

머릿속으로 엘프의 마을에 있는 전생자 친구들이 떠올랐다.

"여기는 저희에게 맡기고 돌아가주십시오!"

저 말에 따라야 할까, 말아야 할까. 망설여진다.

어떻게 움직이면 되는 걸까. 이런저런 고민이 머릿속에서 소용돌이치며 혼란에 빠지고 말았다.

"용사님, 저는 전이를 구사할 줄 아니 함께 가시지요."

망설이는 내 눈앞에 엘프가 한 명 손을 내밀며 접근했다.

"그건 안 돼."

엘프의 가슴에서 칼날이 튀어나왔다.

내 눈앞에서 그 엘프는 목숨을 잃고 쓰러졌다.

내 눈에 엘프를 향해 검을 투척한 쿄야의 모습이 비쳤다.

발밑에는 여전히 타가와와 쿠시타니가 쓰러져 있었지만 미세하게 몸이 움직이는 모습을 보고 조금 안도했다.

하지만 쿄야가 망설임 없이 엘프를 살해했다는 충격은 가시지 않았다.

"전원 공격!"

어느새 선생님과 안나의 배후에 엘프 집단이 진형을 갖추고 대기 중이었다.

그 집단이 마법과 사격으로 일제히 쿄야와 소피아를 향해 공격을 날렸다.

"귀찮네."

소피아가 팔을 휘두른다.

엘프의 공격을 전부 걷어치운 그 팔에서 붉은 액체가 주변으로 흩뿌려졌다.

액체는 의사를 지닌 것처럼 꿈틀거리며 고속으로 엘프들에게 덮쳐들었다.

막으려고 했을 때는 이미 늦었다. 액체에 닿은 엘프가 격렬한 소리와 악취를 발산하면서 녹아내렸다.

"크?!"

신음 소리가 들려서 돌아보니 붉은 액체를 방패로 받아 낸 하이린스 씨가 눈에 들어왔다.

하이린스 씨의 방패에 달라붙은 붉은 액체가 방패를 가득 뒤덮으려 하고 있었다.

뒤편에는 안나와 선생님이 있다.

상공에서는 엘프들이 마법과 사격으로 쿄야를 공격하려고 했다.

"방해하지 마."

하지만 그 전에 쿄야의 공격이 그들을 덮쳤다.

그것은 검.

어디에서 나타났는지 모를 무수히 많은 숫자의 검이 엘프들을 꿰뚫어 죽인다.

자세히 보니 쿄야의 주위에서 검이 출현하고, 그게 고속으로 발사되듯이 날아가 엘프들을 관통시키고 있었다.

검이 아무것도 없는 데서 출현하는 것은 공간 마법으로 이공간에 수납해 두었기 때문이라고 추측할 수 있다.

그리고 고속으로 검을 날리는 것은 아마도 사출 스킬의 효과인 듯싶다.

하지만 정말로 두려운 대상은 저 검 자체.

엘프에게 꽂혀 들어간 검이 폭발했다.

폭발의 여파가 퍼져 나가면서 검에 적중당하지 않은 엘프에게도 피해가 확산됐다.

검인데도 불구하고 마치 미사일 같았다.

얼마 전 쿠사마가 전이진을 폭파했을 때 보여준 검과 마찬가지였다.

그렇게 위험한 폭발 효과를 지닌 검이 수없이 날아다닌다.

엘프들은 그 대공 포화 앞에 속수무책이었다.

"그만해!"

무의식중에 나는 쿄야에게 검을 휘두르고 있었다.

뭔가 생각이 있어서도 아니었고 몸이 제멋대로 반응해버렸다.

"가볍네. 이런 빈틈투성이 검으로 누군가를 벨 수 있다고 생각하는 거야?"

내가 휘두른 검은 쿄야에게 맥없이 튕겨 나가고 말았다.

그동안에도 상공을 공격하는 대공 포화는 계속되었다.

지상에서는 소피아가 날린 붉은 액체가 엘프들을 집어삼키고 녹여버렸다.

하이린스 씨의 방패에 달라붙은 붉은 액체는 페이가 떼어 내준 모양이었다.

하지만 안심할 수는 없었다.

아비규환의 지옥도가 만들어졌으니까.

"슌, 미안하지만 잠깐 눈 좀 붙이고 있어."

쿄야의 손에 들린 검이 내게 육박했다.

그 순간이 몹시도 느릿하게 느껴졌다.

"슌!"

카티아의 부르짖음이 들린다.

하지만 육박하던 쿄야의 검을 피할 틈은 없었다.

닥쳐들 격통을 대비하면서 이를 악물었다.

그런 내 앞에 미끄러지듯이 나타난 인영이 있었다.

피가 흩날린다.

내 몸을 다른 사람의 몸이 덮눌렀다.

쿄야의 검으로부터 나를 감싼 안나의 몸이었다.

“안, 나?”

피에 물들어서 털썩 쓰러지려고 하는 안나의 몸을 안아 들었다.

이름을 불러도 대답이 없었다.

“죽일 작정은 아니었는데 괜히 감싸려다가 죽어버렸네.”

쿄야의 싸늘한 목소리가 귀를 그대로 스쳐 지나갔다.

죽었다.

안나가 죽었다.

나를 지키려다가…….

그 사실을 자각한 순간 나는 망설이지 않고 자비 스킬을 발동했다.

이런 데서 안나를 죽게 내버려 두진 않는다!

유고에게 세뇌당했던 일로 괴로워하다가 이곳까지 따라온 안나.

이런 형태로 속죄한들 나는 조금도 기쁘지 않단 말이다!

《숙련도가 일정 수치에 도달했습니다. 스킬 『금기 LV 9』가 『금기 LV 10』으로 성장했습니다.》

《조건을 충족시켰습니다. 금기의 효과를 발동합니다. 정보를 인스톨 중입니다.》

안나의 소생에 성공한 내게 무언가가 흘러들어 온다.

"끄아아아아아아아앗?!"

머리가 아프다.

너무나도 심한 두통 때문에 머리가 깨질 것 같았다.

하지만 몸부림치는 내 머리에 가차 없이 흘러드는 정보가 있었다.

카티아가 내게 달려와서 외쳤다.

"슌! 정신 차려요!"

카티아가 내게 치료 마법을 써줬다.

하지만 의미가 없었다.

치료로 어떻게 되는 통증이 아니었다.

"너희들! 슌한테 무슨 짓을 한 거야?!"

페이가 쿄야와 소피아를 추궁했지만 두 사람도 곤혹스러운 표정을 지을 뿐.

그야 그럴 테지. 나의 이변에 두 사람은 관련되지 않았다.

이 통증은 금기 스킬을 최고 레벨로 성장시켜버린 데서 오는 폐해.

《인스톨이 완료되었습니다.》

그리고 나는 금기의 의미를 알게 된다.

"죽어라!"

하지만 나의 변화를 흘러가는 시간은 기다려주지 않았다.

내 이변에 곤혹스러워하는 소피아를 보고 좋은 기회라고 판단한 남자가 칼을 든 채 달려들었다.

나에게 제압당한 뒤 이제까지 나자빠져 있었던 유고.

지금 이때껏 자신을 배반한 소피아에게 반격의 일검을 날리기 위해 숨을 죽이고 있었던 모양이었다.

하지만 그 검은 닿지 못했다.

소피아가 지닌 대검에 막혀서 오히려 홱 튕겨 나가고 말았다.

"젠장! 빌어먹을! 리호코 주제에 감히!"

"뭐?"

유고가 그 이름을 부른 순간, 소피아의 몸에서 살기가 새어 나왔다.

전세에서 네기시 쇼코를 업신여기며 붙여 놓고 몰래몰래 불렀던 별명.

리얼 호러를 줄여서 리호코.

앙상하게 비쩍 마른 몸에 언제나 음울한 표정을 짓고 다녀서 붙은 별명.

이번 삶의 소피아하고는 외모도 분위기도 다르다. 단지 전세의 네기시 쇼코를 나타내는 이름.

그 발언은 소피아의 역린이었던 듯 유고에게 심상치 않은 살기가 쏟아졌다.

직접 살기를 맞받고 있지 않은 나마저 몸이 떨리는 거대한 살기였다. 하지만 그 살기가 구체적인 폭력이 되어 유고에게 닥쳐드는 일은 없었다.

하얗고 가느다란 손이 유고의 머리를 뒤쪽에서 붙잡고 있었다.

다음 순간, 유고의 귀에서 무언가가 꿈틀거리며 튀어나와 뒤쪽에 선 인물의 손안으로 사라졌다.

유고가 실이 끊어진 인형처럼 쓰러진다.

뒤쪽에는 유고의 등 뒤에 나타난 인물뿐.

그 인물은 눈을 감고 조용히 서 있었다.

대체 언제 나타났는지 전혀 알지 못했다.

"주인님, 방해하지 말아줄래?"

소피아에게 주인님이라고 불린 인물을 한마디로 표현하자면 백색이었다.

하얀 소녀였다.

단지 하얗다고밖에 표현할 말이 없는 그런 소녀였다.

하얀 머리카락.

하얀 피부.

하얀 옷.

색채의 거의 대부분이 하얀, 그런 소녀.

하이린스 씨가 소녀를 보고 눈을 부릅떴다.

저러한 특징을 나는 알고 있다.

하이린스 씨에게 이미 들은 내용이었으니까.

율리우스 형님이 마지막으로 싸웠던 상대.

율리우스 형님의 원수.

하지만 나는 그것 말고도 소녀에 대해 알고 있었다.

페이가 소녀를 보고 말을 잃어버렸다.

그야 그렇겠지.

저 소녀가 죽었다는 말을 이미 들었으니까.

저 소녀가 죽었다는 정보를 카티아에게 들려줬던 선생님은 페이 이상으로 놀라고 있었다.

선생님 본인도 저 소녀가 죽었다는 사실을 의심하지 않았던 것 같았다.

"말도 안 돼, 어떻게?"

믿기지 않는다는 표정을 짓는 선생님의 입에서 의문의 목소리가 새어 나왔다.

하얀 소녀가 선생님에게 고개 숙인다.

"오랜만이에요, 선생님."

형님의 원수라는 하얀 소녀.

그리고 색채는 다르지만 분명 낯익은 얼굴이었다.

눈을 감고 있어도 안다.

저 얼굴을 전세에서 자주 목격했었다.

전세의 반에는 눈에 띄는 인물이 몇 명 있었다.

남학생들의 중심인물이었던 나츠메 켄고.

여학생들의 중심인물이었던 시노하라 미레이.

나쁜 의미로 눈에 띄었지만 리호코라고 불렸던 네기시 쇼코.

하지만 그 이상으로 눈에 띄는 인물이 딱 한 명 있었다.

남다른 미모로 남학생들에게는 숭배받았고 여학생들에게는 경원시당했던 인물.

유일하게 시노하라 미레이 한 명은 괴롭힘이라는 형태로 관련되었지만 그 밖의 학생들은 접근하기 어려운 분위기에 주눅 들어서 말도 제대로 붙이지 못했던 인물.

"와카바?"

소녀는 이미 죽었다고 들었던 전생자, 와카바 히이로 본인이 틀림없었다.

8 진화, 분열, 증식

규리규리에게 식량 원조를 받은 덕분에 진화에 도전하기로 했다.

지금 이 빈약한 몸뚱이로 무사히 진화를 마칠 수 있을지 살짝 불안하지만 분명 괜찮다고 믿자!

그런고로 지룡의 시체를 먹어 치우면서 진화를 실행.

진화가 개시되고 곧 무시무시한 기세로 SP가 줄어드는 감각이 느껴지길래 허둥지둥 지룡을 배 속으로 욱여넣는 작업을 서둘렀다.

SP가 줄고, 줄은 SP는 먹으면서 회복시키고…….

그런 술래잡기를 계속하는 사이에 몸에 변화가 나타나기 시작했다.

점점 더 몸에서 변화가 일어나다가 복수의 지룡 시체를 다 먹어 치웠을 무렵 그제야 진화가 완료됐다.

위험했구나~.

이제 곧 SP가 부족할 지경이었어.

진화에 SP를 얼마나 소모하는 건지, 원.

뭐, 이번에는 막 태어난 몸이라 따끈따끈하고 미숙한 상태인데도 진화를 강행한 영향을 받았겠지만…….

몸이 원래 상태였다면 좀 더 편하게 진화를 마쳤을 텐데.

아무튼~ 스테이터스는 어떤 느낌으로 바뀌었으려나?

〈아라크네 LV 1, 이름 없음

스테이터스

HP: 5331/38111(녹) + 0 (상세)

MP: 5681/44024(청) + 0 (상세)

SP: 33557/33557(황) (상세)

: 924/33557(적) + 0 (상세)

평균 공격 능력: 35799 (상세) 평균 방어 능력: 35682 (상세)

평균 마법 능력: 42170 (상세) 평균 저항 능력: 42068 (상세)

평균 속도 능력: 41063 (상세)

스킬

「HP 초속 회복 LV 8」「마도의 극의」「마신법 LV 8」
「마력 부여 LV 10」「마법 부여 LV 3」「대마력격 LV 3」
「SP 고속 회복 LV 10」「SP 소비 대완화 LV 10」「파괴 대강화 LV 7」
「타격 대강화 LV 8」「참격 대강화 LV 6」「관통 대강화 LV 7」
「충격 대강화 LV 7」「상태 이상 대강화 LV 10」「투신법 LV 10」
「기력 부여 LV 10」「기능 부여 LV 7」「대기력격 LV 5」
「신룡력 LV 8」「용 결계 LV 6」「맹독 공격 LV 10」
「강마비 공격 LV 10」「부식 공격 LV 7」「외도 공격 LV 9」
「독 합성 LV 10」「약 합성 LV 10」「방패의 재능 LV 3」
「실의 천재 LV 10」「철벽 LV 7」「신직사」
「실부림 LV 10」「염력 LV 9」「투척 LV 10」
「사출 LV 10」「공간 기동 LV 10」「권속 지배 LV 10」
「산란 LV 10」「집중 LV 10」「사고 초가속 LV 6」
「미래시 LV 6」「병렬 의사 LV 10」「고속 연산 LV 10」
「명중 LV 10」「회피 LV 10」「확률 대보정 LV 10」

「은밀 LV 10」	「은폐 LV 2」	「무음 LV 10」
「무취 LV 8」	「제왕」	「헌상」
「단죄」	「나락」	「퇴폐」
「불사」	「외도 마법 LV 10」	「바람 마법 LV 10」
「폭풍 마법 LV 8」	「흙 마법 LV 10」	「대지 마법 LV 10」
「지진 마법 LV 1」	「빛 마법 LV 8」	「성광 마법 LV 3」
「그림자 마법 LV 10」	「어둠 마법 LV 10」	「암흑 마법 LV 10」
「독 마법 LV 10」	「치료 마법 LV 10」	「기적 마법 LV 10」
「공간 마법 LV 10」	「차원 마법 LV 9」	「심연 마법 LV 10」
「용사 LV 2」	「대마왕 LV 1」	「구휼」
「인내」	「오만」	「격노 LV 3」
「탈취 LV 4」	「포식 LV 10」	「나태」
「예지」	「파괴 대내성 LV 6」	「타격 무효」
「참격 대내성 LV 6」	「관통 대내성 LV 6」	「충격 대내성 LV 6」
「화염 내성 LV 9」	「수류 내성 LV 3」	「폭풍 내성 LV 8」
「대지 내성 LV 9」	「뇌광 내성 LV 3」	「성광 내성 LV 6」
「암흑 내성 LV 9」	「중압 대내성 LV 8」	「상태 이상 무효」
「산 대내성 LV 8」	「부식 대내성 LV 6」	「기절 대내성 LV 1」
「공포 대내성 LV 4」	「외도 무효」	「고통 무효」
「통각 무효」	「밤눈 LV 10」	「만리안 LV 4」
「주원의 사안 LV 9」	「정지의 사안 LV 8」	「봉인의 사안 LV 3」
「난마의 사안 LV 2」	「인척의 사안 LV 7」	「왜곡의 사안 LV 4」
「사멸의 사안 LV 6」	「오감 대강화 LV 10」	「지각 영역 확장 LV 8」

「신성 영역 확장 LV 9」「성마」 「천명 LV 10」
「천동 LV 10」 「부천 LV 10」 「강의 LV 10」
「성채 LV 10」 「위타천 LV 10」 「금기 LV 10」
「n%I=W」

스킬 포인트: 165700

칭호

「악식」 「혈족 포식자」 「암살자」
「마물 살해자」 「독 술사」 「실 술사」
「무자비」 「마물 살육자」 「오만의 지배자」
「인내의 지배자」 「예지의 지배자」 「용(竜) 살해자」
「공포를 불러오는 자」「용(龍) 살해자」 「나태의 지배자」
「마물의 재앙」 「패자」 「인족 살해자」
「인족 살육자」 「구원하는 자」 「약 술사」
「성자」 「구세주」 「구휼의 지배자」
「수호자」 「인족의 재앙」 〉

간 떨어지겠네, 짜식아! 능력치가 이리도 높아질 줄이야!

마더를 흡수한 덕에 능력치는 폭발적으로 성장했는데, 거기에서 또 거듭 레벨 업을 반복하며 엄청나게 올라가버렸습니다.

위타천을 시작으로 하는 능력치 상승 계열 스킬이 마더 흡수로 최고 레벨을 달성한 것도 크게 작용했다.

그 결과가 이거라고!

수치만 보면 이제 대항할 적 따위 없음으로 보이는데 말이지.

그래도 마왕한테는 못 당한다는 이 절망감을 어찌해야 하나.

뭐, 능력치는 이런 상황이고…….

하지만 이번 진화에서 진짜 주목할 점은 능력치 강화가 아니었다.

뭐니 뭐니 해도 겉모습의 변화야말로 최대의 세일즈 포인트겠지.

우선 몸이 한 아름은 커졌다.

아크에게 습격당했을 때 봤던 성체 타라텍트와 비교하면 아직 조그맣지만 그동안의 콤팩트 사이즈보다는 커졌다.

하지만 그런 변화는 솔직히 아무래도 좋았다.

가장 큰 변화는 역시 머리 위에 생겨난 부분이었다.

거기에 사람의 상반신이 생겨났다.

의식이 둘 있는 듯한 기묘한 감각.

병렬 의사와 비슷하면서도 또 달랐다.

둘 있는 두뇌에서 동시에 사고가 이루어지는 느낌, 응, 아마도 그게 맞을 거야.

시야가 둘 존재한다.

하나는 예전과 같으면서도 몸이 커다래진 영향으로 살짝 높아진 시야.

또 하나는 거기에서 더 높은 위치의 시야.

새로운 시야로 두리번두리번 주위를 둘러봤다.

대단하다.

지금까지는 목과 몸이 붙어 있었으니까 주위를 둘러보려고 해도 꼭 몸이랑 같이 방향 전환을 해야 됐는데, 이제는 고개만 움직여도 넓은 범위의 시야를 확보할 수 있었다.

아래를 본다.

가슴이구나~.

아마도 나는 암컷이었나 보다.

수컷에게 이렇게 부푼 가슴이 달려 있지는 않을 테니까.

이전의 거미 몸으로는 수컷인지 암컷인지 알 도리가 없었으니까 어쩌면 내가 수컷이 아닐까, 라고 걱정한 적도 있었는데 아무래도 암컷이 맞나 봐.

뭐, 마왕이 여자애 모습이었으니까 아마도 암컷이겠지~ 라고 예상은 했지만…….

아니, 그보다 나는 나이로 따지면 겨우 두 살쯤 됐을 텐데 평범하게 어른의 몸이 생겼잖아.

양손을 바라보면서 의미도 없이 묵찌빠를 해본다.

손가락이 내 의사로 움직인다는 그런 당연한 일이 왠지 기뻤다.

저절로 미소가 떠오르는 것이 스스로도 느껴졌다.

나는 비교적 얼굴 표정이 닳아 없어진 타입이었지만 자연히 미소가 떠올랐다는 것은 그만큼 진지하게 기쁘다는 뜻이었다.

응. 기쁘다. 사람의 몸이야.

벌써 꽤 오래전부터 잊고 있었던 사람의 몸의 감촉이다.

하반신은 아직껏 거미지만 상반신의 이 감촉은 예전의 익숙했던 그 느낌.

몸을 구부려서 하반신을 들여다봤다.

그러자 하반신의 거미형 눈과 상반신의 인간형 눈이 마주쳤다.

자신과 눈이 마주치는 신비 체험!

그리고 자기 얼굴을 본 다음 깜짝.

이거, 내 얼굴이네.

전세의 내 얼굴이 눈에 보였다.

눈동자가 붉어졌고 피부나 털도 이상하게 하얬지만 얼굴은 틀림없이 전세 그대로…….

다시 태어난 만큼 다른 얼굴로 바뀌지 않았을까 생각했는데 좋은 의미로 깜짝 선물이었다.

떠오른 미소가 더욱 그윽해졌다.

으헤으헤, 요런 느낌으로.

진짜 어떡하지.

뭐랄까, 뭐라고 하지?

말로 표현할 수 없는 이 기쁨을…….

으헤, 으헤헤헤!

다리가 춤을 추듯이 지면을 똑똑 두드렸다.

실제로 춤추고 싶은 기분인걸!

한바탕 기쁨을 음미한 다음 이 외모로 상반신 홀라당은 좀 아닌 듯해서 실을 뽑아 브래지어를 제작.

제작이 끝났을 즈음, 주위에 있는 대량의 알이 달그락달그락 떨리기 시작했다.

껍질을 부수고 조그마한 거미가 모습을 드러낸다.

잇따라 부화하는 알.

그중 몇 개에 나는 이미 병렬 의사를 이식해 두었다.

산란 스킬로 낳은 알은 전부 천 개.

그중 하나는 내가 직접 썼으니까 나머지 수는 구백구십구 개.

"자, 여러분! 각자 열심히 살아남으시게나!"

태어나는 베이비들에게 응원을 보냈다.

오오~.

그러고 보니 인간형이니까 목소리도 낼 수 있구나.

솔직히 산란 스킬의 시험과 병렬 의사가 이식 가능한지 여부를 실험한다는 의미만으로 산란을 썼던 까닭에 부화한 다음 일은 생각하지 않았다.

뭐, 엘로 대미궁에서 자기 능력껏 생활하겠지.

육아 포기?

나 자신이랑 별로 다를 바 없는 병렬 의사가 몇 마리 섞여 있으니까 그 녀석들이 어미 역할을 대신할 거야.

뭐, 식량을 전혀 안 꺼내줄 만큼 쩨쩨하지는 않아.

공간 수납으로 먹다 남은 식량을 꺼내 놓아뒀다.

재빨리 그쪽으로 모여드는 베이비들.

대량의 거미가 모여드는 그 광경이란, 음. 뭐랄까, 징그럽네.

자, 자. 나는 앞으로 어떻게 할까.

목표 중 하나였던 아라크네 진화는 무사히 달성했고. 근데 이건 인간이랑 원활한 커뮤니케이션을 취하고, 더 나아가서는 제대로 된 먹거리를 맛보겠다는 최종 목표를 위한 수단이었거든.

하지만 토지신 열풍이 마왕 때문에 엉망진창이 되어버린 지금, 새롭게 인간과 접촉하기는 내키지 않았다.

애당초 숭배받았을 때조차 제대로 인간과 커뮤니케이션을 취하지 못했던 나.

이제 와서 아라크네가 되었다고, 목소리를 낼 수 있다고, 사람과 비슷해졌다고. 그런 요소가 있어도 인간과 잘 지낼 자신은 없었다.

마왕이 나타난 지금 그 도시로 돌아갈 수도 없는 노릇이고…….

아쉽기는 하지만 그 도시에서 멀리 떨어져야 한다.

으으, 달콤한 공물을 두고 가야 하나…….

마지막으로 잠깐 숲의 입구에 새로운 공물이 놓여 있는지만 확인하고 꽁무니를 빼도록 할까.

그런고로 전이를 사용해 도시 가까운 곳의 숲에 와봤는데 살짝 문제 발생.

도시가 불타고 있네.

그리고 도시 안에서 충돌하고 있는 병사들.

한쪽은 도시의 방어 전력.

다른 한쪽은 전쟁터에서도 봤던 오우츠 국의 깃발을 내걸고 있다.

설마 전쟁터에 파견됐던 병력과는 별도로 별동대가 움직이고 있었나?

문 하나가 돌파되면서 오우츠 국의 병사가 도시 안으로 밀고 들어왔다.

방어를 맡은 병사들도 분투하고 있지만 전쟁터로 전력의 대부분을 파견해버린 탓에 숫자로 밀리고 있었다.

이대로 두면 저 도시는 함락된다.

하지만 내 관심은 다른 데로 쏠렸다.

영주의 저택으로 엘프 놈들이 습격을 개시했으니까.

마물 도감

file.18

아라크네

status 【능력치】

LV.01

HP
? ? ? ／ ? ? ?

MP
? ? ? ／ ? ? ?

SP
? ? ? ／ ? ? ?

? ? ? ／ ? ? ?

평균 공격 능력 : ? ? ?
평균 방어 능력 : ? ? ?
평균 마법 능력 : ? ? ?
평균 저항 능력 : ? ? ?
평균 속도 능력 : ? ? ?

skill 【기술】

? ? ?

역사상 발견된 사례가 없는 마물. 그런 까닭에 데이터가 없을뿐더러 모든 사항이 수수께끼에 감싸여 있다. 거미의 하반신에 인간의 상반신이 자라난 반인반거미의 모습을 지닌다고 알려졌다. 인간인 부분은 대단히 아름다운 소녀의 모습이라고 알려졌지만 어디까지나 소문이기에 진위는 불명. 목격자의 숫자도 적은 탓에 정말로 이 마물이 존재하는지조차 불분명하다. 목격 증언이 나타난 시기가「미궁의 악몽」및「악몽의 잔재」가 확인됐던 시기와 겹치기 때문에 그것들을 잘못 보지 않았겠느냐는 가설도 있다. 정말로 실재하는지 의문시되고 있기에 위험도의 추정은 불가능.

단장 종자의 분투

나는 케렌 가문을 섬기는 종자다.

이 몸은 주인님과 사모님, 그리고 아가씨를 위해 존재한다.

그렇기에 도적 따위에게 패하여 사모님과 아가씨를 위험에 처하게 했던 것은 말도 안 되는 일이었다.

도저히 용서받지 못할 실책이었다.

하지만 주인님은 나를 질책하기는커녕 이 몸을 염려해주셨다.

참으로 좋은 주인님을 만났다.

그렇기에 기꺼이 목숨을 바칠 가치가 있다.

"메라조피스. 주민들의 피난 상황은 어떠한가?"

"유감이지만 좋지 않은 상황입니다."

"그런가."

주인님의 얼굴에 고뇌가 가득 찼다.

주인님이 사랑하는 이 도시에 오우츠 국의 병사들이 침공했다.

본대와 다른 부대가 직접 이 도시를 노리고 쳐들어왔다.

무고한 백성을 노리는 비열한 행위를 오우츠 국은 태연하게 저질렀다.

주인님은 마지막까지 남을 심산이리라.

책임감이 강한 분이시다.

주민이 남아 있는데도 자신만 도망치는 것은 주인님 본인이 용납하지 못한다.

그리고 주인님과 함께 사모님도 남을 결심이었다.
마지막 순간까지 곁에서 함께하려고 하신다.
정말로 금슬이 좋으시다.
그렇기에 더더욱 나는 사모님에게 품었던 옅은 연심을 봉인했었다.
두 분과 함께 나도 떠나도록 하자.
"메라조피스. 딸을, 소피아를 부탁하겠네."
하지만 내 각오는 주인님에 의해 저지되었다.
주인님은 나더러 아가씨와 함께 도망치라고 말씀하셨다.
"주인님, 저는……."
"메라조피스. 내가 가장 신뢰하는 자네에게 딸을 맡기고 싶네."
"나도 부탁할게요."
주인님과 사모님, 두 분이 직접 부탁하셨다.
명령이 아닌 부탁.
"분부 받들겠습니다. 기필코 지켜 내겠습니다."
나는 지금 어떤 표정을 짓고 있을까?
분명 차마 못 봐줄 꼴이 아닐까 싶다.
눈물로 뿌예지는 시야를 소맷자락으로 훔쳤다.
그리고 사모님의 손에서 아가씨를 받아 들었다.
그와 동시에 창문을 깨부수고 누군가가 침입해 들어왔다.
"가라!"
주인님에게 등 떠밀려서 나는 방을 뛰쳐나갔다.
복도를 힘껏 달려서 현관홀에 도착한다.
하지만 그곳에서는 이미 기다렸다는 듯이 활을 장비하고 있는 침입자들과 맞닥뜨렸다.

허둥지둥 발길을 돌려 뒷문으로 향하려고 했지만 등에 격통이 치달렸다.

이를 악물고 견디면서 달려 나갔으나 한 걸음을 내디딘 다리에 화살이 꽂혀 들었다.

앞쪽으로 푹 고꾸라졌다.

팔로 안고 있었던 아가씨를 감싸느라고 무너뜨린 자세로 쓰러진 것이 안 좋았다.

지면에 닿은 팔에서 들리면 안 되는 둔탁한 소리가 울려 퍼졌다.

정신이 아득해지는 격통이 덮쳐들었다.

아마도 부러졌다.

하지만 상대는 기다려주지 않는다.

벽에 등을 붙이고 간신히 일어섰다.

그때 등에 꽂힌 무언가, 아마도 화살이 더욱더 깊이 틀어박혔다.

부러진 팔로 애써 아가씨를 굳게 끌어안고 다른 한쪽 손으로는 허리춤에 꽂아 둔 검을 뽑아 앞으로 쑥 내밀며 자세를 가다듬었다.

상대는 넷.

전원이 후드로 머리를 숨기고 있었다.

활짝 열려 있는 현관문의 바깥으로는 저택의 호위가 쓰러져 있는 광경이 보였다.

원군은 기대할 수 없겠다.

게다가 나는 이미 중상을 입은 몸.

승산 따위는 누구의 눈으로 봐도 없었다.

그럼에도 어떻게든 돌파해야 했다.

그렇지만 내 결의를 비웃듯 침입자들이 시위를 당겼다.

벽에 등을 붙인 채로 나는 한 걸음도 움직이지 못한다.

검이 닿는 범위로 접근해준다면 어쩌면 발버둥질은 가능했을지도 모르겠다.

허망한 발악마저도 내게는 용납되지 않는 것인가?!

자신의 무력함에 눈물이 치솟는 기분이었다.

그때 목덜미에서 따끔한 통증이 일어났다.

내려다보니 아가씨가 깨물고 있었다.

그뿐 아니라 이빨을 박아 넣은 채 흘러나오는 내 피를 마시고 있었다.

어째서? 의문을 품었던 그때 내 몸에 극적인 변화가 찾아왔다.

피가 빠져나가고 있는데도 불구하고 몸이 그에 반비례해서 뜨거워진다.

동시에 힘이 흘러넘치며 부상의 통증도 사라져 갔다.

마치 피가 빠져나간 그곳에 다른 무언가가 흘러드는 듯한 신비로운 감각.

온몸을 감싸는 고양감.

자신이 다른 무언가로 변화하는 감각.

보통 때였다면 두려운 기분이 들었을 텐데도 뇌가 달콤하게 마비되면서 그 현상에 취해버렸다.

지금이라면 이길 수 있다고 근거도 없는 확신이 들었다.

화살이 꽂혀서 움직이지 못해야 했던 다리를 움직였다.

문제없이 한 걸음을 내디디고, 그 한 걸음으로 적 한 명의 앞까지 도달했다.

놀라는 그 녀석의 얼굴에 검을 꽂아 넣는다.

검을 맞고 내 얼굴로 쏟아지는 상대의 피가 터무니없이 맛있게 느껴졌다.

피 냄새가 마치 극상의 술처럼 향기롭게 콧속을 간질인다.

지금의 나는 이상하다.

하지만 깊이 생각하지는 않았다.

드디어 아가씨를 지켜드릴 힘을 손에 넣지 않았나.

이 힘을 유효하게 활용하지 않으면 어쩌라는 것인가?

나의 돌변한 모습에 놀라는 침입자들에게 가차 없이 검을 찔러 넣었다.

최후의 한 명의 숨통을 끊으려고 한 순간 등에 충격이 치달렸다.

오체가 뿔뿔이 절단되는 듯한 충격.

견디지 못하고 나는 쓰러졌다.

내 손에서 떨어진 아가씨가 바닥을 굴렀다.

"흡혈귀인가. 이제 막 변이된 터라 스테이터스는 보잘것없지만 성장하면 귀찮아지겠군."

간신히 얼굴을 움직여서 나를 등 뒤에서 덮친 남자를 돌아봤다.

남자는 다른 침입자와 달리 후드로 얼굴을 감추고 있지 않았다.

젊은 남자였다.

하지만 외모가 그러할 뿐 진짜 나이는 알 수 없었다.

왜냐하면 노출되어 있는 그 귀가 길었으니까.

긴 수명으로 알려진 엘프의 특징.

어째서 엘프가 오우츠 국과 결탁했지? 잠시 의문이 떠올랐지만 그 이상으로 나는 남자가 나타난 장소가 신경 쓰여서 견딜 수 없었다.

엘프 남자가 나타난 방향에는 주인님과 사모님이 남아 계셨던 방이 있었기 때문이었다.

주인님과 사모님은 어떻게 됐지?

최악의 상상이 머릿속을 스쳤다.

"시조는 저 아기인가."

"어떻게 하시겠습니까?"

"죽여라."

살아남은 후드 침입자와 엘프 남자가 대화를 나눴다.

나로서는 도저히 용납할 수 없는 내용이었다.

"괜찮으시겠습니까?"

"오카에게는 전란에 휘말려서 이미 늦어버렸다고 전한다. 흡혈귀를 살려 두면 훗날 골치를 앓겠지."

"알겠습니다."

후드 침입자가 아가씨에게 접근하려고 했다.

저지하기 위해 나는 일어서서 후드 침입자의 앞을 가로막았다.

"아가씨에게는, 손댈 수 없다."

후드 침입자가 멈칫거렸다.

하지만 엘프 남자 쪽은 나를 싸늘한 눈으로 보고 있었다.

"얌전히 있었다면 편하게 죽을 수 있었거늘. 어째서 그 계집을 그토록 감싸는 거지? 그것은 세상에 재앙을 불러오는 흡혈귀가 아닌가?"

흡혈귀?

옛날이야기에 나오는 피를 마시는 괴물을 말하는 건가?

아가씨가 정녕 흡혈귀라는 말인가?

분명 그렇다면 나의 변화도 이해가 된다.

하지만 그래서 어쩌라는 말이냐.

"그딴 것은 상관없다. 지켜드리겠노라고 약속했으니까. 그래, 내게 맡기셨으니까."

주인님과 사모님의 부탁.

두 분의 바람을 이루어드리는 것이 나의 역할.

아가씨가 흡혈귀라 해도 변함은 없다.

"시시하군."

엘프 남자가 제 손에 마법의 힘을 모았다.

그러던 엘프 남자에게 하얀 악몽이 덮쳐들었다.

9 이런 건 엘프 아니야!

당장에 종자 아저씨의 목숨을 끊으려고 하는 엘프에게 돌격을 감행했다.

전이, 곧~바~로~ 안면 펀치!

인간형이니까 펀치도 날릴 수 있도다!

유감스럽게도 발차기는 못하지만…….

벽에 격돌하는 엘프.

또 한 명의 후드 뭐시기가 그 광경을 보고 어안이 벙벙한 틈에 참사로 싹둑 목을 잘라 놓았다.

훗, 등장하자마자 화려하게 스피드 해결.

내가 봐도 무시무시하다.

지금이라면 TAS 씨한테도 이길 자신이 있다.

아마도 이게 가장 빠를 거라고 생각해요.

고개를 돌려 종자 아저씨를 쳐다보니까 금방 죽을 것 같은 중상을 입은 상태인데도 씩씩하게 흡혈 양을 지켜주려고 했다.

나를 쳐다보는 눈에 엿보이는 감정은 경계심.

음. 느닷없이 출현한 반인반거미를 경계하지 말라고 하면 그게 더 무리겠지만, 그래도 기껏 도와줬는데 그 태도는 좀 아니잖아? 살짝 섭섭하네.

그렇지만 착하고 다정한 나는 무례한 아저씨한테도 회복을 걸어 드리겠소이다.

"뭐?!"

치료 마법으로 부상을 회복해준 종자 아저씨가 자신의 몸에 일어난 변화를 감지하고 당황해서 소리 질렀다.

"적이 아닌가?"

의아한 얼굴로 질문하길래 일단 고개를 끄덕여줬다.

믿어줄지는 잘 모르겠다.

혹시 모르니까 종자 아저씨를 감정해보니 종족이 흡혈귀로 바뀌어 있었다.

오오, 흡혈 양. 꽤 궁지에 몰렸다 보다. 종자 아저씨를 흡혈귀로 만들었어.

종자 아저씨의 이름은, 메라조피스?

길잖아. 메라라고 불러야지. 왠지 줄이니까 불 속성 하급 주문 같지만 신경 안 쓴다.

바닥에 나동그라진 흡혈 양에게 다가가서 안아 들었다.

혹시 다친 데는 없는지 감정으로 확인하고…….

종자 아저씨가 당황하고 있지만 아무 짓도 안 할 테니까 걱정 말라고요.

앗, 그래도 아기는 포동포동해서 맛있을 것 같은데.

조그마니까 먹을 만한 부위는 적어 보이지만

뺨 같은 데가 토실토실하니까 괜찮겠다.

한 입만 살짝 먹어버릴까~.

뺨은 아무래도 티가 많이 날 테니까 팔이 좋겠네.

떼어 낸 다음에 치료해주면 되잖아.

한 입만.

어라, 그런 생각을 하고 있는데 흡혈 양의 다리 사이쯤이 천천히 젖고 있네?

아. 얘, 오줌 쌌다.

으음. 그야 죽을지도 모르는 급박한 상황이니까 오줌을 싸도 어쩔 수 없나?

갓난아기고…….

하지만 속은 고등학생인데 이래도 돼?

나라면 부끄러워서 살짝 죽었을 거야.

아니, 목격자는 망설이지 않고 전부 죽일 자신이 있는데.

못 본 걸로 치고 넘어가주자.

그게 배려 아니겠어?

식욕도 왠지 사라졌고…….

다친 데가 없다는 것도 잘 확인했으니까 메라한테 가만히 넘겨줬다.

메라가 말없이 흡혈 양을 받아 들었다.

"흠. 참 기괴한 생물이 방해를 하는군."

목소리가 들린 쪽을 돌아봤다.

때려서 날려버린 엘프가 아무 일도 없었다는 듯 옷의 먼지를 털면서 일어서고 있었다.

이 녀석, 되게 튼튼하네.

내 능력치로 냅다 때렸는데도 별 타격이 없었다고?

미안해요, TAS 씨.

아무래도 내가 당신의 영역에 다다르려면 아직 멀었나 봐요.

엘프의 스테이터스를 감정.

『감정 불가능』

하지만 돌아온 결과가 이러했다.

응? 엥?

감정 불가능?

감정이 방해되었다는 소리면 또 모르겠는데 아예 불가능?

예지 님의 힘을 빌려서 우격다짐으로 재차 감정을 해봐도 결과는 마찬가지.

지배자 권한으로 은폐된 마왕의 스테이터스마저 간파해 냈던 예지 님의 감정이 안 먹힌다고?

왠지 위험할지도?

마왕만 빼고 다 이길 줄 알았는데 어쩌면 이 녀석도 마왕하고 비슷한 수준으로, 혹시 그 이상으로 골치 아픈 상대?

실수했다.

상대의 전력을 파악하지 않고 뛰어들어버렸는데 큰 실수였는지도 모르겠다.

지금이라도 빨리 흡혈 양과 종자 아저씨를 데리고 전이로 도망칠까?

"아리엘의 권속인가? 하지만 이러한 형태의 생물은 본 적이 없군. 네년, 정체가 뭐지?"

대답할 의무는 없었다.

그건 그렇고 마왕의 이름을 알고 있다는 데서 위험한 낌새가 풀풀 풍긴다.

철수, 철수!

"어림없다. 항마술 결계 기동."

엘프를 중심으로 세계가 변질된다.

정말로 세계가 끝나는 듯한, 이제껏 느낀 적 없는 감각.

시야에 변화는 없었다.

청각, 후각, 미각, 촉각, 진부 변화 없음.

그럼에도 세계가 변했다.

마치 이 장소만 세계에서 단절된 듯한, 강추위 속에 무방비한 알몸 상태로 내던져진 듯한 그런 불안감이 덮쳐들었다.

이게 뭐지?

이제까지는 친절했던 세계가 갑자기 나를 외면하는 느낌.

무슨 소리를 하는 거람.

하지만 기묘한 감각에 놀라 당황할 틈은 없었다.

준비하고 있었던 전이 마법이 흩어져 버린 데다가 그뿐 아니라 내가 상시 발동하고 있는 신룡력이나 투신법이며 마신법까지도 취소되었다.

마법뿐 아니라 스킬까지 영향을 미치는 강제 해제?!

마왕이 갖고 있었던 신룡 결계도 그런 짓은 불가능했는데?!

"흠. 네년을 나의 적이 될 만하다고 인정하마. 나의 이름은 포티머스 하이페너스. 기억해 둬라. 다만 네년은 이름을 밝히지 않아도 된다. 어차피 지금 여기에서 죽을 테니까."

포티머스라고 자신을 소개한 엘프의 몸이 천천히 흔들렸다.

다음 순간에는 맹렬한 속도로 내게 달려들어서 주먹을 꽂아 넣고 있었다.

이봐, 야!

엘프는 보통 마법이 특기지만 육체 능력은 별로 대단하지 않은 그런 종족 아니었니?!

내 엘프의 이미지는 육탄전은 서투른 애들이었는데요?!

초장부터 마법이 아니라 주먹을 휘두르는 건, 이 녀석 아무리 생각해도 파워 파이터잖아?!

이미지가 안 맞는다고!

하지만 대응하지 못할 만큼 빠른 속도는 아니었다.

마왕처럼 눈으로 따라가지도 못할 지경으로 기막힌 속도는 아니야.

나는 날아드는 주먹을 여유롭게 피하, 피해 내지 못했다.

"아?!"

인간형의 안면에 아슬아슬하게 주먹이 통과해 지나갔다.

뺨을 스치고 간 주먹이 살갗을 살짝 갈라 놓았다.

제대로 피하지 못했다.

결코 대응하지 못할 속도가 아니었는데도 불구하고…….

몸이 내 의사대로 움직여지지 않아서 결과적으로는 스치고 말았다.

위험하다.

위험해위험해위험해!

예상 이상으로 위험해!

포티머스가 발동한 결계는 마법뿐 아니라 스킬까지 무효화하는 종류라고 생각했다.

하지만 아니었다.

그렇게 만만한 결계가 아니었다.

마법, 스킬, 거기에 능력치까지.

그 전부를 무효화하는 결계.

시스템을 부정하는 결계.

이 결계 안에서 나는 흔해 빠진 마을 사람 A와 별 차이가 없어진다.

그렇게 절망적인 결계 속에 나는 붙들리고 말았다.

온몸에서 핏기가 가셨다.

내 전투력은 시스템에 의존하고 있다.

능력치도 스킬도.

그것들을 빼앗기면 나는 하반신이 거미라는 사실 말고는 평범한 인간과 다를 바 없었다.

당연하잖아.

평범한 사람을 평범하지 않게 만들어주는 것이 시스템에 의한 능력치나 스킬 같은 요소니까.

지금까지 내가 쌓아 올렸던 힘.

그 전부를 느닷없이 빼앗겼다.

머릿속이 새하얘졌다.

어떻게든 수를 짜서 대응해야 되는데 마땅한 대책이 떠오르지 않는다.

쓸데없이 빠끔빠끔하고 있는 사이에 포티머스의 돌려 차기가 날아왔다.

내 체감으로는 천천히 날아드는 발차기라고 해도 평범한 인간이 얻어맞으면 큰 피해를 입는 건 확실.

허공을 가르면서 붕 소리가 들릴 만큼 날카로운 발차기인걸.

거미형의 안면 주변을 노린 그 발차기를 뒤로 물러나면서 피해냈다.

머릿속에서는 일순간 수 미터의 거리를 후퇴할 작정이었는데 역시 몸이 제대로 움직이지 않은 탓에 한 걸음을 물러나는 게 고작이었다.

거미형의 눈앞을, 진짜 글자 그대로 눈앞을 엘프의 발부리가 통과해 지나갔다.

무서워라!

사고 초가속에 따른 체감 시간 연장이 아니었다면 아예 못 피했을 거야!

응?

저기, 잠깐만?

사고 초가속은 작동한다?

작동 중이네?

응, 포티머스의 발차기가 느리게 보였잖아.

어라? 스킬을 쓸 수 있다고?

헛발질을 하고 빈틈을 보인 포티머스를 향해 실을 날렸다.

이러니저러니 해도 내가 가장 신뢰하는 스킬은 실이었다.

실은 몸에서 나오려다가 형태를 잃어버리면서 무산됐다.

역시 안 되는구나.

못 쓰잖아.

그럼 사고 초가속이 작동하는 이유는 뭐지?

갖고 있는 스킬을 차례대로 써보면서 사용 가능하고 불가능한 종류를 선별했다.

몇 가지 스킬은 문제없이 작동되는 반면에 쓰지 못하는 스킬도 있었다.

포티머스의 주먹질이니 발차기 따위를 피하면서 양쪽의 차이점을 검증한다.

그 결과 알아낸 것은 몸 안에서 효과가 완결하는 스킬은 쓸 수 있다는 사실이었다.

반대로 실이나 마법처럼 몸 바깥에 영향을 미치는 스킬은 아무 소용이 없었다.

아무래도 포티머스가 쓴 수수께끼의 결계도 완벽하지는 않은가 보다.

결계가 뒤덮고 있는 대기의 안쪽은 그 영향으로 스킬을 쓰지 못하지만, 몸속이라면 결계의 효과가 미치지 못한다는 느낌이었다.

아마도 그게 맞을 것 같아.

그리고 짐작하기에 능력치도 완전히 사라지지는 않은 것 같았다.

안 그랬다면 전세 때부터 극한의 운동치였던 내가 이렇게 격투 엘프의 공격을 계속 피할 수는 없었을 테니까.

다만, 뭐랄까.

신체 능력을 강화하려고 하는 능력치의 작용은 어렴풋이 느껴진다만, 결계의 영향을 받아 쭉쭉 줄어들고 있다는 느낌?

투신법이나 마신법 같은 능력치 상승 계열의 스킬도 발동하자마자 흩어져버렸다.

지금 내 스테이터스를 감정해봐도 에러라고 나올 뿐 정확한 정보를 알 수가 없다.

하지만 감으로 대략 짐작하자면 속도는 10분의 1 이하로 줄어든 것 같다.

그렇다면 다른 능력치도 비슷비슷하지 않을까?

하지만 따지고 보면 그렇게 간단하거나 단순한 문제가 아니었다.

우선 방어력이 위험하다.

솔직히 방어력에 관해서는 거의 보통 인간과 다르지 않은 상태가 되어 있다.

어쨌든 포티머스의 공격이 스치면 평범하게 껍질이 까져서 벗겨지고, 고속 이동을 하기만 해도 다리에 대미지가 들어온다.

움직임을 몸이 견디지 못한다는 뜻.

속도와 방어의 이 차이는 껍질 한 장의 작용 때문이라고 짐작된다.

속도는 몸 안에 있는 근육의 강화에 작용하고 있으니까 경계의 영향이 적은 것이고—.

하지만 방어는 공기에 닿아 있는 외피에 중점이 놓여 있잖아.

공기에 닿아 있다, 즉 결계에 닿아 있다.

그야 방어력이 쭉쭉 떨어질 만도 하죠.

몸 안의 방어력은 속도와 마찬가지 수준일지도 모르겠지만 외피는 평범한 인간 수준.

그런 상태에서 포티머스의 공격을 제대로 먹었다가는 큰 대미지를 면할 수 없다.

위안이 있다면 포티머스 본인도 스킬이니 마법이니 하는 요소를 쓰지 못하게 되었다는 점.

그러니까 육체만 가지고 물리 공격을 펼치고 있지.

나도 실이나 마법을 쓰지 못하는 터라 역시 육탄전밖에 수단이 없었다.

육탄전 온리는 진짜 태어나서 처음 아니야?

마법을 쓸 줄 알게 된 뒤 거기에 의지했고, 그 전은 실과 독니와 독 합성에 의지했었다.

실도 마법도 없이 완전 육체 온리 전투는 치른 적이 없었다.

아라크네로 진화하자마자 곧바로 치고받고 싸우는 신세가 될 줄이야.

아니, 지금은 아라크네로 진화해서 다행이라고 생각해야지.

진화 전이었다면 낫 공격과 깨물기밖에 물리 공격 수단이 없는걸.

인간형 몸체가 자라난 지금이라면 주먹질이나 박치기도 쓸 수 있다!

……낫이랑 깨물기가 더 좋지 않아?

능력치 격감 상태로, 척 봐도 가냘픈 이 팔로 때려 봤자 대미지는 기대 못 하잖아?

응. 공격의 주축은 낫으로 하자.

주먹질은 견제 삼아서 슬슬 휘두르고…….

그렇게 결정한 다음 덤벼드는 포티머스를 화려하게 피하고 카운터로 낫을 텅 비어 있는 몸체에 때려 박았다.

몸통! 한 판!

내 낫이 귀에 거슬리는 쇳소리를 울리면서 포티머스의 몸을 갈라놓았다.

……미안, 거짓말.

갈라지지 않았다.

반대로 낫의 칼날이 빠지는 형편.

능력치 저하가 낫의 강도를 떨어뜨리기도 했고, 포티머스의 육체가 단단하기도 했다.

그래도 이건 좀 이상하잖아?!

어째서 살점을 베었는데 쇳소리가 나는 거야?!

끼긱! 요렇게 소름 끼치는 그런 느낌의 소리였다고?!

네놈의 육체는 강철로 만들어졌냐!

뭐, 이건 농담이라고 치고 옷 아래에 금속제 방어구라도 껴입었나 보다.

두꺼운 것 같지는 않아 보였으니까 꽤 얇고 튼튼한 금속으로 만들었나 봐.

몸을 돌리면서 다시금 엘프와 정면으로 대치했는데 포티머스의 옷의 몸통 부분이 크게 잘려 나가 있었다.

갈라진 틈으로 맨살이 보인다.

응? 맨살?

옷 아래에 금속 방어구가 아니라 맨살?

자세히 보니 맨살도 갈라져 있었고 그 안쪽에서는 금속질의 광채가…….

어라? 맨살 아래에 금속?

몸의 알맹이가 금속으로 만들어졌다는 소리?

농담이 아니었다!

이 녀석은 몸체가 진짜로 금속제였냐?!

어떻게 된 거야?!

네놈 로봇이었어?!

아니, 진짜로 얘는 몸뚱이가 대체 어떻게 된 건데?!

불가사의한 포티머스의 육체를 보고 혼란에 빠진 나에게 놈은 사정없이 공격을 펼쳤다.

몸체를 베였는데도 전혀 아랑곳 않고…….

민첩하게 나와 거리를 좁히면서 이번에는 손을 펼쳐 붙잡으려고 들었다.

때리고 차려다가는 회피당한 뒤 카운터를 먹는다고 판단했기에 움직임 자체를 제압하겠다고 마음먹었을 테지.

콱 붙잡으려고 드는 포티머스의 손을 피해서 뒤쪽으로 쭉쭉 이동했다.

이쪽은 제대로 된 근접전 따위 거의 무경험이란 말이야.

붙잡힌 채 굳히기라도 당하면 못 빠져나와.

단순하게 낫으로 벤다, 펀치 날린다, 그 정도밖에 할 줄 모르는걸.

그래 봤자 숙련자가 보면 허리가 안 돌아간다는 둥 그렇게 핀잔을 들을 만한 엉성한 주먹질.

무작정 다리를 움직여서 포티머스의 공격으로부터 도망치는 한편, 빈틈을 노리고 카운터를 날리는 수밖에 없었다.

저택의 현관이라는 한정된 공간 안을, 나와 포티머스가 고속으로 누비고 다녔다.

흡혈 양을 안은 메라는 전투에 휘말리지 않으려고 구석에서 몸을 웅크리고 있었다.

이대로는 결판이 나지 않겠다고 생각한 나는 현관에 장식되어 있던 꽃병을 거머잡고 포티머스를 향해 냅다 집어 던졌다.

비싸 보이는 꽃병이 똑바로 포티머스의 안면을 향해 날아간다.

꽃과 물을 흩뿌리면서 꽃병이 포티머스의 안면에 팍 부딪쳐서 깨졌다.

미안합니다. 나중에 변상, 음, 변상을 하고 싶어도 나는 무일푼이네요.

미안합니다. 진짜 미안합니다.

마음속으로 메라한테 사죄의 말을 읊고 있던 차에 포티머스가 깨진 꽃병의 파편도 신경 쓰지 않고 돌진을 감행했다.

아차!

꽃병 정도로 대미지가 들어갈 리 없었는데!

이쪽은 여전히 꽃병을 투척한 자세.

포티머스에게 틈을 만들려고 던진 꽃병이 오히려 나의 위기를 만들어버렸다.

들이닥치는 포티머스의 마수를 억지로 다리를 움직여서 회피!

인간형의 상반신이 반동으로 푹 고꾸라졌지만 붙잡히는 것에 비교하면 값싼 대가였다.

허리와 등에 대미지를 받았지만…….

어차피 통각 무효가 작동 중이니까 무시할 수 있다.

후후.

인간이었다면 물건을 던진 자세에서 복귀하는 데 한 박자가 필요해도 이쪽은 다리가 여덟 개나 달린 아라크네 님이라고!

투구를 위해 힘껏 내디디는 다리와 도망치는 다리로 역할을 분담할 수 있다.

다리 둘 달린 인간하고는 다르다는 말씀!

하지만 상대도 이 틈을 놓칠 생각은 없는 듯 속도를 늦추지 않고 단번에 거리를 좁히려고 들었다.

이건 붙잡는 수준이 아니라 태클이잖아!

거의 몸통 돌격이나 다름없는 느낌으로 붙잡으려고 덤비는 포티머스에게서 도망치기 위해 점프!

포티머스의 머리 위를 넘고, 이왕 뛰어오른 김에 낫으로 그 머리를 베어 가르며 뜀틀을 넘는 요령으로 도약했다.

포티머스의 자세가 무너지고 바닥에 쓰러지는 소리를 뒤쪽으로 들으면서 화려하게 착지.

10점!

요렇게 자화자찬할 틈도 없이 방심하지 않고 고개를 돌려 포티머스를 시야에 포착했다.

바닥에 쓰러져 있었지만 포티머스는 금세 일어서서 이쪽을 노려봤다.

머리 부분에는 커다랗게 베인 상처가 생겼지만 갈라진 피부의 아래로 금속질의 골격이 드러나 보인다.

그 모습은 미래에서 찾아온 어느 살육 로봇을 연상시켰다.

두둥둥두둥, 요거.

진짜로 진짜 농담 안 하고 로봇이었어?

완전히 로봇이네요. 어이쿠, 감사합니다!

아니, 저기요, 잠깐만!

그게 아니라 진짜 좀!

엘프는 자연의 은혜라든가 아무튼 그런 걸 소중하게 아끼는 어쩌고 종족 아니었어?!

왜 초문명 초과학 기술을 사정없이 쓰고 있는 건데?!

여기는 판타지 세계 아니었던가?!

언제부터 SF 요소가 끼어든 거야?!

세계관 깨부수지 말라고!

마음속에서는 핀잔 대행진이 벌어지고 있었지만 머릿속의 침착한 부분은 경종을 울렸다.

이것은 이 세계에 있어서는 안 되는 기술이다.

시스템이 그 존재를 용납하지 않는다.

그렇잖아, 이런 기계 기술이 바로 이 세계를 붕괴로 이끈 거니까.

세계를 멸망시키는 기술이 아직껏 존재하고 있는데 좋을 리 없다.

그런데도 이 녀석은 그 기술을 태연하게 사용하고 있었다.

제정신이 아니다.

이런 기술을 이 세계에서 쓰는 저 남자가 제대로 된 존재라고 여겨지지는 않았다.

첫 번째 목표는 내가 살아남는 게 우선이지만, 두 번째로 이 녀석은 여기에서 반드시 해치워야겠다는 생각이 들었다.

하지만 저 강철 몸뚱이에는 내 공격이 통하지 않는다.

상대도 내게 공격을 적중시키지는 못하고 있지만 매번 아슬아슬하게 회피하는 상황이었다.

언제 사고가 일어날지 모를 일이다.

“예상 이상으로 버티는군. 귀찮다. 별로 쓰고 싶지는 않았지만 하는 수 없지.”

사고가 일어나기 전에 먼저 포티머스가 승부를 걸어왔다.

포티머스의 오른팔이 쑥 떨어진다.

거기에서 나타난 물건은 몇 번을 봐도 총신.

야, 인마아아아?!

얼마나 더 세계관을 붕괴시키려고!

아무튼 위험하다!

곧바로 바닥을 박차고 벽을 달렸다.

나의 뒤를 쫓아서 탄환이 벽을 꿰뚫었다.

마법을 쓰지 못한다면 완전 물리로 탄환 공격을 하면 되는 게 맞지.

그건 알고 있지만 말이야!

이건 좀 아니잖아!

기관총처럼 난사하는 탄환의 비를 벽을 달리며 피해 나갔다.

그대로 벽을 타고 올라가서 천장에 도착.

천장을 거꾸로 매달린 채 질주하며 탄환을 피해 나갔다.

피하는 중에 자꾸 얻어맞았지만!

아무리 빨리 움직인들 약체화된 상태로 저렇게 난사하는 총을 어떻게 다 피하겠어!

탄환 몇몇이 몸에 박혀 피부를 가르고 살점을 짓뭉갰다.

통각 무효 덕분에 통증은 없지만 몸속에 이물질이 들어오는 위화감이 나를 덮쳤다.

에잇, 될 대로 돼라!

포티머스의 머리 위 천장까지 도착.

거기에서 뛰어내렸다.

포티머스는 똑바로 떨어져 내려오는 나의 인간형 머리를 향해 탄환을 집중시켰다.

탄환 몇 개가 관통해서 나의 머리 부분을 소실시켰다.

바보야!

그건 본체가 맞아.

하지만! 내게는 두뇌가 하나 더 있거든!

인간형의 뇌가 펑 터져 나가도 내게는 거미형의 두뇌가 남아 있다.

한쪽이 남아 있으면 행동에 지장은 없음!

머리를 잃었는데도 불구하고 움직이는 내 모습에 동요했는지 포티머스의 태연자약한 얼굴이 일그러졌다.

놈의 얼굴에 중력을 실은 내 펀치를 선사해드렸다.

팔이 부러지는 것도 아랑곳하지 않고 온 힘을 다해 후려갈긴 덕분에 포티머스의 안면이 움푹 파이고 고개가 돌아가지 않아야 하는 방향으로 꺾였다.

그대로 팽이처럼 회전해서 쭉 날아가다가 벽에 격돌했다.

그동안에도 오른팔의 총으로는 탄환을 계속 쏟아 내며 주변에 마구마구 탄환을 흩뿌렸다.

흡혈 양과 메라가 무사한지 힐끗 확인해봤는데 유탄에 맞은 기색은 없었다.

쓰러진 포티머스는 여전히 바닥을 향해 무의미하게 탄환을 쏟아

붓고 있었다.

총소리가 불현듯 멎었다.

탄환이 떨어진 걸까?

탄에 제한이 있어서 별로 쓰고 싶지 않았다는 걸가?

맞으면 좋은 일이기는 한데, 근데 죽었나?

공격을 더 해야 할까 일순간 망설인 틈에 포티머스가 불쑥 일어섰다.

고개는 여전히 이상한 방향으로 꺾인 상태.

왼손으로 머리를 붙잡고 빼걱 불길한 소리를 울리면서 고개를 원래 위치로 억지로 돌려놓았다.

남 말 할 처지는 아니지만 인간을 벗어난 꼴이라서 징그러웠다.

그나저나 좋지 않다.

이쪽은 머리를 때린 오른팔이 망가져서 제대로 써먹을 수가 없었다.

자동 재생은 역시 작동을 안 하네.

결계를 멈추지 않는 동안은 재생도 안 되나 보다.

반면에 저쪽은 별반 대미지를 받은 모습이 아니었다.

탄환은 다 써버린 기색이었지만 그래도 득실을 따지면 마이너스 같다.

큰일 났네.

이거 진지하게 위험할지도 모르겠다.

이 상황에서 죽으면 결계 때문에 불사가 발동하지 않을 우려가 있다.

그렇게 되면 또 의지할 데는 알 부활인데, 방금 전에 막 모든 알이 부화한 상황.

부화한 다음의 베이비에게도 나를 이식 가능한지는 안 해봤으니까 모른다.

애당초 결계가 발동하는 상황에서 알 부활이 가능한지도 불분명했다.

지금 살해당하면 진짜 죽을 수도 있겠다.

가벼운 마음으로 난입했더니만 상대가 뜻밖의 거물일 줄이야, 대체 얼마나 운이 나쁜 거냐고…….

아니면 흡혈 양은 그냥 내버려 두고 관련되지 않는 게 정답이었나?

아~ 쓸데없이 끙끙대지 마!

후회해 봤자 이미 일은 벌어졌는걸.

지금은 이 상황을 타파하기 위한 방책을 고민해야지.

"위험하다. 위험하군. 네년은 방치해 두면 앞으로도 쭉 성가신 적이 될 것 같다. 여기에서 확실하게 해치우도록 하지."

와아~. 열렬한 처단 선언이 쏟아졌습니다~.

필요 없거든?

아무래도 상대방은 나를 놓아줄 생각이 없나 보다.

어떻게든 쓰러뜨리지 못한다면 활로는 없었다.

서로 간에 자세를 가다듬었다.

뭔가, 뭔가 좋은 수는 없을까?

상대가 강철 육체를 보유하고 있는 한 내 물리 공격으로 대미지를 입히기는 어려웠다.

방금 전처럼 중력 같은 외적 요인을 더해 반동으로 몸이 상한다

해도 망설이지 않고 공격을 감행할 수밖에 없었다.

방어력이 떨어진 지금의 내 상태로는 자신이 펼친 공격에서 오는 반동마저도 몸이 견디지 못한다.

저쪽은 방어 면을 돌보지 않고 공격만 해도 되는데, 이쪽은 어지간한 공격으로는 대미지를 입히기는커녕 반동 때문에 자신에게 대미지를 받는 형편이라니—.

이대로는 분명히 패배한다.

뭔가 역전의 수를 찾아야 하는데.

실은 못 쓴다.

전에 가슴을 가리려고 만들어 놓은 천은 사라지지 않았으니까 미리 결계 바깥에서 만들어 놓은 실은 사라지지 않을 것 같다.

하지만 실을 새로 뽑아내기는 불가능했다.

지금 있는 실은 가슴에 감아 놓은 천 조각 하나뿐.

그렇다 해도 실부림으로 움직일 수도 없는 상태니까 방어구 용도밖에 안 된다.

결계 때문에 정작 방어력도 사라진 것 같지만…….

거미줄의 성질이 결계 때문에 지워져버렸다.

지금 이 천은 단지 단순하게 하얗고 조금 예쁜 천 조각으로 전락했다.

못 써먹는다.

마법도 안 돼.

발동은커녕 사전 준비 단계에서 싹 흩어져버린다.

또 남아 있는 수단은 사안 정도?

하지만 사안도 분류를 따지면 마법과 비슷비슷하니까 제대로 발동할 것 같지 않았다.

포티머스가 탄환이 다 떨어진 것으로 판단한 오른손의 총구를 이쪽으로 겨눴다.

총구가 번쩍이면서 빛나는 탄환이 사출됐다.

위험해라!

불길한 예감이 들어서 미리 회피 행동을 취하기를 잘했다!

안 그랬으면 직격당하고 산산조각이 날 뻔했잖아!

내 뒤쪽의 벽이 폭발해버렸네?!

그건 그렇고 저건 또 뭐야?

결계는 아직 발동 중이니까 마법적인 공격이 아니라는 소리인데, 혹시 플라스마 포탄이라든지 그런 거야?

포티머스가 또다시 원리 불명의 빛 구슬을 쏘아 재꼈다.

총구가 빛나고 나서 발사까지 약간의 시차가 발생하는 덕분에 간신히 피할 수는 있었다.

방금 전의 실탄과 달리 아마도 연사가 안 되는 것도 위안이었다.

저런 걸 연사까지 해 댔다면 진짜 못 피했을 거야.

포티머스는 두 번째 사격도 나를 맞히지 못하자 방침을 변경한 듯했다.

거리를 좁히면서 총구를 이쪽으로 겨누고 있다.

자꾸 피하는 목표는 근거리에서 맞히면 되잖아.

포티머스의 방어를 내가 돌파하지 못하는 것은 이미 검증 완료.

아무리 내게 원거리 공격 수단이 없다고 해도 나의 근거리 공격조차 두려워하지 않는 만큼 녀석에게는 굳이 원거리전을 고집할 이유가 없었다.

접근해서 피할 도리가 없도록 거리를 좁히고 필살의 일격을 적중시키면 된다.

실로 단순 명쾌했고, 그래서 더 골치 아팠다.

상대가 승부를 결정지으려고 한다.

반면에 나는 놈에게 취할 수단이 이리저리 도망치는 것뿐.

어떻게든 거리를 허락하지 않으려고 움직일 수밖에 없었다.

역전의 한 수도 없었기에 바짝바짝 목이 타는 초조감이 솟구쳤다.

시간이 흐르면서 점점 죽음이 가까워지는 이 감각.

위험하다.

초조함 때문인지 살짝 회피가 늦어졌다.

그 틈을 찌르고 포티머스의 총구에 빛이 깃들었다.

피하려고 해도 총구는 나를 계속 따라붙었다.

안 된다, 이번에는 정말 못 피할 거야.

거의 자포자기하면서 시험한 적이 없었던 사안을 써봤다.

주원의 사안, 정지의 사안, 인척의 사안, 봉인의 사안, 난마의 사안, 거기에 또 자멸 각오로 사멸의 사안까지 발동.

하지만 역시 이럴 줄 알았지만 무엇도 발동하지 않았다.

단 하나의 사안을 제외하고—.

"뭣이?"

그때까지 냉정을 유지하고 있었던 포티머스가 처음으로 초조함이 엿보이는 목소리를 냈다.

오른팔이 콰직 비틀어졌기에…….

내가 발동한 것은 왜곡의 사안.

공간 자체를 비틀어 구부림으로써 범위 안에 있는 물체를 도려내는 사안.

그것을 포티머스의 오른팔 내부에 발동시켰다.

그래, 포티머스의 몸속을.

나의 몸 안에는 결계의 영향이 없다.

그렇다면 아마도 포티머스의 몸속도 결계의 영향이 없을 것이다.

즉 포티머스의 몸속을 직접 공격하는 수단만 확보한다면 결계의 영향이 없는 그곳을 타격할 수 있도다!

왜곡의 사안은 공간 자체를 공격한다.

요컨대 결계의 영향이 없는 포티머스의 몸 안을 직접 노릴 수 있다는 셈이었다.

여기에 와서 천만뜻밖의 전세 역전.

밑져야 본전이래도 시도해볼 일이구나.

승기를 발견한 나는 이번에는 포티머스의 머릿속을 향해 왜곡의 사안을 발동시켰다.

"쳇!"

하지만 머릿속을 도려내기 전에 포티머스가 회피 행동을 취했다.

왜곡의 사안은 공간 자체를 공격한다.

반대로 말하자면 해당 공간을 벗어남으로써 쉽게 피할 수 있다는 의미이기도 했다.

덧붙여서 공간 내부에 있는 대상이 단단하면 단단할수록 도려내는 데 많은 힘과 시간을 필요로 했다.

포티머스의 강철 보디를 도려내려면 그에 상응하는 시간을 들여야 했다.

그 시간이 있다면 포티머스도 충분히 회피가 가능하다.

방금 전 오른팔을 도려내는 데 성공한 이유는 약간의 방심과 상대가 총구를 이쪽으로 향한 채 공격 태세에 들어가 있었던 덕분.

내가 포티머스를 상처 입힐 수단을 갖고 있다고 판명된 이상 저쪽도 당연히 경계했다.

어지간한 틈을 드러내지 않는 한 왜곡의 사안은 회피당한다고 가정하는 것이 좋겠다.

하지만 이제 입장은 역전됐다.

나는 포티머스를 해치울 수 있는 수단을 발견했고, 포티머스는 나를 일격으로 해치울 수 있는 오른팔을 잃어버렸다.

다만 육탄전으로는 아직 포티머스가 더 유리했다.

승부의 행방은 불분명하다.

포티머스도 같은 생각을 했는지 방심하지 않으면서 내 행동을 살피고 있었다.

나도 왜곡의 사안을 때려 박을 틈을 살핀다.

서로 간에 긴장감이 증폭되면서 마침내 절정에 달했을 때였다.

"어머, 반가워라~. 마왕 소녀 아리엘, 화려하게 등장!"

천장을 뻥 뚫고 뭔가 이상한 녀석이 떨어졌다.

응? 아, 엥, 으응?

내 눈이 미치지 않았다면 나랑 포티머스의 딱 중간에서 자신 있게 포즈를 잡고 있는 재는 마왕 아니야?

음? 뭐하는 거지?

그보다 마왕 씨, 댁이 그런 캐릭터였던가?

"설마 아리엘인가?"

"아리엘이라고 말했잖아. 왜 말꼬리에 물음표가 붙는 거야?"

포티머스가 곤혹스러워하면서 묻는 것도 어쩔 수 없다고 생각한다.

이 무거운 분위기 속에서 어떻게 저런 가벼운 방식으로 등장할 수 있는 거냐고…….

분위기 파악을 못하는 데도 정도가 있다!

"흠. 결계 발동 중에는 감정을 쓰지 못하기에 아쉽군. 진짜인가, 가짜인가. 제대로 판단을 내릴 수가 없으니."

"진짜라니까요~. 오히려 남의 몸을 쓰고 있는 가짜가 할 말은 아니라고 생각합니다~."

"그건 뼈아픈 지적이군."

나를 무시하고 시작되는 포티머스와 마왕의 대화.

거기에서 짐작해보면 저 포티머스의 로봇 보디는 임시로 쓰는 물건인가 보다.

어딘가에 본체가 있고 원격 조작이라도 하나 보네.

"아무튼 말야, 포티머스. 어째서 네가 여기에 있는 거야?"

"글쎄, 어째서일까?"

포티머스가 시치미를 뗐다.

다음 순간, 지면이 흔들렸다.

"냉큼 불어."

마왕이 지면을 걷어찼을 뿐.

스킬도 마법도 쓰지 않은 단순한 발차기만으로 국지적인 지진을 일으켰다.

하지만 그런 물리적인 변화는 사실 아무래도 좋았다.

마왕에게서 느껴지는 오싹해지는 살기에 비한다면…….

"진짜인가?"

"처음부터 알았으면서 그러네? 자, 불어."

방금 전까지는 실실거리던 분위기가 거짓말이었던 것처럼 마왕의 몸에서 강렬한 기세가 뿜어졌다.

나를 향하는 기세가 아닌데도 숨이 막힐 것 같았다.

무, 무서워라.

진짜 좀 많이 무서운데요…….

나는 분명히 고레벨의 공포 내성을 갖고 있는데도 마왕의 강렬한 분노의 기세에 압도돼서 공포를 느끼고 있었다.

저기요~? 저는 영문도 모르고 저기 저 아저씨랑 우연히 마주쳐서 싸운 게 전부라서요. 이제 슬슬 물러나도 괜찮을까요~?

"아무래도 근간은 바뀌지 않았나 보군. 무슨 바람이 불어서 바보 행세를 하는지 모르겠다만. 이래서는 상황이 조금 불리해졌군."

"그걸 알면 쓸데없는 저항은 그만두고 목적을 털어놓지? 아니면 강제로 토해 내고 싶어?"

"둘 다 거절한다."

포티머스는 무모하게도 마왕에게 돌격했다.
"흥."
일격.
아무렇게나 휘두른 팔.
단 한 방으로 내가 그토록 고전했던 포티머스의 몸을 산산조각으로 깨부쉈다.
남은 것은 포티머스의 목과 약간의 쇄골 부분뿐.
"이 보디로도 네년은 당할 수 없는가. 예정 외의 손실을 입고 말았군."
"언젠가 네 본체도 똑같은 신세로 만들어줄게."
그 말에는 찐득찐득한 원망과 한탄이 가득 남아 있었다.
어떻게 하면 저렇게 무시무시한 목소리가 나오는 걸까 궁금할 만큼…….
"후. 할 수 있다면 해봐라, 계집."
마왕이 포티머스의 머리를 아무렇게나 밟아 부쉈다.
너무나도 싱겁게 막이 내렸다.
어떤 각오도 없이 마주쳐버렸기 때문에 긴장감이 강하게 솟구치지는 않았지만 그래도 강적이었다.
자칫하면 내가 죽을 수도 있었을 만큼…….
하지만 승리의 실감도 살아남았다는 기쁨도 내게는 없었다.
뭐니 뭐니 해도 내게는 다른 위협이 눈앞에 나타나버린 상황이니까.
방금 전 포티머스인가 하는 엘프보다도 훨씬 더 위험한 적.
포티머스가 죽은, 음, 파괴된 덕분에 결계가 사라져서 마법도 스킬도 쓸 수 있게 됐다.

그렇다 해도 눈앞의 마왕에게는 승산이 전혀 보이지 않는다.

지금이라도 몰래 도망칠까?

"자. 거기 거미 양."

깜짝이야!

"아니면 이렇게 부르는 게 더 좋을까? 와카바 히이로?"

……그 이름을 어떻게 알았어?

아니, 게다가 마왕이 건네고 있는 말은 일본어였다.

"네가 집어넣은 걔하고 내가 아무래도 뒤죽박죽으로 섞인 것 같거든. 나는 마왕 아리엘이자 와카바 히이로의 일부이기도 해. 주체는 아리엘 쪽에 쏠려 있다는 기분이 들지만, 역시 나 스스로는 모르겠어. 봐봐. 성격도 꽤 바뀌었지?"

마왕하고는 딱히 깊이 알고 지냈던 사이가 아니었다.

하지만 지금의 마왕이 이상하다는 건 왠지 모르게 이해된다.

이전의 마왕이었다면 마왕 소녀 등장이라는 소리는 절대로 안 했을 거야.

"뭐, 그런 이유로 전직 몸 담당의 의식도 섞여 있는 나로서는 본체에 해당하는 너를 죽이는 것은 마음이 안 내키게 바뀌어버렸다는 거야, 난감하게도."

익살을 부리면서 그렇게 말씀하시는 마왕님.

"아니, 애당초 말이야. 나는 사실 얼마 전 전투에서 결판이 난 줄 알았거든? 이번에는 아예 심연 마법으로 지워 없애버렸는데. 있잖아, 대체 왜~ 너는 이렇게 팔팔하게 돌아다니는 건데? 영문을 모르겠거든? 평범하게 죽여도 안 죽고, 안 평범한 방법으로 죽여도 안 죽고. 뭘 어떻게 하면 죽을 거야? 진짜 진지하게 묻는 거야. 이렇게 이해가 안 되는 불사신 부활을 자꾸 보면 나도 말이야, 솔직히 더 이상은 적대하고 싶지 않다는 게 본심이거든. 응, 그냥 무서워."

마왕이 진지한 얼굴로 나더러 무섭다고 한다.

내게는 공포의 대명사 같은 존재였던 마왕이 오히려 나를 무섭다고 표현했다.

농담이지? 그렇게 되묻고 싶었지만 마왕의 눈동자에는 분명히 두려움의 빛이 보였다.

"죽여도 죽여도 안 죽고, 점점 더 강해지기만 하고. 그렇게 섬뜩하고 무서운 상대를 더 이상 적으로 두고 싶지는 않아. 그러니까 휴전을 하고 싶은데 너는 어때?"

바라는 바입니다!

즉시 승낙의 의미로 고개를 끄덕였다.

하지만 마왕은 거기에서 또 한 걸음 나아가 파격적인 제안을 꺼내놓았다.

"그리고 나는 전력이 필요한 상황이야. 적으로 돌리면 더할 나위 없이 두려운 상대지만 아군으로 만들면 더할 나위 없이 든든하겠지? 그러니까 제안할게. 나랑 손을 잡지 않을래?"

그렇게 말하고 마왕은 내게 손을 내밀었다.

마물 도감
file.19

글로리아

LV.01

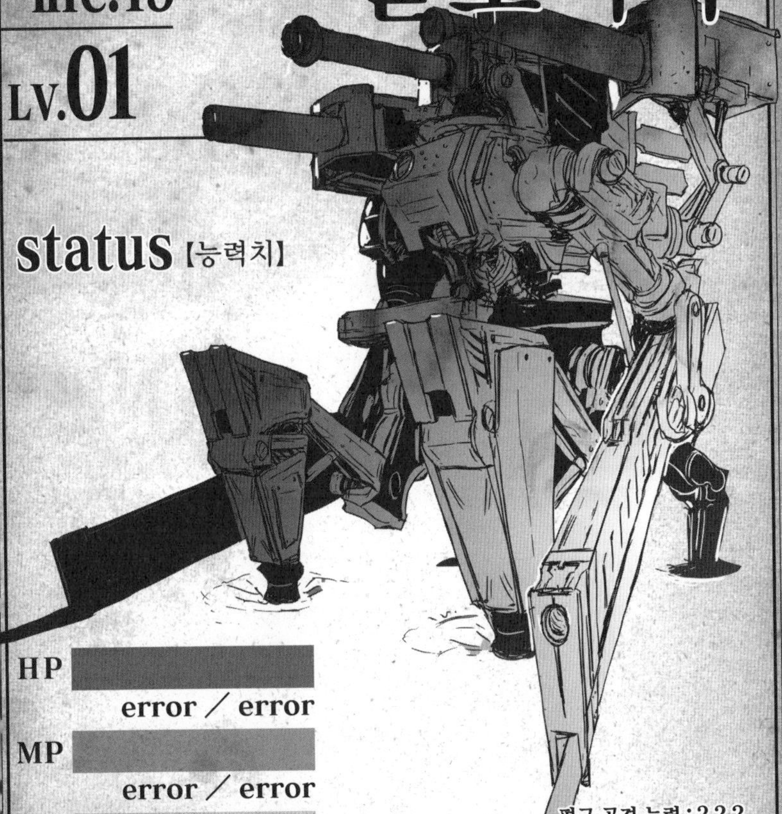

status 【능력치】

HP
error / error

MP
error / error

SP
error / error

error / error

평균 공격 능력 : ? ? ?
평균 방어 능력 : ? ? ?
평균 마법 능력 : ? ? ?
평균 저항 능력 : ? ? ?
평균 속도 능력 : ? ? ?

skill 【기술】

error
error error error error error error error error error error
error error error error error error error error error error
error error error error error error error error error error
error error error error error error error error error error
error error error error error error error error error error

경고. 시스템이 허가하지 않는 존재입니다.

막간 충돌하는 옛 존재들

시로와 손을 잡았을 때의 기억을 떠올렸다.

죽여도 죽여도 죽지 않는 시로에게 내가 취할 수단은 화해한 다음 손을 잡는 회유책밖에 떠오르지 않았었다.

불사 스킬을 갖고 있어서 죽지 않는다면 그래도 이해가 된다.

하지만 불사 스킬로도 못 막는, 소멸을 선사하는 심연 마법에 당하고도 다시금 시로는 부활을 이루어 냈다.

정말 손쓸 방법이 없었다.

그때 이미 내 내면에 있었던 시로의 일부, 전직 몸 담당이라고 불렸던 병렬 의사는 나와 뒤섞여서 지금의 나를 형성하고 있었다.

더 이상의 변질은 일어나지 않는다고 확신했고, 나라는 존재가 다소 변질되었을지언정 남아 있는 이상 더는 시로와 적대할 의미도 사라졌었다.

퀸과 그 부하들이며 퍼펫들의 원수라는 의미로는 아직 앙금이 남아 있었지만, 그쪽을 제외하고도 더 이상의 교전은 디메리트밖에 되지 않았다.

조만간에 내가 당하게 된다는 확신이 왠지 모르게 느껴졌다.

그래서 그 단계에서 시로를 쓰러뜨리는 것은 포기하고 오히려 아군으로 거두는 쪽으로 태세를 전환.

잃어버린 퀸이나 부하를 대신하는 역할을 그들을 타도한 시로에게 맡겼다.

위험한 적을 아군의 전력으로 만들 수 있는 데다가 바로 곁에서 감시할 수도 있다.

상대가 위험하다는 사실은 변함없기에 도박 같은 방책이었지만 내게는 달리 선택지가 없었다.

그대로 방치하면 나는 정말로 언젠가 훗날 시로에게 살해당했을 테니까.

나는 도박에 승리했고 더할 나위 없는 아군을 손에 넣었다.

정말로 더할 나위가 없을 만큼 소중한 아군을…….

그로부터 10년 이상 흘렀다.

둘이 힘을 모아서 여기까지 노를 저어 왔다.

"길었어."

먼 옛날부터 품었던 염원.

마침내 그 염원을 이루어 낼 오늘 이날이 왔다.

과거의 긴 세월을 떠올리면 시로와 달려왔던 십수 년이 몹시 짧게 느껴진다.

그만큼 의미 있는 시간을 보냈다는 뜻이기도 하지만…….

감개에 젖은 내 눈앞을 이 세계에서는 이질적인 기계 병기가 가로막고 나섰다.

저런 병기를 쓰는 족속은 이 세계에서 엘프밖에 존재하지 않는다.

더 정확히 말하자면 포티머스라는 남자 하나뿐.

"전에 내가 했던 말 기억해?"

『글쎄다. 계집애의 헛소리를 일일이 기억할 만큼 나는 한가하지 않아서 말이다.』

선두의 기계에서 포티머스의 목소리가 스피커를 통해 들려왔다.

눈앞에 무리 짓고 나타난 기계 군세를 향해 나는 조소를 보냈다.

"이런 장난감으로 나를 막아보시겠다? 용사를 나한테 던져 넣지 않아도 되겠어?"

뭐, 지금쯤 용사가 있는 곳으로 시로가 가 있을 테지만…….

『용사야말로 관리자의 장난감이 아니더냐. 그딴 것은 내게는 필요치 않다.』

"언제까지 그렇게 여유를 부릴 수 있을까?"

기계 병기와 대치하는 형태로 내 배후에 거미 마물들이 집결했다.

거구의 퀸 타라텍트를 선두로 이곳 엘프의 마을이 있는 가람 대삼림에 서식하는 모든 타라텍트가 집결했다.

제국군은 물론 마족군마저도 머릿수 맞추기에 불과하다.

나의 군세는 퀸 타라텍트를 포함한 거미 무리.

그리고 시로를 필두로 하는 믿음직한 동료 몇 명.

여기까지 판을 만들어줬는데 성공을 못 시킨다면 거짓말이겠지?

"포티머스. 다시 한 번 선언하겠어. 오늘 너의 본체를 죽일 거야."

『할 수 있다면 어디 해보거라.』

기계 군세가 결계를 발동시켰다.

이 세계의 시스템이라는 법칙을 부정하는 결계.

그따위 결계는 관계없다는 듯이 나는 전진했다.

Potimas Harrifenas

포티머스 하이페너스

본명 포티머스 하이페너스. 엘프의 마을의 족장. 엘프라는 종족의 절대적 권력자. 선생님, 즉 필리메스의 아버지이기도 하며 전생자인 딸의 부탁을 받아들여서 다른 전생자의 보호에 나섰다. 하지만 거기에는 본인의 속셈도 있었기에 선의로 인한 행동은 아니다. 자신 이외의 엘프는 모두 자신의 꼭두각시로 여기고 있다.

그가 엘프라는 종족의 정점에 서 있는 것이 아니라 그를 위해 엘프라는 종족이 존재한다고 해도 과언이 아니다. 진짜 속셈이 어디에 있는지는 본인만이 알고 있다.

종장 새로운 여행길

멀리서 활활 타오르는 도시.

도시를 바라보고 있는 네 개의 눈동자.

메라와 그 품에 안겨 있는 흡혈 양.

태어나 자란 도시가 불타 없어지는 광경을 눈에 새겨 넣는 흡혈 양.

흡혈 양의 부모에게 충성을 바쳤던 메라.

두 사람이 어떤 심정으로 불타오르는 도시를 지켜보고 있는지 나는 역시 짐작이 되지 않는다.

다만 이대로 두 사람이 만족할 때까지 지켜보도록 기다려주고 싶었다.

옆에서는 마왕이 가만히 서 있었다.

나는 이 숙적과 손을 잡는 길을 선택했다.

"어때? 대답을 들려주면 안 될까?"

마왕이 생글생글 웃으면서 물었다.

다만 눈은 웃고 있지 않았다.

거절했을 경우 어떻게 될지 모르겠다.

마왕은 나를 불사신의 화신이라는 듯 부르면서 경계하고 있어도 나 역시 무제한으로 부활이 가능하지는 않았으니까.

마왕은 알지 못하는 사실이지만 지금의 나는 알 부활이라는 보험이 작동할지 어떨지 모르는 상황.

알은 전부 부화해서 자아를 지닌 베이비로 활동을 시작해버렸다.

과연 이번에도 베이비의 자아를 탈취해서 부활을 해낼 수 있을까?

미묘하달까, 아니, 아마도 안 될 것 같아.

그때는 태어나기 전이어서 자아가 확립되지 않은 베이비에게 빙의했으니까 가능했나고 생각한다.

즉 지금 마왕에게 살해당하면 부활이 불가능할 수도 있다는 뜻.

만약 또 마왕과 전투가 벌어진다면?

승산은 없다.

따라서 데드 엔드.

후, 후후후.

거절을 못 하잖아!

하지만 곰곰이 생각해보면 나쁜 제안은 아닌가?

마왕은 정체불명의 불사신 적을 가까이에서 감시할 수 있고—.

나는 위협적인 마왕을 경호원처럼 쓸 수 있고—.

서로 간에 상대를 위협이라고 생각하고 있으니까 적대하지 않고 손을 잡으면 오히려 이익이 크다.

덧붙여서 마왕은 나를 완전한 불사신이라고 착각 중.

그렇다면 섣부른 수작을 부리면서 관계를 악화시키려고 들지는 않을 거야.

즉 마왕은 이쪽을 배반하지 못한다.

반대는 가능한데도 불구하고!

나에게 굉장히 유리한 조약 아닐까?

손을 잡는다는 마왕의 표현에도 호감이 생겼다.

나는 누군가의 부하로 들어가는 것은 내키지 않지만 손을 잡는다는 표현은 대등한 입장에 서자는 말.

나는 최대의 적인 마왕을 경계하지 않아도 된다.

마왕은 나라는 불확정 요소를 상대하지 않아도 된다.

그런 전제로 서로 간에 상대의 전력을 의지할 수도 있음.

이거 win-win 거래 아니야?

최악의 경우 납득이 되지 않으면 마왕을 이용할 만큼 이용하다가 마왕을 쓰러뜨릴 계획을 세우고 나서 배반해도 된다.

마왕이 먼저 배반할 가능성은 낮으니까 그런 대응도 가능했다.

굳이 거절한 다음 또 적대 관계로 도망 생활을 보내기보다는 훨씬 건설적이네.

그렇게 타산적인 사고를 순식간에 마친 나는 말없이 마왕의 손을 잡았다.

그 후 영주 부부의 시체를 메라가 확인했다.

내가 달려오기 전에 영주 부부는 이미 살해당했다.

포티머스의 손에…….

메라는 둘의 시체를 자신의 눈으로 확인하고 싶었던 것 같다.

안 그러면 믿지 못할 테니까, 믿고 싶지 않았을 테니까.

흡혈 양을 안은 채, 하지만 아이의 시선은 막아주면서 메라는 영주 부부의 시체를 보고 있었다.

메라는 흡혈 양이 전생자이고 갓난아기 때부터 분명한 자아를 지녔다는 사실을 알지 못한다.

그럼에도 아이에게 부모의 무참한 시체를 보여주지 않으려고 신경 쓰는 구석이 메라의 훌륭한 인품을 표현해주는 듯 느껴졌다.

고지식해 보이는 저 얼굴을 주체 못하고 일그러뜨리면서 눈물 흘리는 모습도…….

하지만 이 자리에 너무 오래도록 눌러앉아 있을 수도 없는 노릇이었다.

왜냐하면 저택을 포위하면서 오우츠 국의 군대가 들이닥치고 있었으니까.

나와 마왕이라면 인간의 군대 따위는 물론 싹 쓸어버릴 수 있다.

하지만 그런 짓은 하지 않는다.

그런 짓을 해 봐야 의미가 없으니까.

영주 부부는 죽었고 도시는 이미 유린당했다.

지금 오우츠 국의 군대를 해치워 봤자 바뀌는 것은 없다.

그런데도 손을 쓴다면 단순한 화풀이에 불과하다.

이 도시에 깊은 감흥이 없는 나에게도, 마왕에게도 복수조차 되지 않는다.

도시의 주민들은 자신들을 이런 신세로 몰아넣은 오우츠 국의 군대에 복수를 하고 싶은 마음이 있을지도 모르겠지만, 나도 마왕도 복수를 대신 해주는 것은 뭔가 좀 아니라고 생각했다.

그러니까 철수하기로 했다.

메라가 불타는 도시에서 시선을 돌렸다.

"이제 괜찮겠어?"

"예."

마왕의 물음에 대답하는 목소리에는 힘이 없었다.

하지만 깊숙한 곳에는 구부러지지 않는 심지 같은 것이 느껴졌다.

"인사가 늦었습니다. 목숨을 구해주셔서 진정으로 감사드립니다."

정중하게 나와 마왕을 향해 고개를 수그리는 메라.

하지만 다시 올라온 그 눈에는 의구심이 깃들어 있었다.

"목숨을 구해주신 두 분께 이런 질문을 하는 것은 실례일지도 모르겠습니다만, 두 분께서는 신분이 어떻게 되십니까?"

음, 뭐.

생명의 은인이라지만 나는 반인반거미 아라크네.

마왕은 등장하는 방식부터 좀 그랬고…….

뭐냐고, 마왕 소녀 등장이라니—.

엄청나게 이상했단 말이야~.

메라의 의문도 지당하다고 생각한다.

"나는 마왕. 어떤 거짓도 없이 진짜로 마왕 아리엘이야. 그리고 이쪽은 요즘 너희들이 신수님이라고 부르면서 떠받들었던 거미 마물, 걔가 진화한 모습."

"신수님이라고요?!"

메라가 이쪽을 보면서 깜짝 놀란 표정을 지었다.

앗, 마왕이 마왕이라는 발언도 중요한데 그냥 무시네요.

"에잇. 나는 마왕인데. 왜 나한테는 안 놀라?"

무시당한 마왕이 툴툴거린다.

볼을 부풀린 얼굴. 뭐야, 삐친 거야? 근데 또 귀엽네?

"좋아, 본 실력을 살짝 보여주겠어."

그리고 마왕에게서 느껴지는 위압감이 커졌다.

아무래도 오프로 설정했던 위압 계열 스킬을 온으로 돌린 모양이다.

내게는 별반 영향이 없었지만 그 변화는 극적인 효과를 불러일으켰다.

메라의 전신에서 땀이 쏟아진다.

표정은 공포로 얼어붙었다.

거기에 또 보너스라는 듯 주변의 생물들이 일제히 멀어지는 것이 느껴졌다.

"나는 어떤 거짓도 없이 진짜로 마왕이야. 마왕 아리엘이랍니다. 그러니까 앞으로 잘 부탁드려요."

아~ 방금 전까지의 유감스러움을 없애니까 역시 마왕이 맞구나~ 라는 생각이 드네.

메라도 이 위압을 느끼고는 믿지 않을 도리가 없겠지.

그보다 이런 위압감을 발휘할 수 있는 녀석이 아무 데나 굴러다닐 리도 없고…….

"마왕. 마왕이, 어째서?"

본래는 겁먹고 지금 당장 도망치고 싶은 심정일 텐데, 기특하게도 흡혈 양을 지키려는 자세로 제자리에 버티고 있었다.

그뿐 아니라 갈라지는 목소리였지만 질문을 던지기도 했다.

대단한 근성.

"얘기하려면 길어지는데 말이야."

그렇게 시작한 이야기는 마왕과 나의 관계.

방금 전까지 적대하고 있었다는 사실과, 그리고 나를 쫓아온 곳에서 숙적 포티머스를 발견하고 개입했다고 설명했다.

“놈은 이 세계에서 제일가는 쓰레기거든. 발견하면 반드시 죽여야 해. 그래 봐야 방금 전 해치운 놈은 원격 조작으로 조종하는 인형 같은 분신이니까 쳐부숴 봤자 또 솟아나지만 말이야.”

그렇구나. 저런 게 또 솟아나는구나.

무서워라.

“뭐, 그런고로 내가 너희를 구한 이유는 단순한 우연. 꼭 구하려고 와서 구한 건 아니었어. 나는 그래.”

그렇게 말하고 의미심장한 시선으로 이쪽을 돌아보는 마왕.

그에 반응해서 메라도 이쪽을 쳐다봤다.

으으.

말을 꼭 해야 하나?

제대로 설명할 자신이 전혀 없는데?

“응, 뭐, 저기 쟤가 너희를 구한 이유는 네 품에 있는 아기와 동향이라서 그럴걸?”

내가 침묵하고 있으려니까 마왕이 제멋대로 내 사정을 재잘거리기 시작했다.

고맙긴 한데 괜한 친절이랄까, 음. 끙.

“동향이라고요?”

“그래그래. 자~ 질문입니다~. 아가씨의 이름은?”

마왕이 생긋 미소 지으면서 흡혈 양의 얼굴을 들여다봤다.

“아리엘 님. 아가씨는 아직 대화를 하지 못합니다.”

"오오. 그렇군, 그렇군. 아직 입이 잘 안 움직이겠구나. 그럼 염화를 이어줄게."

"그런 문제가 아닙니다만."

"그런 문제거든? 왜냐면 이 애는 저기 거미 아가씨랑 마찬가지로 다른 세계에서 온 전생자니까."

마왕이 대뜸 나와 흡혈 양의 비밀을 폭로했다.

"전생자?"

평소 들은 적 없을 생소한 단어에 메라가 고개를 갸웃거렸다.

"이 세계의 어느 왕바보가 바보짓을 저질렀거든? 그래서 다른 세계에 완전 민폐를 끼쳐버렸어."

"예?"

"일단 들어봐. 아무튼 다른 세계의 젊은 애들이 이쪽에서 벌인 소동에 휘말려서 수십 명이나 죽은 거야. 그래서 그 일에 책임을 느낀 하느님이 죽은 애들의 영혼을 주워다가 이쪽 세계에서 새로 살아갈 수 있도록 탄생시켰어. 말하자면 전생자."

"그렇습니까."

메라는 아무래도 요점을 모르겠다는 얼굴로 듣고 있었다.

그야 이렇게 황당무계한 이야기를 느닷없이 들었으니까.

"그들 전생자는 전세의 기억을 지닌 채 태어나거든. 게다가 하느님한테 보너스도 받았어. 그런 이유 때문인지도 모르겠는데 너희를 습격한 일당은 전생자를 노리고 있는 것 같더라고."

응?

그런 거야?

그렇다면 즉 포티머스인가 하는 엘프는 전생자를 노리고 있다는 소리?

"저기, 그 이야기와 어떤 관계가 있습니까?"

"어머? 눈치가 없으셔라~. 요컨대 거기 아가씨가 바로 전생자 중 한 사람이라는 말이야~."

"예?!"

"내 말이 맞지 소피아? 자, 저쪽에서는 이름이 뭐였어?"

불문곡직하고 묻는 마왕에게 흡혈 양은 뚜렷한 동요를 드러냈다.

『네기시 쇼코.』

그리고 얼마 있다가 그 이름을 염화로 입에 담았다.

"네, 이름 알려줘서 고마워요! 들었다시피 이 아가씨는 전생자이고 게다가 흡혈귀! 이것저것 골칫거리가 많으시네요~. 그리고 저기 거미 재도 여기 아가씨랑 마찬가지로 전생자거든. 동향의 인연으로 이래저래 골칫거리를 떠안고 있던 아가씨를 지켜봐줬던 거라고 나는 추측 중인데, 맞아?"

마왕이 내게 물었다.

으, 응.

일단 신경은 쓰고 있었으니까 아주 틀린 말은 아닐지도?

애써 부정하기도 귀찮으니까 지금은 긍정의 의미로 끄덕여주자.

"자, 이제 적당히 이쪽의 사정은 이해가 됐을 것 같고. 이번에는 내가 질문할게. 너희들 이제부터 어떡할 거야?"

마왕의 물음에 메라도 흡혈 양도 곧바로는 대답하지 못했다.

메라는 흡혈 양이 전생자였다는 폭로를 느닷없이 접해서 혼란에 빠져 있을 테고, 흡혈 양은 애당초 훗날의 전망을 아무것도 갖고 있지 않은 것 같았다.

“몇 가지 선택지는 있는데~. 우선은 이대로 사리엘라 국의 다른 지역으로 떠나는 선택지. 두 번째는 어딘가 다른 나라로 도망. 세 번째는 오우츠 국으로 출두. 뭐, 세 번째는 제외한다고 쳐도 다른 두 가지도 나로서는 추천을 못하려나~.”

마왕이 담담히 말을 거듭했다.

“너희는 이미 인간이 아니라 흡혈귀잖아. 전승으로만 전해 내려오던 존재인 흡혈귀가 인간 사회에서 생활하려면 얼마나 고생스러울지 상상할 수 있지?”

마왕의 말을 듣고 안색이 나빠진 것은 메라가 아니라 흡혈 양이었다.

『메라조피스, 미안해. 내가 당신을 흡혈귀로 만들어버렸어. 그때는 아무것도 다른 방법이 떠오르지 않아서.』

흡혈 양은 자신이 메라를 흡혈귀로 만들어버린 탓에 인생을 망쳐놓았다고 후회하는 기색이었다.

하지만 나는 어쩔 수 없는 일이었다고 생각한다.

그 상황에서는 메라를 흡혈귀로 만들어서 싸우게 하는 것밖에 타파할 수단이 없었다.

만약 내가 흡혈 양과 같은 입장이었다면 망설이지 않고 메라의 피를 빨아서 흡혈귀로 만들었을 거야.

“사과하지 마십시오. 사과는 오히려 제가 해야 합니다.”

『어?』

“아가씨를 제대로 지켜드리지 못했습니다. 뭐라 사죄를 드려야 할지.”

메라가 품속에 있는 흡혈 양에게 고개 숙이는 동작을 취하면서 사죄했다.

“게다가 그렇게 하지 않았다면 저는 이미 죽었을 겁니다. 감사를 드리면 드렸지 원망하는 마음 따위는 추호도 없습니다.”

『그렇지만 흡혈귀인데? 이제 인간으로 살지 못하게 됐는데?』

“각오한 바입니다. 아가씨를 지켜드리기 위해서라면 오히려 잘된 일인지도 모르겠습니다.”

『메라조피스. 너는 아직도 나를…….』

“주인님과 사모님께서 제게 아가씨를 맡기셨습니다. 그러한 이상 목숨이 다할 때까지 저는 당신을 지켜드리겠습니다. 설령 아가씨가 흡혈귀라 해도 전생자라 해도 제게 변심은 없습니다.”

『메라조피스.』

각오를 다진 메라의 선언에 흡혈 양이 감격해서 그 이름을 불렀다.

응응. 정말 감동적이네요~.

왠지 내 옆에서 마왕이 엉엉 울고 있는데 그 정도인가?

아니, 분명 감동 포인트이기는 한데 저렇게 뚝뚝 눈물지을 일이야?

내 감각이 이상한 걸까?

“얘기는 잘 들었다! 너희들, 나를 따라오도록 해! 내가 책임지고 보호해주겠어!”

앗. 마왕에게 뭔가 스위치가 들어간 것 같다.

뭐, 어때.

나도 살려준 다음 곧바로 여기에서 응, 고생 많았어, 잘 가~ 하며 헤어지는 것도 좀 뭣하다고 생각했고…….

"나쁜 이야기는 아니야. 어쨌든 나는 마왕이잖아? 말해 두겠는데 이 세계에서 나를 이길 만한 녀석은 거의 없다시피 하거든? 최강이나 다름없는 나의 보호를 받을 수 있으니까 반드시 이득이라고 자신하겠어. 너희를 습격했던 일당, 이제는 알고 있겠지만 평범한 전력으로는 도저히 대항할 방법이 없거든. 하지만 나라면 맞상대해서 물리칠 수 있어. 내가 지배하는 마족령에서는 흡혈귀라고 딱히 생활에 곤란한 일도 없고. 엘프 놈들한테 몸을 지킬 수도 있고 흡혈귀로 생활할 수도 있고. 일석이조라는 거지. 그러니까 나랑 같이 마족령으로 가지 않을래?"

흡혈 양과 메라가 얼굴을 마주 봤다.

"저는 아가씨의 결정에 따르겠습니다."

『알았어. 하지만 잠시만 고민해봐도 될까요?』

"물론이야, 괜찮아~. 마음껏 고민하고 결정하자. 일단 시범 기간 삼아서 우리랑 같이 행동하기로 하고. 바로 또 습격이라도 당하면 난처할 테니까. 우선은 사리엘라 국의 수도로 가자. 거기에 도착하고 나서 제대로 결정하면 될 거야."

마왕의 권위 있는 한마디로 우리의 행동 방침이 결정됐다.

목적지는 사리엘라 국의 수도.

거기에서 흡혈 양과 메라는 마왕을 따라갈지 따로 행동할지 선택하면 된다.

그러면 음, 나도 같이 따라가야 되나 본데?

뭔가 요즘 들어서 휩쓸리기만 하는 것 같지만. 뭐, 어때.

흡혈 양이 어떤 선택을 하든 간에 여기까지 온 이상 마지막까지 돌봐주겠어.

마왕이라는 위협하고 이렇게 화해했으니까 당장에 급한 일도 없어진 셈이고…….

앗, 어딘가에 산란은 꼭 해 놔야지.

알 부활은 보험 삼아서 남겨 두고 싶다.

그러고 보니 엘로 대미궁에 놓고 왔던 병렬 의사랑 베이비들은 어떡하지?

그냥 방치할까?

걔네는 걔네끼리 분명 알아서 잘 살아갈 거야.

나는 이때의 선택을 후회하게 된다.

병렬 의사 녀석들과 나 사이에 생겼던 괴리.

그것을 쉽게 생각했던 결과를 미래에 맞닥뜨리게 됨으로써…….

『제군들, 그러면 준비를 시작해보세나. 인족도 마족도 모조리 없애버리기 위한 준비를.』

『『『『『『『『『오오!』』』』』』』』』

■작가 후기

안녕하세요, 반갑습니다. 바바 오키나입니다.

드디어 본 시리즈도 5권입니다.

5의 배수는 왠지 모르게 딱 맞아떨어지는 느낌이 들지 않습니까?

뭔가 특별한 것 같아서 흥분되는 사람은 저뿐일까요?

저뿐이군요, 그렇군요.

할아범 "그렇고말고."

뭐야, 로난트 할아범. 댁이 후기에 등장하면 할아범하고 할멈(바바)하고 헷갈려서 복잡해지니까 얼른 퇴장해주지 않을래?

할아범 "WEB판에서는 이 몸이 거미 편에서도 S편에서도 이쯤 활약을 펼쳤을 텐데, 이번 권에는 내가 안 나오는구먼?"

안 나왔네. 그림자도 안 나왔네. 로난트의 로 자도 안 나왔네.

할아범 "어째서냐?!"

어쩔 수 없었거든. 페이지 수의 난관이라는 어른들의 더러운 사정 때문에 자네의 출연이 커트됐단 말이네!

할아범 "이, 이럴 수가……."

하지만 안심하시라!

다음 6권에서는 로난트 할아범이 대활약하니까! 예정이지만.

그런고로 본작의 진히로인이냐고 뭔가 그럴듯한 감상이 나오고 있는 로난트 할아범의 다음 활약을 기대해주세요.

할아범 "왠지 방송 중단 같은 말투로구먼."

괜찮아! 아마도.

실제로 로난트 할아범의 활약은 WEB판하고 꽤 달라지는 느낌으로 표현될 예정입니다.

그보다 6권의 내용은 아예 WEB판하고는 상당히 동떨어진 방향으로 집필할 예정에 있습니다.

드디어 4권, 5권에서 피하려고 했던 100% 신규 집필의 공포가 실현될지도?

무서워라. 무서워라.

참고로 4권의 띠지에 6만 자를 새로 썼다는 문구가 있었는데요. 그건 띠지를 발주한 단계에서 새로 쓴 문자 수이고 실제로는 더 많았다고 합니다. 5권도 4권과 비슷비슷하고요.

핫핫하. 나도 참 열심이었군.

여기부터는 감사 인사를.

언제나 변함없이 홀딱 반하도록 아름다운 일러스트를 그려주시고 계시는 키류 츠카사 선생님.

언제나 변함없이 홀딱 반하도록 재미있는 포즈집을 그려주고 계시는 카카시 아사히로 선생님.

담당 편집자 K씨를 비롯하여 이 책이 세상에 나오기까지 힘을 보태주신 모든 분들.

이 책을 선택해주신 모든 분들.

진심으로 감사드립니다.

거미입니다만, 문제라도? 5

1판 1쇄 발행 2017년 9월 20일
1판 9쇄 발행 2024년 1월 15일

지은이_ Okina Baba
일러스트_ Tsukasa Kiryu
옮긴이_ 김성래

발행인_ 최원영
편집장_ 김승신
편집진행_ 권세라 · 최혁수 · 김경민 · 최정민
편집디자인_ 양우연
관리 · 영업_ 김민원

펴낸곳_ (주)디앤씨미디어
등록_ 2002년 4월 25일 제20-260호
주소_ 서울시 구로구 디지털로 26길 111 JnK디지털타워 503호
전화_ 02-333-2513(대표)
팩시밀리_ 02-333-2514
이메일_ lnovellove@naver.com
L노벨 공식 카페_ http://cafe.naver.com/lnovel11

ISBN 979-11-278-4253-6 04830
ISBN 979-11-278-2430-3 (세트)

값 9,800원